日本歌道

[日] 纪贯之 等 著
王向远 选译

复旦大学出版社

译本序　日本"歌道"的传统与流变

⊙ 王向远

日本"歌道"即"和歌之道",是日本"艺道"(包括歌道、茶道、画道、俳谐道、能乐道、花道、书道、画道等诸道)的一种,经历了上千年的发展流变,形成了一种传统,是一代代歌人、和歌理论家、学者关于和歌的创作、理论与学问研究的整体化、系统化的形态。[①] 而且歌道作为较早形成的一种艺道,是一切其他艺道(诸道)的基础与美学底蕴,诸道都是歌道直接或间接的表现或延伸,因而理解歌道是理解艺道的前提。对歌道的理解,也是我们中国读者了解日本文化、理解日本人、认识日本民族审美文化精神的一个重要层面。

一、"歌道"的形成及其家学化

和歌是日本民族诗歌的独特样式,和歌创作既需要"歌

---

① 古典歌学的大部分文献著作收于现代学者佐佐木信纲编《日本歌学大系》(全十卷,风间书店 1975 年)。

心"的修炼,也需要"词"与"姿"的锤炼,还有种种不同的独特修辞手法与艺术手段,需要长期学习,需要由"技"进乎"道",于是就有了"歌道"一词。

"歌道"(歌の道)一词较早见于纪贯之(870—945)的《古今和歌集·假名序》(905年),其中曾有这样一段话:"当今之世,喜好华美,人心尚虚,不求由花得果,但求虚饰之歌、梦幻之言。和歌之道,遂堕落于好色之家。"在这里,"和歌之道"就是歌之道,简言之就是"歌道",意思是和歌本来属于"道",而不是华丽、虚饰、梦幻、好色之言,强调的是和歌非雕虫小技;又云:"人麻吕虽已作古,歌道岂能废乎?纵然时事推移,荣枯盛衰交替,惟和歌长存。"这里的"歌道"既含有"道统"即道之传统的意思,认为柿本人麻吕(《万叶集》时代和歌的代表人物)去世后,歌道不可荒废,须长存有继。《古今和歌集·假名序》被公认为是日本和歌理论的奠基之文,同样也是"歌道"论的滥觞。

在纪贯之去世近一百年后,歌人源俊赖(1055—1129)在《俊赖髓脑》(1111—1115)一书中,仍然延续着纪贯之挽歌道于既衰的思想。源俊赖认为:"当今和歌,却将古代歌人的乐感丧失殆尽,词不达意。身处当今末世,我不知如何才能恢复昔日和歌之鼎盛。"提出:"和歌之道,在于能够掌握和歌体式,懂得八病,区分九品,领年少者入门,使愚钝者领悟。倘若不加传授,难以自悟;若不勤奋钻研,学会者少。"①强调歌道传承中和歌学习的重要性,俊赖所说的"八病",承袭的是藤原滨成(724—790)在《歌经标式》(现存最早的和歌论)中提出的"七病",喜撰在《倭歌作式》中提出的"四病",孙姬在《和歌式》中提出的"八病"。俊赖所说的"九品",指的是藤原公任(966—1041)在《和歌九品》中提出的"九品",即和歌优劣的九个品级。这表明,源俊赖的"歌道"论本身,是继承了此前三百多年间日本歌论传统。《俊赖髓脑》在序论的末段写道:"和歌之道不继,可悲可叹。以俊赖一人之力,坚守和歌之道,经年累月不懈,却上不能得天子褒奖,下不能教世人理解。朝夕叹怀才不遇,日夜怨人生多艰。"他在日常政治生活中郁郁不得志,而将"和歌之道"作为精神寄托,反映出当时许多宫廷贵族的一种心理状态。当不久日本社会由平安王朝时代而进入武士幕府主政的镰仓时代之后,宫廷贵族在政治上失去的权力,只有在歌学、歌道等审美活动中得以补偿和慰藉了。

源俊赖感叹并深恐"和歌之道不继",但实则后继有人。藤原俊成(1114—1204)自小跟随源俊赖学习和歌,1197年,他应一位贵人之请求写出《古来风体抄》一书,在序言中俊成这样写道:

---

① 源俊赖:《俊赖髓脑》,王向远译《日本古代诗学汇译》上卷,昆仑出版社2014年,第11页。版本下同。

如今，有贵人向我提出：您深谙和歌之道，就请您把如何才能表现歌姿之妙、辞藻之美，如何才能写好和歌等，写出来与大家共享，即使篇幅很长却也无妨。我确实深知和歌之道，犹如樵夫知道筑波山何处树木繁茂，渔民知道大海何处深浅，所以才承蒙提出这样的请求。世间有些人，仅知道和歌只要平易咏出即可，却并不予以深究。然而要深究此道，需要广泛涉猎，需要旁征博引，如此成书，决非易事。为此，我上自《万叶集》，中至《古今集》《拾遗集》，下迄《后拾遗》及此后的和歌，以时事推移为序，在历代和歌集里，见出和歌之"姿"与"词"的演进与变化，并加以具体陈述与分析。①

这里很清楚地显示出，在当时的宫廷歌人中，藤原俊成被认为是"深谙歌道"的人，他自己也当仁不让地承认这一点。这里的"歌道"，不仅仅是纪贯之所指的和歌传统，也不仅仅是源俊赖《俊赖髓脑》中所指的和歌体式、技巧等艺术层面上的东西，而是一个包含着"道"与"艺"在内的完整的统括性的概念。

首先，藤原俊成为和歌之道找到了更为高远的"道"作

---

① 藤原俊成：《古来风体抄》，王向远译《日本古代诗学汇译》上卷，第145页。

为依托，那就是"佛道"，即佛之道。他强调："佛法为金口玉言，博大精深，而和歌看似是浮言绮语的游戏之作，但实际上亦可表达深意，并能解除烦恼、助人开悟，在这一点上和歌与佛道相通。故《法华经》中说：'若俗世间各种经书，凡有助资生家业者，皆与佛法相通。'《普贤观》也说：'何为罪，何为福，罪福无主，由自心定。'因而，关于和歌的论述，也像佛教的空、假、中三谛，两者相通。"①藤原俊成的"佛法与歌道相通"的这一论断，在和歌道理论中极为重要，和歌之为"道"，根本就在于此。表面看起来，佛道"博大精深"，和歌则是"浮言绮语"，是"游戏之作"，两者显然有道与器之分，然而藤原俊成从功能论上见出两者的相通，就是两者的目的都是"解除烦恼，助人开悟"。而且，他认为和歌与佛法佛经一样，"亦可表达深意"，意即可以具有"道"的深刻度。和歌要有深度，歌人须有"道"之心。那么和歌要怎样才能与佛道相通呢？于是他提出"幽玄"这一概念。提出和歌之"心"（内容）与和歌之"姿"（亦称"词"）都要"幽玄"。俊成在多次"歌合"（和歌比赛）中担任裁判（"判者"），在给出的"判词"中，他每每使用"幽玄""幽玄之体""入幽玄之境"等用语，对当时著名的歌人西行、

---

① 藤原俊成：《古来风体抄》，王向远译《日本古代诗学汇译》上卷，第144页。

慈圆、寂莲、实定等人的作品加以高度评价,主张和歌的"心""词""姿""体"都要"幽玄"。"幽玄"在歌中的主要体现就是"心深"。为此,藤原俊成在《古来风体抄》中推崇源通俊的一句话:"辞藻要像刺绣一样华美,歌心要比大海还深。"①

在源俊赖所处的平安王朝末期,歌学崇信权威,歌道也出现了以"家学"为核心、为单元的若干宗派。源俊赖继承其父源经信的歌学,其子女俊重、俊惠、俊盛、待贤门院新少将等,被称为"六条源家";而以藤原显辅为源头、其儿辈清辅、重家、显昭及孙辈显家、有家一脉相承的歌学流派,以歌学的学问性、知识性、资料性的研究见长,被称为"六条藤家";以藤原道长—藤原长家—藤原忠家—藤原俊忠—藤原俊成—藤原定家历代相传的和歌家学,被称为"御子左家",以理论上的建树见长。较之六条藤家的保守态度,御子左家对和歌创作采取的是开放、前瞻的姿态。

最终,"御子左家"一家独大,这与藤原俊成之子藤原定家(1162—1241)的能力与影响力密切相关。藤原定家继承并发挥俊成以"幽玄"为中心的歌道思想。在《近代秀歌》中,定家开门见山地指出:"和歌之道,看似浅显,实

---

① 藤原俊成:《古来风体抄》,王向远译《日本古代诗学汇译》上卷,第144页。

则深奥；看似简单，实则困难。真正理解和歌者，仅极少数而已。"强调的还是歌道的"心深"及"幽玄"。为此，歌人就要有历史的纵深感，于是他提出了一种以学习古人——即所谓"稽古"——为主要途径的复古的、古典主义的"新的歌风"。在《近代秀歌》中提出："'词'学古人，'心'须求新，'姿'；求高远，学习宽平之前（亦即《万叶集》时代——引者注）之歌风，自然就能够吟咏出优秀的和歌。"① 在和歌创作方法上则提出所谓"本歌取"，亦即"取自本歌"的意思，主张将古人的和歌（"本歌"）的词语、立意、意境等各种要素，加以借用和改造，从而推陈出新，化旧为新，以收新旧相成、古今相通之效，形成一种特殊的审美张力，别具一番美感。藤原定家的这些理念，集中体现在他与藤原良经等五人合编的《新古今和歌集》中，也体现在藤原良经代为执笔的《新古今和歌集·假名序》中，其中有云："今人皆轻目前之所见，重昔日之耳闻，然今人若不及古人，应以为耻也。惟愿此歌集能探源析流，振兴歌道，虽经时光流逝，而使经久不湮，随岁月推移而能代代流传。"② 这是一种慕古求新的态度。

---

① 藤原定家：《近代秀歌》，王向远译《日本古代诗学汇译》上卷，第173页。

② 藤原良经：《新古今和歌集·假名序》，《新编日本古典文学全集 新古今和歌集》，东京小学馆1996年，第21—22页。

藤原定家的"歌学"产生了深远影响。二百多年后，歌人正彻（1381—1459）在《正彻物语》中开篇写道：

> 歌道方面，谁要否定藤原定家，必不会得到佛的庇佑，必遭惩罚。
>
> 定家的末流有二条、冷泉两派，后又有为谦为代表的京极派，三足鼎立，正如大自在天有三只眼，三派相互抑扬褒贬。学习者何弃何取，难以定夺。应该对三家作为一个整体，取其所长，不可偏于一家。如若做不到这一点，也要追慕定家的遗风，此乃进取之正道，其他途径无可替代。也有人不学定家，而学习末流之风体。但我认为，学上道者，可得上道，若不能至，心向往之；上道不能，中道可得。佛法修行以得佛果为目的，不能只是以修成声闻、缘觉、菩萨三乘之道为最终目的。难道不是这样吗？学习末流之风体，只模仿遣词造句，岂不可笑吗？无论如何，应该学习定家的风骨精神。①

这里把定家的歌道传统视为神圣，视为"上道"，而且与佛的奖惩联系到一起。这些话足以表明那个时期歌人们对藤原定

---

① 正彻：《正彻物语》，《日本古典文学大系65》，东京岩波书店1961年，第166页。

家的推崇与膜拜，表明了定家已经完全成为歌道的守护神式的人物，其独一无二的歌道权威已经确立，成为歌道的象征、歌学的偶像。在这种情况下，一些和歌理论著作，如《愚秘抄》《愚见抄》等，都被冠以定家之名而流行于世。这些歌学伪书虽基本可以确定并非出自定家之手，但确实是对定家歌道思想的一种发挥与延伸，特别是在"幽玄""有心"的审美意识方面，有更为细致的阐发。

在某种意义上说，从俊成、定家活跃的12世纪后期一直到16世纪，在长达三四百年间，定家的孙辈、重孙辈形成的二条派（以藤原为世为代表）、京极派（以藤原为谦为代表）、冷泉派（以藤原为成、藤原为秀为代表）共三派，各从不同角度与侧面，几乎完全把持了和歌从理论到创作的话语权，日本的歌学实际上成为了定家一族的"家学"。正因为有了这样的家学，使古代"歌道"有了明确的、公认的传承人、责任人，也使歌道的传承落到实处，有了保障。

二、从"歌道"到"连歌道"

和歌不仅是一种个人的创作活动，也被广泛运用于社交活动，于是由古代的两人对咏，到了平安时代后期逐渐成为贵族社会的一种风气，发展到多人联合吟咏的"连歌"。连歌既然是一种集体活动，必然要求有一定的规矩，这叫做"连歌式目"。

谁来制定这些"式目"呢？藤原定家的后人们在"式目"的制定上仍然具有权威性，其中，以京都为中心的所谓"京连歌"以二条家的藤原为世（定家之孙）为权威，而幕府所在地镰仓的连歌式目，则以冷泉家的藤原为相（定家之孙）为圭臬，各自制定了自己的连歌式目，相互竞争。到了室町时代，时任关白太政大臣的二条良基（1320—1388）凭借政治上的高位及和歌连歌的修养，将两派统一起来。二条良基写了一系列连歌论的文章与书籍，包括《僻连抄》《连理秘抄》《击蒙抄》《愚问贤注》《筑波问答》《九州问答》《连歌十样》《知连抄》《十问最秘抄》等，对连歌的各方面的知识做了整理概括，提出了包括连歌创作、吟咏、唱和、欣赏等一整套"式目"，成为日本"连歌道"最重要的奠基人和建构者。此后，宗祇（1421—1502）写了《吾妻问答》、心敬（1406—1475）写了《私语》等著作，于是，由歌道而生发出了"连歌道"。

"连歌道"的出现，标志着日本歌道的一种延伸、分化与转折，标志着和歌的个人性转换为连歌的集体性，和歌的抒发个人感情转换为连歌的联络集体感情，和歌的尊重个人内心感受转换为连歌的顾及歌会上的气氛养成，和歌的审美目的转换为连歌的社交目的，和歌的"物哀""幽玄"转换为连歌的对趣味性乃至滑稽性的偏重。所以在这个意义上，后世也有人认为连歌不是"艺术"而只是一种社交游戏。不过，二条良基、心敬等连歌理论家，都是把"连歌道"与"歌道"视为同道的，认为两者都需要追求"心"与"姿"（词）的"幽玄"。

关于和歌、连歌之间的密切关系，心敬在《私语》中，以佛道做比，认为两者都通于佛法。"和歌、连歌犹如佛之三身，有'法''报''应'三身，'空''假''中'三谛的歌句，能够即时理解的歌句，相当于'法身'之佛，因呈现出'五体''六根'，故无论何等愚钝者均能领会。用意深刻的歌句，相当于'报身'之佛，见机行事，时隐时现，非智慧善辩之人不能理解。非说理的、格调幽远高雅的歌句，相当于'法身'之佛，智慧、修炼无济于事，但在修行功夫深厚者眼里，则一望可知，合于中道实相之心。"① 这是从高层面上的"道通为一"而发出的议论。

同时，和歌与连歌有相通之处，也有不同之处，在《筑波问答》（1357—1373）中，二条良基明确地指出了歌道与连歌道的根本不同，他说：

> 和歌之道有家传秘传，而连歌原本就不靠祖上秘传，只以临场发挥、催人感动为宗旨。即使是高手，如果连

---

① 心敬：《私语》，王向远译《日本古代诗学汇译》上卷，第471页。

歌听上去滞涩、不美,那也不会被人认可。①

又说:

> 连歌之道不能有违于世道,无论是多么有趣的连歌,违背道理的都不可取。所谓连歌的高手,就是连"て""に""を""は"之类的助词都很用心,同时力求符合物理人情。假若不小心思路偏颇,吟出一句不合道理的歌,那就会使前后七八句都丧失价值。所以,慈镇法师曾深切地说过:佛法、世法,惟有道理两字而已。心正、词爽,即是治世之声,自有风雅的连歌。②

这也就是说,连歌之道重在临场的即兴性,还要注意"不违世道",即尊重当时一般人的常识与感受。这样一来,歌道的"家传秘传"就显得无关紧要了。所以他强调"和歌之道有家传秘传,而连歌原本就不靠祖上秘传",就从根本上否定了以往的歌道的家学式的垄断。可以说,连歌道的崛起,特别是二条良基连歌理论的出现,使得藤原俊成—藤原定家一脉的

---

① 二条良基:《筑波问答》,王向远译《日本古代诗学汇译》上卷,第243页。

② 二条良基:《筑波问答》,王向远译《日本古代诗学汇译》上卷,第244页。

"御子左家"的歌道，从此走向了衰微。

三、歌的"国歌"化、"歌道"的"国学"化

进入江户时代后，特别是进入江户时代中期即公元18世纪以后，传统的"歌道"发生了根本的转折。歌道的传承者由此前的贵族阶层转到了以町人（工商业者）出身为主的学者手里。这些人面对着当时鼎盛的汉学与儒学，面对着刚刚从欧洲传入的"洋学"，而逐渐形成了与之对立的"国学"的观念意识，产生了日本的特殊的学问形态"国学"，出现了一批阐释日本文化独特性的国学家。这些国学家继承了此前关于"歌道"的一切遗产，极为珍视从《万叶集》到《古今和歌集》再到《新古今和歌集》的和歌传统。但是另一方面，他们对此前将歌学作为家学、将歌道作为私道的做法，一般都明确表示否定态度，特别是对15世纪以后对《古今和歌集》进行私家传授、秘不示人的所谓"古今传授"，都不表赞同。他们不主张把和歌之学搞成此前那种家学，而是普遍地将"歌学"作为"国学"来看待。这样，"歌学"就成为"国学"的最早形态，日本的"国学"即发源于"歌学"。于是，歌学的发展传承之道即"歌道"，就由日本宫廷贵族的审美意识形态，逐渐地普泛化、国民化，而转换为日本人所特有的文化形态与审美形态了。

较早明确宣布歌道的这一转换的，是国学家荷田在满（1706—1751）。1742年，他发表了一篇轰动一时的名文《国歌八论》。"八论"包括歌源论、玩歌论、择词论、避词论、正过论、官家论、古学论、准则论。其中心主题，是主张和歌与政治、道德无关，推崇和歌的辞藻与语言美，流露出娱情主义、唯美主义倾向，并把《新古今和歌集》的"新风"和歌作为和歌的典范。尤其值得注意的是，荷田在满明确地把和歌称为"国歌"。他强调："我日本国虽为万世父母之邦，但文华晚开，借用西土（指中国——引者注）文字，至于礼义、法令、服装、器物等，都是从异邦引进而来。而唯有和歌，用我国自然之音，毫不掺杂汉语。至于冠词、同音转意等，均为西土语言文字所不及。这是我国的纯粹之物，应加倍珍惜。中古以后的宫廷贵族，因天下政务转移于武家，便有了闲暇，才开始雅好和歌，却称之为'我大敷岛之道'，此不仅不知和歌之根本，也是不知'道'为何物的无知妄言，不值一驳。"① 这里所说的"敷岛之道"中的"敷岛"是古代地名，在大和国（今奈良县），古代曾有崇明、钦明两代天皇建都于此，所谓和歌乃"敷道之道"，是说和歌起源于皇宫贵族，是宫廷贵族文化的特殊产物，而荷田在满认为这是"无

---

① 荷田在满：《国歌八论》，王向远译《日本古代诗学汇译》下卷，第767页。

知妄言",他既然把和歌视为日本的"国歌",也就不会承认有什么所谓"堂上"(贵族)之歌与"地下"(庶民)之歌的分别,站在这样的立场上,荷田在满对当时公卿贵族的和歌创作与理论痛加抨击:

> 环顾现在的公卿贵族歌人,也只有区区两三人偶尔能作出刚强有力、用词恰当的和歌。其他人则以埋头吟咏那些调子舒缓的歌为能事。看看他们的作品,风情淡薄,风格柔弱,如同飘摇的柳枝。吟咏那样的歌有什么意思呢?以我之不才,那样的和歌拿起笔来,一口气写出几百首,谅无问题。而那些以舒缓为能事的人,一看到刚劲有力的作品,就说"那是下等人的东西,不算是歌",或者说"那是俳谐,不是和歌"。而有人听到那帮公卿贵族的批评之词,意识不到自己受批评是因为自己比批评者高明的缘故,反而以为自己的作品不及那些公卿贵族,对他们的批评从来不抱怀疑。你把真正的和歌说成"不是和歌",那你所根据的"当然之理"是什么呢?不说出个道理来,却妄自以贵族的眼光,一律斥之为"下等人的东西",这就是当今那些贵族老爷的态度。①

---

① 荷田在满:《国歌八论》,王向远译《日本古代诗学汇译》下卷,第772—773页。

与此相关的，对于中世以来的歌道权威与偶像藤原定家，荷田在满也加以大胆的批判。在回顾歌学与歌道历史的时候，荷田在满写道："到了后鸟羽天皇、土御门天皇时代，出现了藤原定家那样一个人。从那以后直到如今，不知何种缘故，人们都将定家卿奉为和歌圣人而崇信有加。然而实际上，定家卿并不见得懂歌学。为什么这样说呢？因为只要看看他所写的和歌及其他著述，就可知他对古代和歌的意思并不理解，对于古语的含义也有误解，有关的例证很多，不能一一列举。"① 他痛批歌人们对定家的盲信，同时极力推崇同时代的国学家契冲、荷田春满的《万叶集》及和歌研究的成果，并且"相信不出数年，必有过半的学者会了解两人的思想精华，并以抄写、传播契冲的著作为乐，从而打破对定家卿的盲目崇信，歌学也会由此走向正道"②。

另一位国学家贺茂真渊（1697—1769）也发表了题为《歌意考》《书意考》《国意考》《语意考》和《文意考》的系列文章，合称"五意考"，其中心思想是将日本固有的思想文化称为"国意"，将儒、佛等外来文化思想称为"汉意"。他认为"汉意"不符合日本的政道与现实。在《歌意考》中，他称日本固

---

① 荷田在满：《国歌八论》，王向远译《日本古代诗学汇译》下卷，第776页。
② 荷田在满：《国歌八论》，王向远译《日本古代诗学汇译》下卷，第779页。

有的"歌道"（和歌之道）虽然看似无用，反倒可以成为治世之理；他反对拘泥于儒教义理，强调根植于天地自然的日本固有之"古道"亦即"神皇之道"。他还指出，长期以来，外来的儒、佛之道遮蔽、歪曲了古道，因而必须加以排斥，回归纯粹的日本古道。为此他推崇《万叶集》中的上古和歌，认为学习万叶古歌，不仅可掌握歌道，而且还会学到"真心"，而万叶歌的"真心"正是天地自然的真心，亦即"大和魂"，从而将日本的"歌学"从"汉意"、从儒教朱子学的劝善惩恶的观念中解放出来。这些观点为他的学生本居宣长所继承光大。

"国学"的集大成者本居宣长（1730—1801）毕生都在研究日本之"道"。在本居宣长看来，"歌道"是日本之道的重要组成部分，为此他写了《石上私淑言》一书，以一百多条问答体的形式，回答了"歌道"这个词的古来演变，阐述了歌道的方方面面。他一方面认为汉诗与和歌情趣相同，"但随着世事推移，无论人心抑或风俗，均各有变迁，及至后世，我国与中国的差异越来越大，'汉诗'与'和歌'也迥异其趣"；[①] 他认为："汉诗虽有风雅，但为中国风俗习气所染，不免自命圣贤、装腔作势，偶尔有感物兴叹之趣，仍不免显得刻意而为。"[②] 强调和歌不同于汉诗的载道言志，可以表达一

[①] 本居宣长：《石上私淑言》，王向远译《日本物哀》，吉林出版集团2010年，第219页。版本下同。

[②] 本居宣长：《石上私淑言》，王向远译《日本物哀》，第220页。

种纯朴的自然人性,表现"物哀"并使人"知物哀",才是和歌的本质。在本居宣长看来,"歌道"也仅仅是日本之道的一种表现而已,他写道:"世人一般认为,和歌之道乃我日本大道。但堪可称为'大道'的是'神道'。因历代学者受中国书之迷惑,以儒学的生硬说教解释我'神道',遂至牵强附会、强词夺理。于是,大御神之光遭到掩蔽,率直优雅的神国之心也岌岌乎丧失殆尽,岂不可悲可叹!但另一方面,在歌道中却未失神代之心,则又殊为可喜。"① 说来说去,就是把歌道作为日本之道的一种载体。

"歌道"论发展到江户时代末期、明治维新前夕,开始由传统向近代的转型,而代表这个转型的人物是香川景树(1768—1843)。香川景树在创作和理论上受其师小泽芦庵及《古今集》歌风的影响,反对贺茂真渊、本居宣长、平田笃胤等"古学派"的复古主义,体现了由传统向近代转型时期的某些特点。他写于1812年的名文《〈新学〉异见》,是对贺茂真渊《新学》一书的复古主义的批判。该文将《新学》的初章(相当于绪论部分)拆分为十四段,逐段加以剖析批驳,从而申明自己的歌学见解。他指出,和歌是时代的产物,是不同时代人的感情的自然而然的率直表现,具有不可重复与不可模仿性,不同时代有不同时代的和歌,因而现代人不必

---

① 本居宣长:《石上私淑言》,王向远译《日本物哀》,第224页。

模仿古代和歌；他认为，《万叶集》的阳刚歌风与《古今集》的阴柔歌风，都是时代使然，各有千秋，不能厚此薄彼。在《歌学提要》（1843年）中，他更进一步强调，歌道必须顺应时代，反映时代，而不能模仿古人之歌。他说："模仿千年古人，虽然不奢不费，但后患却大。纵然可以返古，却背离今世，意欲何为？历朝历代敕撰和歌集，有多少雷同？斗转星移，风俗变迁，皆非人力所能干预。如要返古，就如同堵塞流水，能够留住何物？结果必然是洪水四溢，愈加浑浊，泛滥不可止，永世不得清流。"① 如此主张一个时代有一个时代之歌，把和歌看成是时代的产物，反对模仿古人，就等于否定了历史上以藤原定家为中心的传统主义的歌道观。

四、传统歌道的近代颠覆

进入明治时代以后，西方文学的价值观，特别是浪漫主义文学观影响到日本歌坛，人们要以浪漫主义的个性张扬与个性解放，来要求文学风格上的豪放与雄阔，以此来看待传统和歌，则歌道传承下来的以物哀、幽玄为核心的美学观，会受到怎样的质疑与挑战，是可想而知的。

---

① 香川景树：《歌学提要》，王向远译《日本古代诗学汇译》下卷，第1047页。

最早对歌道传统提出挑战的是与谢野宽（号铁干，1873—1935），他反抗当时歌坛的陈腐气息，推动和歌的革新，与其妻与谢野晶子一起，成为和歌领域浪漫主义革新运动的急先锋。他的和歌创作一扫古风，风格激昂、雄壮、粗犷有力，喜欢用"虎""剑"之类传统和歌中几乎不使用的词，被称为"虎剑派"。他的和歌革新的主张集中体现在《亡国之音——痛斥现代无大丈夫气的和歌》（1894年）一文中。该文批判"宫内省派"和歌的文弱纤细、抨击格局狭小的、女人气的和歌风格，主张格局宏大的有"大丈夫"气的和歌，从现代浪漫主义精神的高度，对传统和歌的审美趣味做了彻底否定。他把一直以来表现风花雪月、男女私情、物哀幽玄的和歌，称为"亡国之音"。在当时，这的确是一种大胆的、惊世骇俗之论。他自己也承认"盛世之中胆敢发此不祥之语是胆大妄为，但实乃不得已而为之"。众所周知，"歌道"一直被称为日本之道，是日本人的审美圣域与精神家园，现在却被指斥为"亡国之音"，不啻离经叛道之论。从这一意义上看，与谢野宽对传统歌道的颠覆，是毫不留情的、彻底的。

与谢野宽对传统"歌道"的颠覆，与香川景树一样反对复古主义，反对师古，而主张师法自然，尊重个性。他写道：

> 大丈夫一呼一吸都是直接吞吐宇宙，拥有这种大度量来歌颂宇宙，宇宙即是我的歌。和歌须有师传，但师传只

是在学习和歌的形式时是需要的,在和歌创作中的精神层面上则需要直接和宇宙自然融为一体。想依赖老师的怎样的谆谆教导呢?一呼一吸、吞纳宇宙这样的胸怀,是老师无法传授的。拥有这样的胸怀才能完成大丈夫的和歌创作。而现在的和歌诗人却没有这种见识,他们万事模仿古人,争论模仿的高超与笨拙,想依靠模仿而终其一生。

如果就和歌向他们提问,他们马上就搬出《古今集序》以及其他古人的和歌理论,鹦鹉学舌般地重复"和歌以人心为种",他们也肯定可以脱口吟诵出《古今集》《千载集》以及《桂园一枝》等前人创作的和歌,并把它们作为和歌创作的圭臬。他们只知道古人,现实宇宙自然中的音律已经许久不能震动他们的耳膜了。

小丈夫就是小丈夫,不可能在短时间里培养出大丈夫的度量。虽然模仿眼低手拙的古人也可以创作和歌,但正像狗只能弄懂狗的事情,青蛙只能弄懂青蛙的事情,小丈夫最终也不能欣赏大丈夫气概的和歌。①

与谢野宽的这些"大丈夫"的主张,可谓发千年和歌史所未发。历来歌道的传承就是《万叶集》《古今集》和《新古今

---

① 与谢野宽:《亡国之音》,王向远译《日本古典文论选译·近代卷(上)》,中央编译出版社2012年,第89页。

集》的传承，一直到香川景树，歌道史上不同的争论，实际上主要表现为推崇《万叶集》还是推崇《古今集》之争，而《古今和歌集·假名序》则是歌道理论的滥觞，历来被奉为不刊之论。如今，与谢野宽把这些都加以否定，也就等于把"歌道"的传统价值观都给否定了。

但是，从另一个角度看，这也标志着和歌的近代转型与浴火重生。从此，和歌不再是所谓"敷岛之道"，不再是贵族的雅玩，而成为民众之歌。此前歌道的一切清规戒律都只被作为历史遗产来看待。进入现代社会后，和歌这种日本民族诗歌的独特样式也和汉诗、外来的自由体诗一样，可以广泛表现自然、社会、人生，百无禁忌。于是连传统和歌的外在体式都可以突破，并且产生了口语体的和歌、自由律短歌等体式。日本战败后曾一度出现过"人民短歌（和歌）运动"，将和歌与社会政治密切关联起来，彻底超越了和歌的"脱政治"的纯美性质。甚至还受到来自西方的现代派的冲击洗礼，出现了现代派的和歌。

当然，在这些与时代共进退的和歌的起伏出没的背后，还有一个似乎超越时代的"歌道"传统，也一直默默地、低调地存在。同时也有不少人坚持以传统的、怀古的风格来吟咏和歌，标志着歌道永续的宫廷歌会也年年召开，并为大众媒体所关注，传统"歌道"在现代条件下并未断绝，成为日本审美文化传统中的重要部分。

目录 | Contents

译本序　日本"歌道"的传统与流变　王向远 / 1

《古今和歌集》假名序　纪贯之 / 1

俊赖髓脑　源俊赖 / 11

古来风体抄　藤原俊成 / 47

近代秀歌　藤原定家 / 76

每月抄　藤原定家 / 80

无名抄　鸭长明 / 93

后鸟羽院御口传　后鸟羽院 / 101

为谦卿和歌抄　京极为谦 / 110

筑波问答　二条良基 / 124

十问最秘抄　二条良基 / 146

正彻物语　正彻 / 154

私语　心敬 / 169

国歌八论　荷田在满 / 228

歌意考　贺茂真渊 / 253

石上私淑言　本居宣长 / 263

《新学》异见　香川景树 / 302

歌学提要　香川景树 / 319

亡国之音　与谢野宽 / 345

《古今和歌集》假名① 序

纪贯之②

倭歌,以人心为种,由万语千言而成,人生在世,诸事繁杂,心有所思,眼有所见,耳有所闻,必有所言。聆听莺鸣花间,蛙鸣池畔,生生万物,付诸歌咏。不待人力,斗转星移,鬼神无形,亦有哀怨。男女柔情,可慰③赳赳武夫。此乃歌也。

此歌始于天地开辟之时。④传之于世者,天上之歌,始于

---

① 假名:与"真名"(汉语)相对而言,指日语。本篇用日语写成。

② 纪贯之(约870—945),日本平安王朝时期著名歌人、作家、学者,是日本第一部日记文学《土佐日记》的作者,其和歌集《纪贯之集》收和歌八百余首,是当时少见的大型歌集之一。纪贯之等人曾奉朝廷之命主持编纂日本第一部敕撰和歌集《古今和歌集》(905年),是继《万叶集》之后日本第二部重要的和歌总集,他的《古今和歌集·假名序》是日本文论史上极其重要的文献,作为歌道理论的真正开端,产生了持久而重大的影响。

③ 慰:原文"慰むる",安慰、慰藉、抚慰,是日本古典文论与诗学中关于文学功能论的重要概念。

④ 古注:"天浮桥下,男女二神媾和之歌。"

所谓"古注",为原始文本所无,后来诸版本所添加,添加者不详。诸版本之"古注"亦有所不同,有的古注是对原文的解释发挥,有的古注则对原文提出质疑与批评。

天界之下照姬。① 地上之歌，始于素盏鸣尊。神治时代②，和歌音律未定，歌风质朴，所言至今已难解矣。及至人世，自素盏鸣尊时，三十一音律始成。③ 由是，赏花草，听鸟鸣，叹云霞，悲露水，歌辞日多，沛然成章。千里之行，始于足下，岁月推移，山泥可堆高山。和歌兴起，犹如云蒸霞蔚，粲然可观。

难波津之歌，为天皇最初所咏。④ 另有《安积山》一歌，采女所戏咏也。⑤ 此两首歌，歌之鼻祖也。修习和歌者必知之。

和歌样式⑥计有六种，唐诗中亦应有之。

一曰"风歌"⑦。上述难波津之歌：

---

① 古注："下照姬者，天稚御子之妻也，其兄之神形，映照山冈河谷，下照姬歌咏之，谓之'惠比须歌'。此歌字数未定，式样未成。"

② 神治时代：原文为"神代"，与下文的"人世"（人治时代）相对而言。

③ 古注："素盏鸣尊者，天照大神之兄也。与一女同居出云国，时造宫殿，见起八色彩云，遂咏歌之。于出云八重垣妻笼，即八色彩云生起之处，建八重垣。"

④ 古注："大鹪鹩帝在难波津，时为亲王，与东宫相禅让，不即位，三年过后，有名唤王仁者，心中郁闷，咏歌一首献上。歌中所咏之花，当为梅花也。"

⑤ 古注："葛成王巡游陆奥国，陆奥国国司接待有所不周，王郁郁不乐。有一女子，原为采女，取一土器歌咏之，王之心遂得安抚。"

⑥ 样：原文为"様（さま）"，和歌分类概念，相近于"体"，指和歌的样貌。

⑦ 风歌：原文"そへ歌"，相当于《真名序》中所谓"风"。

难波津花开，
尔今春天又重来，
花儿正好开。①

是为风歌。

二曰"数歌"②，如：

花儿夺我魂魄，
病体亦未知如何，
人生何等寂寞。③

是为数歌。④

三曰"准歌"⑤，如：

今朝满地白霜，

---

① 原文："難波津に咲くやこの花冬籠り今は春べと咲くやこの花。"
② 数歌：原文"かぞへ歌"，"かぞへ"对应于"赋比兴"中的"赋"。
③ 原文："咲く花に思ひつくみのあじきなさ身にいたつきのいるも知らずて。"
④ 古注："此歌直言其事也，并非托物比况，欲何言也，其意难解。而与下述第五种'正言歌'，有所相似耳。"
⑤ 准歌：原文"なずらへ歌"，"なずらへ"对应于"赋比兴"的"比"。

起身欲离去，

唯恐恋情似霜凉。①

四曰"喻歌"②，如：

数尽海滩沙子，

也道不尽，

我之相思情。③

五曰"正言歌"④，如：

倘若世间无虚饰，

人人直言无忌，

---

① 原文："君に今朝朝の霜のおきて去なば恋しきごとにきえやわたらむ。"以下为古注："'比歌'以物比况，表达胸中之情也，而举此歌为例，不当。'像母亲饲养的蚕，作茧自缚真可怜，阿妹不露面。'庶几更近于'比歌'。"

② 喻歌：原文"たとへ歌"，对应于赋比兴的"兴"，但涵义有别。

③ 原文："わが恋はよむとも尽きじ有磯海の　浜の真砂はよもつくすとも。"以下为古注："此乃从万事万物、草木鸟兽中，见出人心也。而此歌则直抒胸臆，与上述第一种'风歌'相似又略有不同。'须磨之渔民，煮盐之烟雾，随风四处飘散'一首，作例歌则更恰当。"

④ 正言歌：原文"ただこと歌"，对应于"风雅颂"中的"雅"。

是何等可喜。①

六曰"祝歌"②，如：

此宫殿美轮美奂，
宛如三棵福草盛开，
长出三叶四叶。③

当今之世，喜好华美，人心尚虚，不求由花得果，但求虚饰之歌、梦幻之言。和歌之道，遂堕落于好色之家，犹如树木隐于高墙之内，不得见外人，和歌不能登堂入室，不如草芥。

回想当初，此种情景绝无也。古代天皇，每逢春华之朝，

---

① 原文："偽りの無き世なりせばいかばかり人の言の葉うれしからまし。"以下为古注："正言歌乃匡正时弊之言也。而举此歌为例，歌心有所不符。或只可谓之'劝歌'。'在这没有花香、没有风动的世间，唯有饱览山樱的花色'一首，可作例歌。"

② 祝歌：原文"いはひ歌"，可写作"祝歌"、"斋歌"，对应于"风雅颂"的"颂"。

③ 原文："この殿はむべも富みけり三枝の三つ葉四つばに殿造りせり。"以下为古注："颂歌乃褒世娱神之作也。然此歌不显颂歌之特征也。'春日野里摘嫩菜，恭祝万世平安，祖神必欢欣'，庶几更似颂歌。总体而言，和歌分以上六种，未尽当也。"

秋花之夜，召集侍臣，吟咏和歌，或为寻花而迷失于幽径，或因望月而踯躅于黑暗之中，披肝沥胆，皇帝由是知臣之贤愚也。不但如此，又以石头作比，登筑波山祈愿，通体愉悦，满心欢喜。又登富士望青烟而忆恋人，听松虫唧唧而怀友。与高砂、住江等地之松常年相伴，俨然老友，望男山而忆往昔，赏女郎花①一时之盛，此乃和歌之可慰人心者。又，春晓望花瓣飘散，秋夜闻树叶落地，或揽镜自照，见鬓毛渐白，容颜日衰，感人生如草露水珠，心生悲哀之念；或往日极尽荣华，而今贫病交加，门庭冷落；或指松山之水山盟海誓，或掬野中之泉安抚老者，或见胡枝子之落叶慨叹孤独，或计数鹬鸟翎毛而空待来人；或以南竹自况，诉人间苦楚，或以吉野河作比，感叹爱情虚幻，不一而足。如今，人不见富士山青烟袅袅飞升，又不见长柄桥留存何处，只以和歌聊发思古之幽情而已。②

　　和歌自古流传，而至平城京③时方盛。奈良盛世，人深谙歌心④，正三位⑤柿本人麻吕⑥者，为"和歌之仙"也。天皇与臣

---

① 女郎花：植物，中文名称"黄花龙芽"，和歌吟咏的主要花卉之一。
② 以上一段均为《古今集》中有关和歌的大意。
③ 平城京：奈良朝的都城，在今奈良县。平城京时代亦即奈良时代。
④ "歌心"，原文"歌の心"，日本歌学的重要概念之一，指吟咏和歌所应具备的审美心胸。
⑤ 正三位：日本古代官阶，属高官。
⑥ 柿本人麻吕：生卒年不详，奈良时代宫廷歌人，《万叶集》歌人之首，和歌之祖，《万叶集》收录其长歌20首、短歌75首。

下相与咏歌，配合默契。秋日傍晚，红叶漂于龙田河上，皇上视若锦绣；春日早晨，吉野山之樱花，人麻吕喻为彩云。又，有名为山部赤人①者，歌道精湛，妙不可言。人麻吕难以凌驾赤人之上，赤人亦不能居于人麻吕之下也。② 除此之外，历朝历代，优秀歌人层出不穷。将人麻吕、赤人为止之历代和歌，收集网罗成书者，名曰《万叶集》。

时至《万叶集》之时，深知古代和歌，深谙古代"歌心"者，不过一二人而已，而其见解瑕瑜互见、深浅有别。自彼时至今，已有一百余年，历经十朝代。此间，熟知古事及和歌者、善咏和歌者，亦不多也。今论述和歌，取高官显贵之和歌为例，较为轻易，故不取。

此外，近世以歌闻名者，僧正遍昭③也，歌风得体，而"诚"有所不足。正如望画中美人，徒然心动。④

在原业平⑤之歌，其"心"有余，其"词"不足，如枯萎

---

① 山部赤人：生卒年不详。奈良时代宫廷歌人，擅长描写自然风景，《万叶集》歌人的代表人物。

② 古注："平城帝有歌曰：'红叶漂浮龙田川，渡河者涉足河水，岂不将河中锦绣踩乱吗？'人麻吕之歌曰：'梅花成片，仿佛天降瑞雪，黎明中的明石海湾。'"

③ 僧正遍昭：平安王朝前期歌人，"六歌仙"和"三十六歌仙"之一。

④ 以下有"古注"举出的例歌，见《古今集》第27、165、226首，略而不译。

⑤ 在原业平（825—880）：平安王朝初期的歌人，"六歌仙"之一。

之花，色艳全无，余香尚存。①

文屋康秀②之歌，用词巧妙，而歌样与内容不甚协调，如商人身穿绫罗绸缎。③

宇治山之僧喜撰④之和歌，言辞模糊，首尾欠条贯，如望秋月时为云雾所遮蔽。其和歌不多，难以多方参照，而做切实评判。

小野小町⑤之和歌，属古代衣通姬⑥之流，多有哀怨，缠绵悱恻，写高贵女子之苦恼。惟因纤弱，方为女子之歌也。⑦

大友黑主⑧之和歌，样带土俗气，正如樵夫背柴，于花荫下小憩。⑨

---

① 以下有"古注"举出的例歌，见《古今集》第747、878、644首，略而不译。
② 文屋康秀：平安王朝前期歌人，"六歌仙"之一。
③ 以下有"古注"举出的例歌，见《古今集》第249、846首，略而不译。
④ 喜撰：又称喜撰法师、醍醐法师，平安王朝前期歌人、僧人，"六歌仙"之一。
⑤ 小野小町：生卒年不详，平安王朝前期女歌人，"六歌仙"中的惟一女性，也是日本古代著名的美人。
⑥ 衣通姬：据《古事记》载，为允恭天皇之妃。
⑦ 以下有"古注"举出的例歌，见《古今集》第552、797、938、1110首，略而不译。
⑧ 大友黑主：又写作大伴黑主，生卒年不详，平安王朝前期的歌人，"六歌仙"之一。
⑨ 以下有"古注"举出的例歌，见《古今集》第735、899首，略而不译。

此外，以咏歌而留名者，如原野之蔓草，不胜枚举；如林中之树叶，多不胜数。和歌随口可咏，然知和歌之真谛者不多矣！

如今，天皇陛下治世，国泰民安，冬去春来，已逾九载，皇恩浩荡，泽被八洲，筑波山外，无所不至。陛下日理万机之余，亲自垂顾，不忘古道，复兴和歌，欲传后世也。延喜五年①四月十八日，大内记②纪友则③，御书所预纪贯之，前甲斐少目④大河内躬恒⑤，右卫门府生⑥壬生忠岑⑦等，领受敕命，收集《万叶集》未收之和歌，奉献我等新作。此和歌中，自梅花插头始，到听布谷鸟，折红叶，冬季赏雪；从吟咏鹤龟祝陛下康寿，到贺岁祝词；从吟咏秋花夏草，思念恋人，到攀登逢坂山求旅途平安，尚有不入春夏秋冬四季之杂歌，均分门别类，编辑成书，凡千首二十卷，名曰《古今和歌集》。

此次编辑，愿和歌如山泉不绝于流，如海滨沙数日积月累，而不似飞鸟川由深渊变浅滩趋于衰微。愿歌运长盛不衰，

---

① 延喜：醍醐天皇的年号，从公元901年到923年。
② 大内记：官称，负责保管宫中文书。
③ 纪友则（？—907）：平安王朝前期歌人。
④ 甲斐少目：甲斐地方官称。
⑤ 大河内躬恒：生卒年不详，平安朝前期的歌人，"三十六歌仙"之一。著有《躬恒集》等。
⑥ 右卫门府生：右卫门府的低级官称。
⑦ 壬生忠岑：生卒年不详，平安朝中期的歌人，"三十六歌仙"之一。

直如小石变为山岩。

　　我等自作之和歌，少春花之馨香，恐流布日久污人耳目，徒然博取空名，于"歌心"诚惶诚恐，思之坐卧不宁。然我等生逢盛世，受命编纂此和歌集，乃三生有幸焉！

　　人麻吕虽已作古，歌道岂能废乎？纵然时事推移，荣枯盛衰交替，惟和歌长存。愿此《古今和歌集》如青柳枝叶繁茂，如松枝永不凋零，如野草生生不息，如飞鸟永不绝迹。藉此通晓和歌，得其歌心者，如仰观太空之月，思古抚今，不亦乐乎哉！

俊赖髓脑

源俊赖[1]

序

自神代[2]开始,以日语写成之和歌,成为我秋津国[3]特有之艺术,代代相传直至今日。凡生于日本国者,无论男女老少,尊卑贵贱,皆宜赏玩。有修养者技精艺湛,无修养者不见长进。而无和歌修养者,恰如水中之鱼失去鱼鳍,空中之鸟失

---

[1] 源俊赖(1055?—1129),朝廷重臣、著名歌人源经信(1016—1097)之子,平安王朝后期宫廷高官、歌人及和歌理论家。源俊赖在和歌理论方面的代表作是《俊赖髓脑》,是平安王朝末期重要的长篇"歌学"书。据日本学者研究,该书是应一位贵族小姐藤原勋子(成为皇后之后改名为泰子)的要求而写。其内容以和歌实例赏析为主,涉及了和歌创作与鉴赏的各个方面,包括和歌的种类、歌病、歌人的构成范围、和歌效用、歌题及其吟咏方法,秀歌举例分析,和歌的技法、异名、季语、歌语的由来,"歌心"与虚构,连歌、歌语的疑问,歌与典故等各方面的知识问题,在观点与方法上受源经信与藤原公任的影响,体现出以平安王朝贵族的审美意识为宗的古典主义倾向。是日本歌道里的奠基作之一。

[2] 神代:日本的神话时代、神治时代。

[3] 秋津国:日本的异称。

去翅膀。

关于和歌之起源,《古今和歌集序》及各种和歌作法之类书中多有论及,在此略而不论。人的感情变得细腻之时,随着春夏秋冬四季推移,春天赏花,夏天听布谷鸟,秋天叹红叶,冬天玩雪,皆可成和歌。可以和歌赞颂人君,惋叹身世,痛惜离别,写羁旅之感,抒爱恋之情。心有所感,直抒胸臆。而当今和歌,却将古代歌人的乐感丧失殆尽,词不达意。身处当今末世,我不知如何才能恢复昔日和歌之鼎盛。如今,没有作好和歌者,亦没有完全不能作和歌者;不精和歌者却佯作内行,无知者却显有知。

和歌之道,在于能够掌握和歌体式,懂得八病①,区分九品②,领年少者入门,使愚钝者领悟。倘若不加传授,难以自悟;若不勤奋钻研,学会者少。只要收集古代歌句词汇,探

---

① 八病:"歌病"说的一种。受中国"诗病"说的影响,日本早期和歌论中也提出了"歌病"说,为的是确立和歌的规范,即"式"或称"歌式"。最早是藤原滨成(724—790)在《歌经标式》(现存最早的和歌论)中提出了"七病",接着是喜撰在《倭歌作式》中提出了"四病",孙姬在《和歌式》中提出了"八病"。此处所指是孙姬的"八病",即:一,"同心病",即一首歌中重复使用相同的词语;二,"乱思病",即词不达意;三,"栏蝶病",句首好,句末坏;四,"渚鸿病",过份注重第三、四句,而轻视头两句;五,"花橘病",讽喻之词使用不当;六,"老枫病",字数不足,意味不足;七,"中饱病",有多余字句;八,"后悔病",即六句体。作者在《俊赖髓脑》中有专门论述。

② 九品:指藤原公任的在《和歌九品》中提出的"九品"。

幽发微，溯源探流，即可知和歌如海滨沙数、空中雨滴，不胜枚举。正如隔云霞望春山，于雾中看秋野。村夫俗子之句，如不留心收集，亦如朝露，消融殆尽；玉台妙咏之歌，若不加以征集，也如风前尘土，飘散无遗。

和歌之道不继，可悲可叹。以俊赖一人之力，坚守和歌之道，经年累月不懈，却上不能得天子褒奖，下不能教世人理解。朝夕叹怀才不遇，日夜怨人生多艰。惟有仰赖男山顶上八幡神宫①庇荫，托三笠山春日神社②藤原氏祖神保佑，笃信灵验，如在眼前。

和歌之灵验

从前纪贯之骑马赴和泉国，因天色昏暗，不知不觉通过蚁通明神神社时，马儿忽然倒地而死，贯之莫知如何，大惊失色，就着随从的松明，隐约看见神社的鸟居③，便向社内询问："这里是哪方神社？"答曰："此处神社，供奉的是'行路明神'，是一位挑剔而又严厉的神，您莫非是骑着马通过神社门前的吧？"贯之答曰："正是。在下因天色昏暗，不知有神社在眼前，贸然通过，有所得罪！敢问如何是好啊？"走

---

① 男山：位于京都南部，山顶有著名的八幡神宫。
② 三笠山春日神社：位于奈良市东部，有春日神社。
③ 鸟居：日本神社前面的牌坊。

出的神官好像是神灵附体，说道："汝等骑马在我眼前通过，若是事前不知，倒也有情可原。不过，听说您精通歌道，若能在此显示您的歌艺，您的马儿可以起死回生——此乃明神之神谕也。"贯之当即沐浴净身，作和歌一首写于纸上，张贴于神社木柱，入社参拜。片刻之后，马儿身体抖动，一下子站立起来，神官说"神已经原谅你了"，也从神灵附体的状态中醒来。贯之的和歌是这样写的：

云厚天暗，时至夜半，
行至神社，竟不知行路明神在此。
敬乞宽宥。①

实纲当年上任伊予国的长官，酷爱和歌，约能因法师②同行，前往赴任。那一年，烈日当头，滴雨不下，伊予国旱灾尤重，全境水源干涸，饮水断绝，渴死者众。国守实纲心急如焚，每每祈雨，不见奏效。一筹莫展时，对能因法师说道："听说神也喜欢和歌吟诵，幸而您是和歌高手，我们向三岛明神吟咏和歌祈雨，如何？"于是法师参拜神社，以和歌奉献于当地的三岛明神，倾诉苦状，叩拜不起身。忽然间阴云密

---

① 原文："あま雲のたちかさなれる夜半なれば神ありとほしも思ふべきかは。"

② 能因法师：平安朝中期歌人，俗名橘永恺，"三十六歌仙"之一。

布，大雨倾盆不止。法师吟咏的和歌是：

> 神若灵验，
> 请掘开天河之水，
> 灌溉秧田。①

大雨连降三日，此后每隔三四天即降一场雨，伊予国中，雨水丰沛，百姓如愿以偿。国守实纲感慨系之："现时虽为末世，神灵尚不弃歌道也。"

以上所谈，稍离正题，意在以实例记载神灵感应和歌。神灵尚且如此看重和歌，人岂能轻视之！人生在世，不能没有和歌。古人云："鬼神无形，亦有哀怨。男女柔情，可慰赳赳武夫，此乃歌也。"②

上述乃古代之事，如今不复得见。

论"歌题"③

吟咏和歌，要弄懂歌题。歌题文字，有三字、四字、五

---

① 原文："天の川苗代水にせきくだせあまくだります神ならばかみ。"
② 出典《古今和歌集·假名序》。
③ 原文简称"题"，即和歌的题材。12世纪初期以后，按特定题材吟咏和歌，并以此召集歌会、编撰歌集，成为歌坛风尚。

字等，不一而足。可吟咏的事物，不可吟咏的事物，宜委婉吟咏的事物，可直截了当地吟咏的事物，均应有所分别，牢记在心。将委婉吟咏的事物直截了当吟咏，是不好的；若将应当直截了当吟咏的事物加以委婉表现，也会显得拖沓。如此之类，不惟仅靠修习，应该用心体悟。巧妙地使用歌体，得心应手地咏出和歌，想来并非易事。

例如①，初春清早，忽觉春天到来，于是歌兴大发，欲将此心情咏出，故而作歌曰：佐宝山②啊，春风将你身上的彩衣吹开了；因山峰将春霞遮蔽，想看春霞而不见，等不及了，就进入深山；以梅花香气为诱饵，将黄莺诱出；在子日出游采松枝祝寿③时，不由想起了心上佳人，祈求千年长寿；初子日采摘嫩菜的时候，对某人表达祈福消灾之意；看到残雪消融，兴起人生无常之叹；盼望樱花盛开，又恐其很快凋零，于是心神不宁，将樱花幻觉为一片白雪；恨那将花瓣吹落的无情的风，又怨那将花朵打落的残酷的雨；看到发芽的飘动纷乱的柳条，一时乱了方寸，犹豫着要不要走到树下；早蕨

---

① 以下所举的和歌题材，皆暗含具体歌例，多见《古今集》《拾遗抄》等歌集。
② 佐保山：在今奈良县东。当时日本将此山神格化，称为"佐保姬"（佐保女神）。
③ 子日：又称子日游，日本传统节日，在正月初子日出游采松，以祝寿。

是否发芽？置身山间，看见埋头耕作的农人，不由心生怜悯；看见桃花，想起了中国三千年才结果的仙桃的故事，而眼前的桃树仅仅才是花开一度；此春天白白度过，而一年或许也会如此虚度，于是感而叹之。

进入初夏，为聆听布谷鸟的第一声初鸣，一夜无眠到天明，顺着陌生的山路寻鸟，直到日暮，只好在那难以想象的山间小屋中小睡片刻。这就是初夏的诗情，可咏可叹者无穷无尽。到了五月，就是菖蒲节①，以菖蒲为题材者良多。由菖蒲根深不露，推知人心难测；将菖蒲长长的泥根放入衣袖以寄托恋情，却又担心此菖蒲为"浅香沼"所生；面对修葺屋顶的菖蒲长根，暗自倾诉恋情。如此到了六月，与初夏时节焦急等待的布谷鸟惜别。夏鸟到来，高飞入云，鸣声不闻，要聆听鸣唱，还要待布谷鸟明年再来。夏末六月，手掬山间松阴中流出的泉水，在清凉中感到今年夏天将去，不由睹物伤情。此外，夏天驱蚊的烟火也别有风情，诗情真是无处不在。

及至初秋，身感凉意，芦苇在秋风中摇曳，令人心生惆怅；不久便是七夕，等待牛郎织女重逢，欲询问银河艄公，寻访喜鹊搭成的鹊桥；牛郎织女重逢，穿天上的云衣同枕共寝，可叹这温馨动人的恋情只是一年一度，转瞬即逝，给后人留下多少咏叹！四季月光均皎洁，然秋月尤其令人神往。

---

① 菖蒲节：即端午节。

在山顶小屋居住的人，仿佛身处云中的高楼玉台，令人艳羡。在明石①的海滨，头顶明月，数着草棵上多少露珠映出多少个月亮。见大雁扇动翅膀，从远山的轮廓中飞出，不由感到红叶时节即将到来。即使是阴云密布，强风也会把云雾吹开，拨云见日，又别有一番情趣。望月思佳人，恋情不禁，心荡神驰。树叶渐渐着上红装，宛如一幅锦绣，徐徐铺展开来，而满山的锦绣一旦被狂风暴雨打乱，则又令人伤感落泪。在御室山，枯水的龙田川变成了一条彩带，吉野川布满了红叶，因而不忍强行渡川，以免将彩带弄乱。虽然下雨，却没有涨水，也叫人开心。聆听庭院草丛中秋虫唧唧，可推知恋人之心。芦花上露水凝聚过多，不堪重负。女郎花因名得福，行人折花者多多。芒草穗随风摇荡，仿佛向人点头示意，连不懂风情的樵夫，也为此景而心动。蜘蛛在藤袴②上结了白色的蛛网，好像为她穿上了袴裙。墙根底下的白菊，覆上了一层白霜，叫人难以觉察。秋菊含羞垂首，给人无限遐想。

冬天景物，最是初雪令人耳目一新，没有生命的岩石也像是开放的一团白花，被柴草熏黑的农家也变为一片洁白的颜色。四面群山银装素裹。不久雪越积越厚，山间草庵雪封，不得进出，只待春天来临。外出的道路茫然莫辨，期盼朋友

---

① 明石：日本古代地名，在今奈良县。
② 藤袴：一种兰草，今称华泽兰。

踏开雪路来访。水塘封冰时节一到,连高濑舟①也动弹不得,在芦苇间栖息的水鸭,也耐不住水面冰封而不得不迁徙他处。令看惯了水鸭旧巢的人扼腕叹息。一年就将过去,痛感日月如梭,世间古来如此,时光荏苒,亦可叹也。

吟咏恋歌,或者自我抒情时,应该如何寄托情怀呢?例如,可以寄兴于"蚕丝"或"蜘蛛之丝",丝容易断,故可比喻"断念"、"断绝"等,细丝又可缫可纺,故可用来形容"反复不断"、"细长"、"胆怯无把握"或者"不变心"等,如此由丝的本性而引申出的"心烦意乱"、"一团乱麻",或者"捻线"、"织机"等,灵活加以运用,则符合做歌的要领。又如,以杣山、杣川为题材,可借助词语的木材与"暗"、"黄昏"的谐音,以"树影"、"夕暮"、"日暮"表达思念之情,也可以写"我的思念像流走的木筏"之类。以"海舟"作寄托,则其用法更丰富多彩。欲表达怨怼时,以"舟"表意,则有"船桨不灵"、"船绳中绝"等表现;在表达"永不重逢",或相反的表达"会后有期"的意思时,以及将对方比作起伏不定的水波,把自己比作水上的浮子,以渔人操纵手中的缆绳,比喻自己被愚弄;把流出的泪水,比作涨潮的海水;以早晚辛苦下海捡来的海贝却是空壳,来比喻自己的徒劳;以渔网网眼多,比喻人多眼杂,人言之可畏。还有,在渔民

---

① 高濑舟:能够在浅水中行驶的浅底船。

的小屋中旅宿，以车辕围成寝床，以毡子做寝具，以渔网浮子作枕头，等等，都可写成和歌。

众所周知，男人将配偶叫"妻"，女人将配偶叫"夫"。在吟咏"无妻"的境况时，若以"家园荒芜"或"摄津地方的临时小屋"做比喻，则流畅可喜。以"毛竹"作寄托，则以毛竹的竹节多，比喻世间人多嘴杂；吟咏"竹笛"的时候，则由竹笛之短，引出短暂的"一夜之欢"，又竹笛"音声"与"就寝"同音，则由此发"同寝共枕"之感叹。同样，吟咏"河竹"，可以引出"身世飘零"之意。在表达感时伤逝、自怨自艾、托物言情时，应该考虑草木枯荣的季节。假如寄托于草木新芽，那就应明确春夏的季节，秋与冬，也有各自的草木兴寄，不该没有来由。在恋歌中，"结穗"这个词语，指的是深藏于心底的恋情不可遏制，遂向对方表白。表现这种状态时，春季以草木萌发为喻，夏季以时鸟初音为寄，秋季以芒草出穗作比，或以山头明月初升加以形容。冬季，则写被思恋的眼泪冻结的衣袖又为新泪融解。所谓"心烦意乱"，指的是为情所迷，莫知所从而长吁短叹。在表现这种心情的时候，要以"刈萱"①、"朝寝发"②、"忍褶"③之类的词语作比喻。

---

① 刈萱：黄背草。
② 朝寝发：早上起床时蓬乱的头发。
③ 忍褶：一种带植物迷乱花纹的布料，福岛县信夫地方产。

吟咏和歌，不可与以上的示例亦步亦趋，在思路闭塞不开的时候，当可参照，以触发感兴。有关事宜不一而足，有所不言，言不尽意也。

论"歌心"

夜渡银河水，
不知银河是浅滩，
天已亮，却未到对岸。①

这首和歌的"歌心"②，写银河的广阔，在浅滩上溯白色浪花而行，感觉好像快要到岸了，天色却大亮，只得惆怅而返。此等体验想必人间常有。即使普通人，日夜思恋情侣，有一夜好不容易与对方幽会，却不知如何措置，何况一年一度相会的牛郎织女呢？无论银河如何深阔，牵牛星都不能不返回，而且，据说银河中有喜鹊搭桥。此外，在古歌中，也有"红叶为桥"，或者"摆渡过银河"的说法。还有歌写道，"一旦

---

① 原文："あまの河あさせ白波たどりつつわたりはてねばあけぞしにける。"出典《古今集》卷四，作者纪友则。

② 原文为"歌の心"，是源俊赖的歌论中的重要概念。意为和歌的立意、构思、发想等。

摆渡来，即把船桨弃"，为的是不再返回了。① 都是说渡河多不容易。船夫摆渡，会区别熟人生人否？何况牵牛星一年一度要渡河去会织女，船夫会拒绝吗？而且，银河真的是"浅滩"吗？恐怕谁都不知道。上述和歌对牛郎织女典故的理解看起来有误。躬恒、纪贯之都是出色的歌人，然而他们为何却将有误的和歌编进了《古今集》中？即使编错了，延喜圣王醍醐天皇②也该明察，予以剔除才是。或者是因为《古今集》抄写有误，但查阅多种版本，都是"未到对岸"。也有不太可靠的写本，写作"已到对岸"。带着疑惑询问大方贤士，答曰应为"未到对岸"。抄作"已到对岸"的本子，应属劣本无疑。由此可知，"天已亮，却未到对岸"是古代和歌的表现方法。也就是说，牛郎织女两人苦恋，焦急等待了一年时间，等到重逢，也只有一夜，时间太短，虽然重逢，却感觉意犹未尽，与未曾相会一般。于是，和歌便抒发"未曾相逢"的感觉和感情。例如，写月亮从山头升起，又从山端落下。究竟月亮何时从山头升起，何时从山端落下，并不明写，只是将自己的感觉写出来，径直咏作"月自山边升"而已。不仅吟咏月亮是如此，其他亦复如是。例如，将花视为云彩，将红叶喻为锦绣，似是而非，似非而是。在描写人之外的万物

---

① 出典《古今集》总第 174 首。
② 《古今集》是醍醐天皇下令编纂的。

的时候，都是以人视物，各有所见，没有全然相似者。在描写闻所未闻的事物时，也要仿佛有所见闻。在上述的那首和歌中，本来牛郎织女相逢了，却可以写作未曾相逢。

  昨日刚插的秧苗，
  转眼间，
  稻叶随秋风摇荡。①

这首和歌，想起来让人困惑。四五月份插秧，到了八九月的秋季也快成熟了，然而，昨夜刚刚插栽的秧苗，只过了一夜，便在秋风中波浪起伏，恐怕不可能吧？这一写法，只是为了表现日月如梭的感觉，于是加以夸张。例如，"仿佛就是昨天今天，不知不觉许多年"之类的说法，就是同样的意思。假如了解了这一点，和歌表现上的其他事情，就容易理解了。

  心上人如浅滩海草，
  涨潮时隐没不见，
  难得一见，太多想念。②

---

 ① 原文及出典见《和歌九品》的相关脚注。
 ② 原文："潮みてばいりぬる磯の草なれやみらくすくなく恋ふらくのおほき。"出典《万叶集》卷七，第1398首。

这首和歌，想来不合常情。以海滩上的海草比喻恋人，一旦涨潮，海草就隐于水中，看不见了；一旦退潮，海草便显现出来。和歌中却说"难得一见"，而实际上，涨潮退潮是一日一回，每天如此，虽由月亮出没的规律而有所变化，但每日循环，从不间断。然而，这首和歌的"歌心"，却将涨潮视为常态，退潮虽然每日都有，却仿佛是十日二十日难得一见。若不假思索，就会认为歌人写错了。但仔细想来，海滩的水草虽然随着潮水涨落而时隐时现，但对于恨不得时刻目睹的人来说，还是觉得涨潮的时候太多，退潮的时候太少。好比身体疼痛的地方被偶尔碰了一下，感觉许久疼痛一样。本来是短暂的，却感觉漫长。原本海潮的涨退是相同交替，但对于想一直看见海草的人而言，却咏叹道：难得一见，太多想念。这种歌心，实在太美了。这首歌，假如只是普通的一首，想必就不会被公任卿收编到《拾遗抄》中去了。

> 山名三笠山，
> 其实不戴笠，
> 惟有夕阳与朝日。①

---

① 原文："名のみして山はみかさもなかりけりあさひゆふひのさすをいふかも。"出典《和汉朗咏集》第496首。

这首和歌也难以理解。本来没有斗笠，只有朝日与夕阳，那还有何可"戴"乎？在这种情况下，通常会以为既然称为三笠山，或许就是指把日光戴在头上。但依我之浅见，这种理解其实没有弄清作者的真意。作者要说的是：朝日、夕阳之光，举手就可以遮挡，像一顶无形的斗笠，斗笠有何用途呢？实际上，日光"照射"一词，与戴斗笠的"戴"字是同一个意思，于是"斗笠"也含有阳光"照射"的意思。不知这种解释是否牵强。

> 孩子呀，你已经长大成人，
> 我燃烧自己的乳房，以此炭灰，
> 做成了墨染的衣裳，穿上它吧。①

这首和歌，是写敏信②须穿上孝服，被流放外地，母亲便给他缝制了一身墨色的衣裳作孝服，并吟咏此歌。孝服是黑色的，故称为"墨染的衣裳"。实际上或许并非用墨来染。此歌的"歌心"，在于写以燃烧的炭灰来把孝服染黑。"墨"与"炭灰"同音，但并非是用炭灰来染，而使用的当是砚墨。若问：

---

① 原文："ひとなしし胸のちぶさをほむらにてやくすみぞめのころもきよ君。"出典《拾遗抄》杂下，第559首。作者是敏信的母亲。

② 敏信，人名，生平不详。

为什么用生火的炭灰来染,这首歌要表达什么意思呢?实际上,孝服虽为黑色,也并非是"墨染"的,从前使用墨染,近人早就改用铁浆了。直到这首歌写作之前,或许还是使用墨染。生火用的炭灰,与砚台使用的墨,作为同音词,使用起来常常难以分别,在和歌中混用,较为常见。吟咏砚台之"墨"的时候,却写成生火用的炭灰,本是无可厚非。相似的例子有"大火不烧,草木复萌",实际上,大火不烧与草木复萌,完全是不同的事体,但这样表现却无可指责。又如:"水流中的可怜的鲤鱼啊,小心落入网中。""鲤鱼"是鱼名,与恋人的"恋"不是一回事,但它们是同音词,所以通常可以这样使用。话说回来,砚台用的墨也是烧出来的,做墨就要焚烧松木,取其烟灰而成,可见,"墨"、"炭灰"、"墨染"这几个词,都是相联系的,放在一起吟咏,决不是缺陷。

祭神的卯月①,
盛开白色卯花②,
巫女用捣杵舂出白米。③

---

① 卯月,阴历四月,初夏季节。
② 卯花:水晶花。
③ 原文:"神まつる卯月にさける卯の花はしろくもきねがしらげたるかな。"出典《拾遗抄》,第59首,作者躬恒。

这首歌的"歌心"独运匠心。首句"祭神",下句写"白色"、"捣杵"。"捣杵舂米"就是将稻谷舂成白米。其中,"巫女"的别称与"捣杵"为同音词,故曰"巫女用捣杵舂出白米"。舂米一般是身份低下的婢女干的活计,而在神灵前表演神乐的巫女,又被称"八乙女",身穿日本式的衣裙和唐装上衣,美丽而又可爱。因而说到巫女,很难令人想起"舂米"。我曾向人请教:此歌到底是什么意思呢?回答也并不确定。或许也有人认为:虽说是巫女,只有表演神乐的"八乙女"才漂亮可爱,对于身份低微的少女,或许也可以称为"巫女";而且,舂米的工具中,有一种叫做"木杵",因为用它可以使稻米变成白米,所以可以说"用捣杵舂出白色稻米",云云。可是又有人会讪笑说:假如吟咏捣杵,那除捣杵之外,舂米的工具还有其他,不把那些工具一一加以表现,恐怕不充分吧。窃以为,这首歌想要表现的,就是在卯月开放的卯花的"白色",由此联想到"白米",又因舂米的"杵"与"巫女"同音,所以写"巫女用捣杵舂出白米"。实际上,在如今的祭神仪式上,巫女并不管舂米。相同的例子还有"梅花笠"。在古歌中写梅花笠是黄莺缝制的,实际哪有此等事?只是黄莺预告春之将至,梅花也是报春之花,将两者联系起来,就有和歌吟咏"黄莺缝制梅花笠"了。可见,上述和歌将"祭神"与"捣杵"、"巫女"联系在一起,实在无可挑剔。

春在雪中来，
黄莺结冰的泪，
也该融化了。①

这首和歌写春天在雪中来临，也有点奇怪。而且，黄莺之"鸣"与"哭"字同音，而与"泪"字无关。有人认为，这里所说的"春天在雪中来临"的"雪"，指的是去年下的雪。本来，春天也有下雪的时候，但雪主要是冬季的景物，为了写冬天，才会写到雪，所以，这首和歌是站在旧年的立场上咏叹春天到来。如果是写"年内的春天"，则与一首"新年旧年难分开"②的有名和歌雷同了。所以，有意推陈出新，写"春在雪中来"，以便新人耳目。所谓"黄莺的泪"，当属子虚乌有。然而黄莺也鸣叫，"鸣叫"与"哭"同音，哭又与"泪"关联，就顺理成章了。然而黄莺的鸣叫是欢快鸣啭，不是"哭"。而且还有人会质疑："即使黄莺有眼泪，那也在南北飞越，冬去春来，消融殆尽了。"和歌中的虚构表现是应该的，不过"黄莺结冰的眼泪"这一虚构确实有失分寸，不免令人困惑。因这首和歌整体意境不错，被选入《古今集》，毕竟还是叫人感觉有欠稳妥。

---

① 原文："雪のうちに春はきにけりうぐひすのこほれる涙いまやとくらむ。"出典《古今集》第一卷春上，作者二条后高子。

② 指《古今集》的第一首歌："岁末春天到，一年之内，新年旧年难分开。"

而且，这首和歌被编入了初春的部分，也有再商榷的余地。

　　　　樱花开在高山上，
　　　　众人难来造访，
　　　　花呀莫悲伤，让我来赞赏。①

这首和歌的"歌心"在于咏叹那远离喧嚣、独自开放的樱花。表现人的孤高也莫过如此，何况没有感情的花儿，怎么会因为人看不见而悲伤呢？也许有人认为这有背情理吧。然而，这也说明，将感情赋予没有感情的事物，让不会说话的东西说话，是和歌创作常见的手法。例如，"风啊，请你绕开花儿吹"，或者"杜鹃啊，请给我带个口信"，等等，都是如此。实际上，风啦、杜鹃啦当然不会听从人的意思，但和歌技法就是如此。从以上例子可以理解，樱花因人不能欣赏就可能悲伤。

　　　　无人深山樱花开，
　　　　风儿不忍将她吹败，
　　　　好让美景常在。②

---

　　① 原文："山たかみ人もすさめぬさくら花いたくなわびそ我みはやさむ。"出典《古今集》第一卷，无题，作者佚名。
　　② 原文："見る人もなき山ざとの花の色はなかなか風ぞをしむべらなる。"出典《道信集》第55首。

许多写樱花的和歌，都写对风的憎恶，写风吹花落的惋惜之情，这首歌却写风儿惜花，可谓匠心独运。当然，实际上风并不怜悯花，但其他地方的樱花都被风吹落了，只有这山里的樱花还盛开不败，岂不是因为风儿惜花吗？这是因为风这种东西，刮起来不问何时何地、东西南北，只有这山里，风儿偃旗息鼓。这种构思，也是和歌之"姿"的一种。

> 在高砂的尾上，
> 我硬要折一枝樱花，
> 哪顾得守山人斥责。①

根据此首和歌的前言所述，这是素性法师②在"花山"这个地方，采折樱花时吟咏的和歌。所谓"高砂的尾上"这个地方，是播磨国③的地名，而"花山"则是山城国④的地名，自古以来，"青松啊，你把我看作朋友"、"尾上的青松与我合二为一"之类的和歌，所吟咏的就是播磨的高砂。然而，在山城国的"花山"吟咏"高砂的尾上"，除这首歌外再没有别的先

---

① 原文："山もりはいはばいはなむ高砂の尾上の桜をりてかざさむ。"出典《后撰集》春中，第50首，作者素性法师。
② 素性法师：生卒年不详，平安王朝前期的歌僧，"三十六歌仙"之一。
③ 播磨国：位于今兵库县南部，加古川沿岸。
④ 山城国：今京都府南部。

例。对这首和歌的"歌心"加以研究就会明白，播磨的"高砂"是国中的郡名，"尾上"则是高砂郡的乡村的名称，在尾上的海滨，有一棵青松，被歌人吟咏之后就成为名胜。素性法师的这首和歌，是把一般的山称作"高砂"，也就是"山"的意思。至于"尾上"，是因为山中有"尾"这样的地方，所以写作"尾上"。可见，素性的和歌中的"高砂的尾上"没有写错。也因此，无论何地，写到山的时候称作"高砂"，也不为错。

在稻浪起伏的时节
连蝗虫都不怨恨人，
你却有怨言吗？

返答歌：

我心潮起伏，宛如稻浪，
不住长秋宫，
如何不惆怅！①

---

① 原文："時しもあれいなばの風に波よれるときさえ人のうらむべしやは。"返歌："いかでかはいなばもそよといはざらむ秋のみやこのほかにすむ身は。"出典《十训抄》第135、136首。

村上天皇时，有个名叫斋宫女御的妃子，住在长冈那个地方，天皇写信问："何时回来？"不知妃子的回信是如何写的，反正天皇很快就写来这首和歌。如果不清楚其中的典故，这两首歌的意思就不好理解。据文献①记载："皇后"和"蝗虫"都不嫉妒。妃子的回信可能表达了嫉妒之意，于是天皇就写了这样一首和歌。"蝗虫"是附在稻叶上的昆虫，有了稻叶就有了它，所以称作"稻子丸"②。妃子写的这首和歌的意思是：我虽然理解陛下的心，但我"不住长秋宫"，不是皇后的身份，如何不嫉妒呢？在世人看来，妃子写的这首歌反而像是出自皇后之手。

> 我因爱情而悲伤，
> 枕头下哭成了海洋，
> 打鱼人可在此撒网。③

这首和歌有些夸大其词。写自己一直哭泣，眼泪汇成了大海，以至渔民都可以到那里垂钓撒网了。这一构思不错，但超出了夸张的限度。有人也写过："低头啜泣，眼泪顺着头发流

---

① 文献：所指未详。
② 稻子丸：蝗虫的拟人化名称。
③ 原文："恋ひわびてねをのみなけば敷妙のまくらの下にあまぞつりする。"出典不详。

下，变成了雨帘。"这还不算离谱，但超出这一限度，就过份了。从那以后，我查阅《和歌作法书》的事物名称项，上面写着：顺着头发而下的眼泪，可称作"雨帘"。

岁末大雪降，
红叶纷纷落，
惟有青松更傲雪。①

这首和歌，出自"岁寒，然后知松柏之后凋也"②之句。即使是贤人，在平常情况下也很难显示其贤愚。松柏在万木丛中，没有什么特别的不同。但在寒冬季节，万木凋零时，松柏却依然郁郁葱葱，此首和歌就是根据松柏的这一特点吟咏出来的。

冬雪封道路，
好马识路途，
跃马扬鞭奔故土。③

---

① 原文："雪ふりて年のくれぬる時にこそつひにもみぢぬ松も見えけれ。"出典《古今集》冬之卷，第340首。
② 出典《论语·子罕》。
③ 原文："冬さればみちも見えねどふるさとをもとこし駒にまかせてぞゆく。"出典《后撰集》恋之五，总第978首。

这首和歌,是根据管仲的故事写出来。唐土①有个名叫管仲的人,雪夜行路,道路不辨,只任凭老马识途,赶往家乡。所谓"老马之智"一词,就出自这个故事。

　　斧柄朽烂,可以替换,
　　人世流转,
　　归来何益!②

这首歌也有一个典故。仙人在岩洞下围棋,一个樵夫顺便进来观赏,他用带来的一把斧头支撑着身体看棋,不料眼看着斧柄很快腐朽,变成了碎末。他感到奇怪,回到家中一看,自己的房子无踪无影,问道别人,说那是很久以前的事了,无人知道究竟。

　　踏开山路秋菊,
　　露水湿衣衫,
　　露水干湿间,人间已千年。③

---

　① 唐土:指中国。
　② 原文:"斧の柄はくちなばまたもすげかへむうき世の中にかへらずがな。"出典《六帖》之二,总第1019首。
　③ 原文:"ぬれてほす山路の菊の露のまにいかでかわれは千代をへぬらむ"出典《古今集》秋下,总第273首,作者素性法师。

这首歌也是吟咏仙境的。"露水干湿间",指的是时间短暂,人世间却已过了千年。

> 人们看不见,
> 不用人工裁缝的仙衣,
> 却看见,山上女神晾晒的白布。①

这首歌吟咏的也是仙境。写仙人的衣服不需裁缝,天衣无缝。

> 我心向往"无何有乡",
> 藐姑射山,
> 亦可攀上。②

所谓"藐姑射山",是仙人所居之地;所谓"无何有乡",指的是能够洞察别人所思所想,随心所欲、心想事成的境界。这首歌吟咏的是:假如做到这些,那就达到了仙人的境界。

> 看那蜘蛛都激动了,

---

① 原文:"たちぬはぬきぬきし人もなきものをなに山姫のぬのさらすらむ。"出典《古今集》杂歌上,总第926首。

② 原文:"心ざしふかうのさとにおきたらばはこやの山を行きて見てまし。"出典《万叶集》第十六卷,总第3851首。

情人来约会,
肯定就在今宵。①

这首歌是有典故的。近江地方有一位郡司家的女儿,姿容美艳,无人可比,美得透过衣服放射出光辉。帝王得知,便娶到宫中,加以无上宠爱,而渐渐不理朝政。姑娘的父母自觉不妥,便把女儿召回,把她幽闭在一个偏远的地方。帝王得知,三番五次派使者去接,姑娘的父母不依。帝王找来足智多谋的大臣派作使者,叮嘱"一定把人带来,否则论罪"。于是,使者带上干粮出发了。来到姑娘住地,说道:"微臣领受敕命,带您回宫,但是以前使者来过多次,都未遂愿,如果我只身回去,必死无疑,莫如现在就死在这院子里罢了!"此后一言不发,卧倒在院子里有十几天,此间偷偷地啃吃随身带的干粮,才免饿死。看到此情此景,姑娘的父母说道:"让使者在这里等死,也太于心不忍了。钦差使者若死在这里,我们也要治罪。女儿啊,快随这使者回宫吧!"于是就随使者回到宫中。一回来就吩咐:"赶快奏明皇上!"正在房间等待皇上时,姑娘看见一只蜘蛛从房上顺丝下降,钻到自己衣袖,心想:"真巧啊,看来皇上就要驾到了。"转眼间,

---

① 原文:"わぎせこが来べきよひなりささがにの蜘蛛のふるまひかねてしるしも"。出典《古今集》墨灭歌,总第1110首。

皇上果然来到眼前。这位姑娘就是著名的歌人衣通姬①。在住吉神社②里，衣通姬一直被作为歌神祭奉。

> 我的爱恋有何等重量！
> 犹如七块千钧巨石挂在颈项，
> 天神也只能兴叹望洋。③

"千钧巨石"指的是一千人也搬不动的石头；"七块"指的是这样的千钧巨石共有七块，七块这样的巨石挂在脖子上，即使是天神也搬不掉，可见这爱情的份量有多重！

> 爱上那不爱自己的人，
> 正如在大寺中不拜佛像，
> 却拜饿鬼。④

这首歌，反映了从前许多寺院给饿鬼造像供奉。愚蠢的人搞

---

① 衣通姬：允恭天皇的妃子。据文献记载，她因忌惮皇后的嫉妒，曾隐居外地。
② 住吉神社：位于今和歌山市和歌浦。
③ 原文："我が恋は千びきのいしのななばかり首にかけても神のもろぶし。"出典《万叶集》卷四，总第743首。
④ 原文："あひ思はぬ人を思ふは大寺のがくゐのしりべにぬかづくがごと。"出典《万叶集》卷四，总第608首。

不清哪是佛像，而对饿鬼顶礼膜拜，结果徒劳无益。如果爱上了一个没心没肺的人，就如同向饿鬼膜拜。

> 诸寺女饿鬼吁请：
> 将男饿鬼配于我，
> 生出下一代！①

这首和歌，写的是那些没有可取之处的女子，想生孩子，渴求男子、饥不择食之状。

> 山间水田沟的小鱼呀，
> 过了今天，
> 稻田里的水就放干了。②

这首和歌中的"山间水田沟"，指的是田与田之间的排水沟，"小鱼"指的是各种淡水鱼。"稻田"指的是田中的晚稻。要捞水田沟中的小鱼，就等明天将稻田的水放干了。

---

① 原文："寺寺のめがくゐまうさくおほみわのをがきたばりてその子はらむ。"出典《万叶集》卷十六，总第3840首。
② 原文："山里のたのきのさいもくむべきにおしねほすとて今日もくらしつ。"出典不详。

月光皎洁之夜，
传来捣砧声，
轻柔温馨，却叫人难眠。①

"月光皎洁"，与"月明风清"是相同的意思。

连海中那不能言语的海贝，
都是成双成对，
世间的人啊，惟有我孑然一身。②

贝类，有两枚合在一起的，称作公贝、母贝。这首和歌咏叹的是：连海贝都成夫妇，而自己却形只影单。

和 歌 与 典 故③

每逢揽镜自照，就看到自己痛苦难熬，

---

① 原文："月よよみころもしでうつ声きけばいそがぬ人もねられざりけり。"出典《后拾遗集》秋下，总第336首，作者伊势大辅。

② 原文："贝すらもいもせぞなべてあるものをうつし人にて我ひとりぬる。"出典不详。

③ 这里译出的是与中国典故相关的部分，可为中日古代文学交流的研究提供参考。

若她①没有如花的容貌，
我也不会如此苦恼。②

我思念故乡而悲泣，
流出的眼泪，
多于路边杂草上的露水。③

以上两首，是怀元法师和赤染卫门咏叹王昭君的和歌。王昭君的故事，说的是在唐土，帝王可以在全国适龄的女性中挑选美女，将满意的纳为妃嫔。嫔妃四五百人之多，在宫中空度岁月。宫中召来的女子一时太多，天子无法一一御览。恰在此时有胡人拜谒汉帝，大臣商议应如何接待，有一个朝臣提议："宫中女人太多，从中找一个不太出众的，送给胡人吧。这样可以笼络胡人的心。"帝王准奏。按说应该由帝王一一御览，从中找出一人，但女人太多帝王懒得挑选，于是召见一个画师，颁旨将后宫中女子的容貌一一画出。这位画师一一为宫女们画像。这些

---

① 她：指王昭君。
② 原文："見るたびに鏡の陰のつらきかなかからざりせばかからましやは。"出典《后拾遗集》杂歌二，总第1018首；或见《新撰朗咏集·王昭君》，总第659首。作者怀円。
③ 原文："なげきこし道の露にもまさりけりなれにしさとをこふる涙は。"出典《后拾遗集》杂歌三，总第1016首，作者赤染卫门。

宫女们都担心自己成为胡人的玩物，只想自己逃脱干系，于是各自对画师行贿金银财宝，不太漂亮的女子也被画师美化了，呈送帝王。只有一个叫做王昭君的女子，自负容貌出众，没有像其他人那样向画师行贿或奉承，任凭画师描画，然而画师并没有如实将她的美貌画出来，却将她丑化了。帝王看了王昭君的画像，决定将她赐予胡王。在即将送出的时候，帝王召见王昭君，见她容貌美丽绝伦，如花似玉，遂大吃一惊，后悔不迭。随后，胡王得知将王昭君赐予自己，便催促上路，帝王来不及更换他人，只得准许胡王骑马带王昭君远走胡地。王昭君悲叹不止，帝王也思念王昭君，来到王昭君的住处，睹物思人，那里人去楼空，庭院中风吹柳枝、黄莺啾鸣、落叶满地，房前杂草丛生，引起帝王无限伤感。上述第一首和歌，吟咏了帝王的这种心境，写的是假如王昭君没有那样的美貌，帝王就不会有这样的烦恼了。后一首和歌则咏叹了王昭君的心情，写她思念家乡，流了多少辛酸泪。据说，此前胡王曾有书信写道：我国没有美女，希望得到一个容貌出众的女子。

难耐思念情，
那曾离别的荒野，
只有野草秋风。①

---

① 原文："思ひかね別れし野べをきてみれば浅茅が原に秋風ぞふく。"出典《玄玄集》，总第115首；或见《新撰朗咏集·咏史》，作者道济。

这是吟咏杨贵妃的和歌。杨贵妃这个女人，是从前唐朝皇帝的妃子。唐玄宗是个非常风雅的人，他有两个情投意合的皇后和妃子。皇后叫做源宪皇后，妃子叫做武淑妃，都十分恩爱。但后来这两人都先后亡故，皇帝很悲伤，就派人寻找与这两人相似的女子，终于打听到杨元琰家有一个女儿，据说容貌盖世无双。皇帝听说后就召她进宫御览，确实比逝去的皇后和妃子更美，于是"三千宠爱在一身"。在卿卿我我中，玄宗逐渐不理朝政。春天赏花，秋天看月，夏天弄水，冬天踏雪，无暇顾及其它。将国政交给杨贵妃之兄杨国忠处理，世间无不叹息，以至有"遂令天下父母心，不重生男重生女"的慨叹。有一个名叫安禄山的人，看出天下人心不满，为促使玄宗醒悟，就想设法杀死杨贵妃。那时，玄宗与杨贵妃在渔阳这个地方游玩，安禄山举兵叛乱，腰间插着长矛，跪在玄宗轿前，禀奏说："希望将杨贵妃交出来，杀掉她以平天下忿恨。"玄宗只得将杨贵妃交出，安禄山在玄宗面前当场诛杀了杨贵妃。玄宗见状，心肝俱焚，眼泪纵横，不忍目睹。回到都城后，将皇位让给了东宫。此后思念贵妃，哀叹不止，春天不知花开，秋天不知落叶，庭院中落叶纷然，也没人为他打扫。有一个名为"幻"的道士，听说了玄宗的悲伤，便拜见玄宗，说道："贫道愿做御使，去打听贵妃现在何方。"玄宗听罢心喜，说："你一定为我将贵妃找到。"道士领命后，依仗他的道术，上至太空，下至黄泉，都找了一遍，无奈一无所获。此时听有人说："在东海上有一个蓬莱岛，岛上有很大的宫殿，宫殿中有一座'玉妃太真院'，被杀的杨贵妃就住在那里。"于是道士来到了蓬莱岛。到达时正值夕阳西下，海面逐渐阴暗下来，宫殿的以花装饰的大门紧闭着，悄然无声。道士敲门，有一位身穿青色衣服、头顶梳着发髻的少女出来问道："您到这里，有何贵干？"道士双手合十，回答："我是玄宗皇帝的敕使，皇上有话转告玉妃，不远万里，特来造访。"少女回答："玉妃正在休息，请稍等。"不久天空破晓，玉妃召见道士，说："先问皇上平安否？再问从我走后的天宝十四年至今，都发生过何等大事？"道士一一回答。道士临回时，玉妃从头发上拔下一只宝石簪，交给道士说："请把它交给皇上，看到后他就会想起从前的事情。"道士对玉妃说："玉簪为世间常见之物，即使把她献给皇上，也未必能教他回想往事。您过去肯定有和皇上说过不为人知的私房话吧，请您说出来，我跟皇上转述，他就相信了。"杨贵妃思索片刻，说道："从前，在七夕节的时候，我和皇上曾一起观看星星。皇上站在我身边，对我说：牛郎织女相约一年一度相会，真叫人感动，咱们的爱情也要像这样。来世生在天上，就做比翼鸟；生在地上，就做连理枝，天长地久，永无绝期。否则，我遗恨无穷。"道士回去后，把这些向前帝如实禀奏，前帝不胜悲伤，不久就驾崩了。上述这首和歌，是作者推想玄宗来到杨贵妃被杀的地方，见四周一片荒凉，秋风萧瑟，枯草萋萋，悲伤难耐，故以和歌咏叹之。

恋君君不知，
相聚只缘一首诗，
缘份在今世。①

这是一名叫惟规②的歌人写给一位女子的和歌。

这首和歌的"歌心"是有来由的。从前在唐土，有一个名叫吴松孝的人，此人喜欢流经皇宫的一条河，有一天发现一片写有诗句的树叶从宫中漂流出来。捡起来一看，那是一片红红的柿子树叶，上面写的诗似乎是女子的笔迹。这首诗到底是谁写的，那个女子是什么样子，他由好奇到相思，日甚一日，不知如何是好。就在相同的红叶上，写了一首诗与那首诗相唱和，放在河川上游，让河水带到宫中。此后，每当想念心目中的恋人时，就如此反复，此外别无办法。

岁月流逝，幽闭在皇宫的女子也越来越多，皇帝说："这些女子为了我虚度岁月，很可怜啊。"就将其中的若干人送回

---

① 原文："人知れず思へばうける言の葉もつひにあふせのたのもしきかな。"出典不详。
② 惟规：或指藤原惟规，为平安时代著名女作家紫式部的胞兄，著名歌人。

了各自的老家。其中有一位女子嫁给了吴松孝。但松孝只思恋着那位在柿子树叶上写诗的女子，对他人没有兴趣，只因父母之命，虽非本意，也只得将那女子娶来。婚后那女子对松孝百依百顺，见丈夫心神不安、若有所思样子，心里难受。等到丈夫稍稍缓解时，就问道："我俩在一起生活，但见您魂不守舍，究竟是为什么呢？请不要对我隐瞒，说出来好吗？"松孝回答说："从前我对流经皇宫的河流很好奇，见河面上漂来一片树叶，写着一首诗，是女子的笔迹，此后一直不能忘怀。但和你结婚后很和睦，心里好受多了。"妻子听罢问道："那柿子叶上的诗，写的是什么？"松孝告知，妻子一听，就流出了眼泪，知道相互间缘分匪浅，说道："那诗是我写的，您和的诗，也在我这里。"夫妇各自取出柿子树叶一比对，果真都是各自的笔迹。此时他们才体会到夫妻绝非一般的缘分。丈夫问："我的诗你是如何拿到的？"妻子回答："那时在宫中百无聊赖，虚度年月，常在河边徘徊，河中的岩石之间有树叶，就捡起来看，不料上面有一首诗，我想这一定是有人看了我的诗，对我的唱和之作了，所以就保留起来。"说出这些，他们深感夫妻的关系，乃是前世之缘，无论好坏，都是命中注定的。

  墙头伸出马头，
  为何却说是牛头，

谁能说出缘由。①

　这首和歌,是四条中纳言②写给小式部内侍③的。此首和歌是有典故的。

　　从前,孔子带领弟子赶路,见一个马头从墙头探出来,就说:"那是牛。"弟子们觉得很奇怪,心想老师这样说必有缘由。便一边走路,一边琢磨。其中,名叫颜回的大弟子在走出一里地之后,终于弄明白了其中缘由。原来,十二地支中的"午"字,午字出头就是"牛"字,孔子知道学生们都有这样的理解能力,所以才这样说。颜回问老师是否如此,老师回答"正是"。颜回后面的弟子们,在走出了十六町④后,陆续解开了这个奥秘。这首和歌虽然没有讲这个故事,但其意在于考验一下对方的理解能力。

---

　　① 原文:"垣ごしに馬を牛とはいはねども人の心のほどを見るかな。"出典不详。

　　② 四条中纳言:官名,此指平安王朝中期的歌人藤原定赖（995—1045）。

　　③ 小式部内侍:生卒年未详,平安王朝中期女歌人,著名女作家和泉式部之女。

　　④ 町:日本旧时的长度单位,一町约合109米。

古来风体抄

藤原俊成[①]

一、序

和歌起源以及传来的历史源远流长，自神代日本语言形成后，即以和歌表现内心世界。歌有六义，其辞留传，万代不朽，正如《古今集》序文所言，和歌以人心为本，寻春花，赏秋叶，安能无和歌！若无和歌，则无人会领会花香花

[①] 藤原俊成（1114—1204），初名显广，五十四岁时改名俊成，六十三岁出家后法名释阿，是平安王朝后期、镰仓时代前期宫廷高官、著名歌人、歌学家。俊成从小跟从其父藤原俊忠学习和歌，后私淑源俊赖，主张以《古今集》为宗，形成了幽玄艳丽的歌风，被视为当时歌坛第一人。文治三年（1187），他奉白河法皇之命，编纂《千载和歌集》二十卷，收近二百年间三百八十三位歌人的一千二百多首作品，自觉承续《古今集》歌风。1197年，俊成应某权贵人物（日本学者推测为式子内亲王）的请求，写成《古来风体抄》，此书是日本第一部和歌史论，描述了日本和歌的起源与发展演化历程，并从《万叶集》以下历代歌集中，摘抄有代表性的作品，从"姿"与"词"的角度加以具体评点，故曰"古来风体抄"。此书不仅记载和保留了许多重要的文学史料，也反映了作者在和歌创作中尊重传统又不泥古、主张推陈出新的理论观点，是日本歌道论的代表作。

色，此乃人之本性使然。因此之故，历代天皇贵胄，都不能舍弃和歌；各色人等，也争相赏玩。从古至今，有所谓"歌式"①、髓脑②、歌枕③等，或记录和歌吟咏的名胜，或解惑答疑，家家有著述，人人有心得，此类书籍读物世间颇为多见。这些读物对和歌的"姿"与"词"，无非是说吉野川④好，为何说好；难波江⑤的芦苇不好，为什么说不好。至于如何分别，则很难说清，真正弄懂者也很少。

二、和歌与天台止观

有一部书叫做《天台止观》⑥，开头有章安大师⑦的话，称："《止观》中的透彻解释，前所未有。"这部书内容深奥，意味深长，用词雅正。本来和歌的优劣辨别，歌意的理解，用语言

---

① 歌式：早期和歌理论著作的一种样式，旨在确立和歌的规范，即"歌式"，有《歌经标式》（又称浜成式）、《倭歌作式》（又称喜撰式）、孙姬式、石见女式，总称"和歌四式"。
② 髓脑：和歌理论著作的一种类型，有《新撰髓脑》《俊赖髓脑》等。
③ 歌枕：将和歌所吟咏的名胜古迹等分门别类加以编纂的书。
④ 吉野川：发源于今奈良县，向西流经和歌山县时，称为"纪川"。
⑤ 难波江：今大阪地区海滩的古称。
⑥ 《天台止观》：又称《摩诃止观》，全十卷，中国隋朝天台大师智顗（538—597）的弟子灌顶（章安大师）记述乃师学说的著作，与《法华文句》《法华玄意》并称"天台三大部"。
⑦ 章安大师（561—632）：名灌顶，字法云，中国佛教天台宗和尚。

难以说明，若仿照《天台止观》的写法，便能让人透彻理解。

《止观》首先介绍了释迦牟尼如何向弟子传授佛法，说明佛道古今传承的轨迹。大觉世尊将佛法传给大迦叶，迦叶又传给了阿难。如此代代相传，至中国的智𫖮已经有三十二人。了解其中的传承过程，才能有神圣庄严之感，和歌也是同样。和歌从古代传来日本，多有结集，其中以《万叶集》为滥觞，经《古今集》《后撰集》《拾遗集》等，和歌发展演变的情形可以一目了然。只是，佛法为金口玉言，博大精深，而和歌看似浮言绮语的游戏之作，但实际上亦可表达深意，并能解除烦恼、助人开悟，在这一点上和歌与佛道相通。故《法华经》中说："若俗世间各种经书，凡有助资生家业者，皆与佛法相通。"《普贤观》①也说："何为罪，何为福，罪福无主，由自心定。"因而，关于和歌的论述，也像佛教的空、假、中三谛②，两者相通。

三、理想的和歌

作和歌就要追求完美，所以四条大纳言公任卿将自己编撰的集子命名为《金玉集》，通俊卿也在《后拾遗集》的序文

---

① 《普贤观》：全称《观普贤菩萨行法经》。
② 空、假、中三谛：天台宗术语。意识到一切均非实在，谓"空谛"，虽空，但"缘"却存在，谓"假谛"；空、假不二一如，不可偏颇，谓"中谛"。

49

中说:"辞藻要像刺绣一样华美,歌心要比大海还深。"即使不能美似锦绣,和歌也要在朗读时琅琅上口,让人听得既艳且哀。所谓咏歌,本来就是在朗诵的时候音韵铿锵,可从声韵中听出优劣高下。

四、执笔的动机

　　以上的想法,多年前就想表达,无奈虽然心有所想,却难以形诸文字;即便胸有成竹,口中也难以表达,如此经年累月。如今,有贵人向我提出:您深谙和歌之道,就请您把如何才能表现歌姿之妙、辞藻之美,如何才能写好和歌等,写出来与大家共享,即使篇幅很长却也无妨。我确实深知和歌之道,犹如樵夫知道筑波山何处树木繁茂,渔民知道大海何处深浅,所以才承蒙提出这样的请求。世间有些人,仅知道和歌只要平易咏出即可,却并不予以深究。然而要深究此道,需要广泛涉猎,需要旁征博引,如此成书,决非易事。为此,我上自《万叶集》,中至《古今集》《拾遗集》,下迄《后拾遗》及此后的和歌,以时事推移为序,在历代和歌集里,见出和歌之"姿"与"词"的演进与变化,并加以具体陈述与分析。

　　很难说明什么是和歌的"姿心",但它与佛道相通,故可以借经文加以阐释。也许会有人批评说:"和歌总是为自己而写，给达官贵人看的和歌，主要还是那些松、竹、贺岁、龟鹤延年之类。"虽说如此，一己之生命，就像茅草上的露水、树上的水气，转瞬即逝。只注意那和歌浦①上的海潮音声，只倾心于住吉②的青松之色，正如盐屋的炊烟飘向一方，难免偏颇；又如海湾的水藻纷然杂陈，不免芜杂，均无助于和歌之道。倘若我能在世上留下笔墨，多年之后，读者读之会热爱和歌，批评我的人也会倾心于歌道。而千年万年之后，由和歌的深意而领悟佛法的无限奥妙，结往生极乐之缘，入普贤誓愿之海，将和歌之词变为佛赞，听佛法而往生十方佛土，愿以此引导现世众生。

建久八年③七月二十日，草庵中凉风习习，衣袖上洒满朝露，墨迹也被濡湿，人老手颤，字迹杂乱，全书写毕，命名为《古来风体抄》。

五、和歌的历史——神代

讲三十一字和歌的起源，虽属老生常谈，却也有必要。素盏鸣尊去出云国，营造宫殿时，有八色彩云升起，故咏歌曰：

---

① 和歌浦：地名，名胜地，今和歌山县西部、和歌山市以南的海岸。
② 住吉：地名，在今大阪市南部。
③ 建久八年：公元1197年。

八彩云啊起四方，
砌起八重高墙，
与吾妻共享。

天神之孙彦火火出见尊与海神姬①同宿，两人生子，名叫鹈羽葺不合命。海神姬将儿子留在彦火火出见尊那里，回到海神宫，彦火火出见尊吟咏了一首歌：

有海鸭的岛上，
我和阿妹同床，
夫妻情终生不忘。②

丰玉姬唱和曰：

都说最美是赤玉之光，
哪比我情郎，
如此仪表堂堂。③

---

① 海神姬：又叫丰玉姬。
② 原文："沖つ鳥鴨つく島に我が寝ねし妹は忘れじ世のことごとに。"出典《古事记》《日本书纪》。
③ 原文："赤玉の光はありと人は言へど君が装ひしたふとくありけり。"出典《古事记》《日本书纪》。

这些都是神代①的事情了。

六、仁 德 天 皇

及至人世②,大鹪鹩帝③还是皇子的时候,和胞弟宇治若子在继承皇位上互相谦让,在难波时,即位的日子将近,仍然谦让。一个名叫王仁④的人感到不解,咏歌曰:

> 难波津花开,
> 尔今春天又重来,
> 花儿正好开。⑤

这是"人世"时代,大约是从神武天皇之后的第十六代。应神天皇是宇治宫⑥八幡神大菩萨,应神天皇的皇子叫做大鹪鹩皇子,也就是仁德天皇。即位以后,仁德天皇登上高楼,发现民居之上没有炊烟,遂叹息道:"民房里没有炊烟,在皇宫

---

① 神代:神的时代,神话的时代,即人出现之前的时代,接着是"人世"。
② 参见"神代"注。
③ 大鹪鹩帝:传说中的日本第十六代天皇,仁德天皇。
④ 王仁:百济人,据说曾携带《论语》《千字文》等中国典籍东渡日本。
⑤ 此首和歌暗含的意思似乎是:趁着好时机,快即位吧。原文见本书《古今和歌集·假名序》相关脚注。
⑥ 宇治宫:日本神宫之一,即今大分县宇佐市宇佐神社。

附近的百姓尚且如此，偏远地方更可想而知了。今后三年内不要收贡物，皇宫中的衣食起居，照现在这样即可。"三年过后，再登高楼眺望，家家炊烟袅袅，天皇说道："民富，即我富矣！"并咏歌曰：

登高楼远眺，
见炊烟飘飘袅袅，
知臣民温饱。①

此后百姓来到皇宫，说："今年三年已经过去，该我等上贡了。"天皇答曰："到第四年再献不迟。"又说："到第七年再来吧。"七年过后，各地的男女老少，竞相肩扛木材而来，新宫殿不久就建成了。

这位天皇在位八十七年，享年一百二十七岁。

七、安积山之歌

葛城王②被朝廷派遣到陆奥国③视察民情，地方官吏设宴款

---

① 原文："高き屋に登りて見れば煙たつ民の竈は賑ひにけり。"此歌不见于《古今集》或《日本书纪》，在《和汉朗咏集》《新古集》中有收录。
② 葛城王：橘诸兄的初名，明达天皇四世孙，《万叶集》的主要编纂者之一。
③ 陆奥国：日本古地名，日本东北部。

待，葛城王不高兴，见状，采女①作歌曰：

> 如安积山影映在浅井中，
> 以其小人之心，
> 安度君子之腹。②

听了这首歌，葛城王就消气了。

八、圣 德 太 子

圣德太子③过片冈山的时候，路旁有一饥民，太子下马，将身上的紫衣脱下，披在饥民身上，并咏歌曰：

> 片冈山脚下，
> 饿倒的路人，
> 无依无靠谁关心！
> 竹子均成林，

---

① 采女：日本古代宫廷主管御膳的女官。
② 原文："安积山影さへ見ゆる山の井の浅くは人を思ふものかは。"出典《万叶集》第十六卷，总第3807首。
③ 圣德太子（574—622）：日本古代政治改革家，以颁布《十七条宪法》而知名，并派"遣唐使"来华。

你却无亲人，
饿倒路旁实可悯！①

此乃旋头歌。

那饥民返歌曰：

斑鸠②啊，
福绪川③流水不绝，
太子尊名难忘。④

太子回宫后，派使者看望那饥民，但那饥民已经死去。太子很悲伤，予以厚葬。此事遭到大臣苏我马子及七个公卿大夫的非议，他们说："您是无上尊贵之人，路旁的饥民是卑贱者，您却下马与他交谈，还赐予和歌，死后又予厚葬。"太子叫来众人，吩咐道："去片冈山，将那坟墓打开！"打开坟墓一看，尸体没有了，棺材中升起一股香气。太子赠送的物件，

---

① 原文："級照るや片岡山に飯に飢えて臥せる旅人あれは親無しになれなりけめやさす竹の君はおやなし飯に飢えて臥せる旅人あはれあはれ。"出典《日本书纪》等。
② 斑鸠：地名，今奈良县内。
③ 富绪川：河流名称，发源于奈良县平群山，流经法隆寺以东。
④ 原文："斑鳩や富の緒川の絶えばこそ我が大君の御名は忘れめ。"

整齐放在棺材上面。只是那件紫衣不见了。公卿大夫们感到非常奇怪,不由感而叹之。太子听说后,深深怀念,常常吟诵那首和歌。

九、行基菩萨

圣武天皇①建造东大寺供养之日,行基菩萨②到难波海岸,迎接从南天竺来的婆罗门僧正。僧正上岸,互相握手,互致谈笑问候,行基菩萨咏歌曰:

> 灵山③释迦前,
> 盟誓再相见,
> 后会有期不食言。④

婆罗门僧正返歌曰:

> 在迦毗罗卫⑤,

---

① 圣武天皇:日本第四十五代天皇,笃信佛教。
② 行基:奈良时代著名高僧,日本佛教的开拓者之一。
③ 灵山:印度山名,释迦牟尼说法之地。
④ 出典《三宝绘词》《往生极乐记》《拾遗集》等,原文:"霊山の釈迦の御前に契りてし真如朽ちせず逢ひ見つるかな。"
⑤ 迦毗罗卫:释迦牟尼的诞生地。

> 一诺值千金,
> 见君如见文殊菩萨。①

作为文殊菩萨之化身的行基菩萨,年轻时,和智光法师②讨论佛法,智光对他有点傲慢,又感觉遇上了年青的论敌,行基对智光咏歌曰:

> 真福田去修行,
> 短裤裙我来缝,
> 还记得短裤裙否?③

咏毕,智光深感遇上了二世④之人,从此对他恭而敬之。话说行基菩萨前世,是大和国的长者,也是国郡的长官。他家生了一个女儿,容貌美丽,长者对她宠爱有加。家里有个守门的女佣,有个儿子叫真福田。这男孩长到十七八岁的时候,偶尔看到了主人家的小姐,从此得了相思病。快要病死

---

① 原文:"迦毘羅衛に共に甲斐ありて文殊の御顔逢ひ見つるかな。"
② 智光法师:幼名真福田,著名学僧,著有《净妙玄论》《般若心经述义》等。
③ 原文:"真福田が修行に出でし片袴我こそ縫ひしかその片袴。"出典《今昔物语集》等。
④ 二世:前世、现世。

的时候，他母亲知道了缘由，就对小姐说："我孩子就没救了吗？"小姐说："你的愿望我理解，但现在他还是个孩子，所以我不能满足您的希望，就让他找一个寺院做和尚，成为一个有学问的僧侣，然后再回来相见吧！"男孩的母亲听从她的话，并为他作出家的准备。小姐说："他出家穿的裤裙，拿来让我来缝吧。"男孩母亲大喜，悄悄拿来让小姐缝好。就这样，那男孩去了寺院，跟随师傅昼夜钻研学问，两三年之后，成为一个出色的高僧。不久来见小姐，但可惜她忽然死去了。

　　法师十分悲恸，再次回到寺院，道心越来越深，学问越来越精。不过，他的幼名"真福田"在僧人中并无人知晓。又过了多年，当行基这位年青的智者出现在他面前，与他讨论佛法的时候，叫出他的幼名，并说出"还记得短裤裙否？"智光法师想明白了："原来促使自己走上佛道的那个女子，不是别人，正是这位行基菩萨。行基为了使我成为一个出色的僧人，就变成一个女子让我看见。"想到这里，他感到十分荣幸，也十分羞愧。被引导进入佛道，真是大因缘。这位智光和赖光[①]是一对尊者。赖光先去了极乐世界，智光想目睹赖光所生之地，后来梦游极乐，并以曼陀罗[②]画出了极乐世界的情

[①] 赖光：著名学僧，与智光并称，人称"兴福寺双璧"。
[②] 曼陀罗：佛教绘画、佛坛。

形。智光的曼陀罗，成为传世之作。

行基菩萨在菅原寺东南院去世之前，对弟子教诲说："不慎言，便招灾；闭口不说，绝对无错。虎死留皮，人死留名。"并咏歌曰：

> 世间无常态，
> 人生痛苦又无奈，
> 惟有入佛界。①

又曰：

> 为众生解惑的，
> 佛法的月亮，
> 天亮时隐去了明光。②

咏罢，身心安乐而终。

---

① 原文："かりそめのやさしかる世を今更に物な思ひそ仏とをなれ。"出典《续后撰集》。
② 原文："法の月久しくもがなと思へども小夜更けぬらし光隠しつ。"出典《新敕撰集》卷十。

一〇、传教大师

传教大师①在比叡山兴建延历寺的时候,咏歌曰:

> 阿耨多罗三藐三菩提,
> 我建佛寺,
> 祈求众佛保佑。②

因为这样的缘故,无论是出生在这里的人还是来到这里的人,无论是僧人还是圣人,都会吟唱此歌。

一一、《万叶集》

上古时代《万叶集》的和歌,并不有意斟字酌句,时代越古,人心也越简朴,只是心有所感即有表达,然而却言简意赅,意味深长,格调颇高。另一方面,从前并不编纂歌集,只有山上忆良③编纂了一部名为《类聚歌林》的书,但并非奉

---

① 传教大师:最澄大师(?—822),日本天台宗鼻祖。
② 原文:"阿耨多羅三藐三菩提の仏たち我が立つそまに冥加あらせ給へ。"出典《和汉朗咏集》等。
③ 山上忆良(约660—733):奈良时代歌人,曾作为遣唐使来华,有较高汉学修养。《万叶集》收录其作品75首。

敕命，抄写流传的人很少，世间知之者甚少。只是在《万叶集》的注释中，有"山上臣忆良类聚歌林曰"的字样，以此推知有此书存在。以前就有人说宇治的平等院①有收藏，但是否属实不得而知。山上忆良是柿本人麻吕同时代的人，比柿本年龄稍小。忆良曾经作为遣唐使去过中国，回国后正值圣武天皇时代，在奈良都和一位名叫橘诸兄的大臣，奉敕命编纂《万叶集》。到那时为止，对和歌进行优劣鉴别与选集，从未有过。将宫中宴席上的和歌、个人家中吟咏的和歌等等，悉数原样收入。此前，柿本人麻吕就是特别优秀的歌圣，无人能够与之比肩。人麻吕的和歌不仅与那个时代的"姿心"相契合，而且随着时代变迁，他的歌无论是在上古、中古、还是今世、末世，都可以普遍为人所欣赏。

一二、《古今集》

到了延喜圣帝②年间，天皇闻知纪友则、纪贯之、凡内河躬恒、壬生忠岑等人精通和歌之道，便对他们颁诏编纂和歌集。从《古今集》开始，可以通过编撰来确定和歌的优劣，

---

① 宇治的平等院：著名佛教寺院，在今京都府宇治市。
② 延喜圣帝：醍醐天皇，日本第六十代天皇，在位时间宽平九年（897）至延长八年（930）。

和歌的楷模，也以《古今集》为准。从《万叶集》到《古今集》，年代相隔甚远，和歌的"姿"与"词"，都有相当大的变化。

一三、《后撰集》

到了村上天皇①时代，百业兴旺，和歌也备受推崇，上至左、右两大臣，即小野宫左大臣藤原实赖（清慎公）②、九条右大臣藤原师辅③，都深谙和歌之道；下到大中臣能选、清原元辅、源顺、坂上望城等，都在和歌上颇有名声。天皇命令他们将宫廷的梨壶④作为编纂和歌集的场所，并命名为"撰和歌所"。一条摄政伊尹⑤时任藏人兼近卫少将，又被任命为"撰和歌所"的所长。同时，对《万叶集》进行日语训读⑥，对《万叶集》没有收录的古代歌谣也进行收集整理。在天皇

---

① 村上天皇：日本第六十二代天皇，在位时间从天庆九年（946）至康保四年（967）。
② 藤原实赖（900—970）：宫廷贵族，歌人，著有《清慎公集》。
③ 藤原师辅（908—960）：宫廷贵族官僚，歌人，著有《九条年中行事》《九条殿遗训》、日记《九历》等。
④ 梨壶：又称昭阳舍，当时的宫廷五舍之一。
⑤ 一条摄政伊尹：藤原伊尹，官至太政大臣，有《一条摄政御集》。
⑥ 《万叶集》产生时日本文字"假名"尚未发明，故全用汉字书写，后来的"训读"方法，用日语假名将有关汉字替换下来。

的诏令下，《后撰集》编纂完成，左大臣藤原实赖是该集的编纂人。

《万叶集》本来全部使用汉字，以汉字代假名，有学养的人能够读懂，但不识汉字的一般人却读不懂，女子就更看不懂了。[1] 梨壶"撰写和歌所"的五人，除编撰《后撰集》之外，还对《万叶集》进行研究讨论，以源顺为首的才学之士，开始对《万叶集》加以训点，以常用的假名替换汉字。从那以后，即便是女人也能读懂《万叶集》了。

在《古今集》之后编纂《后撰集》，从延喜五年始，历经朱雀帝[2]的御时，仅有四十年时间。然而，当时从大臣到大纳言、中纳言等中下层官吏，例如曾是大纳言、后官至西宫左大臣的高明公[3]、师氏大纳言、朝中中纳言、敦忠中纳言等，歌人众多。曾经入选《古今集》的歌人，后来也吟咏了许多新作品。女性方面，伊势、中务、承香殿大辅等人，也是人才辈出。并且天皇也十分热衷诗歌之道，故再次敕撰了这部和歌集。

---

[1] 当时日本女子一般不学汉字与汉学。

[2] 朱雀帝：日本第六十一代天皇，在位时间从延长八年（930）至天庆九年（946）。

[3] 高明公：源高明（914—982），醍醐天皇皇子，著有《西宫记》等。

一四、《拾遗集》

此后，花山法皇①敕撰《拾遗集》，将《古今集》《后撰集》遗漏的作品编纂起来，故名曰《拾遗集》。由此，《古今集》《后撰集》和《拾遗集》，总称"三代集"。大纳言藤原公任又将《拾遗集》做了摘抄，名曰《拾遗抄》。后世更多的人欣赏《拾遗抄》，而《拾遗集》则多少被掩蔽了。从《拾遗集》，到《后拾遗集》的编纂，时间也不太长，但因为被《古今集》《后撰集》遗珠者不少，《后拾遗集》予以收录，并加上了当时的歌人写的许多新作品，对《万叶集》中的和歌，如柿本人麻吕、山部赤人的和歌也选收不少，优秀作品固然很多，但也不免有些杂乱。还是《拾遗抄》尽收优秀之作，而且随着时光推移，更合今世读者之心。近世的歌人作和歌时，也多效法《拾遗抄》的风格。

一五、《后拾遗集》

《拾遗集》后，和歌长时间没有收集编纂。歌人及其作品

---

① 花山法皇：日本第六十五代天皇，986年退位，成为法皇。

积累多了，白河天皇①颁诏编选和歌集，通俊卿领命。因编纂的是《拾遗集》之后的作品，故名为《后拾遗集》。从该集的和歌可以看出，和歌的风格有所变化。《古今集》之后的《后撰集》，歌风较为古朴，用词较为古雅，其中赠答歌为多，和歌的编排有些杂乱。而《后拾遗集》中的和歌，以村上天皇及"梨壶五人"的作品为中心，又因和歌长期没有编辑，歌人众多，以藤原公任为首，有长能、道济、道信、实方等王公大臣，女辈则有小大君、和泉式部、紫式部、清少纳言、赤染卫门、伊势大辅、小式部、小弁等都留下了大量优秀之作，《后拾遗集》均予以编选，可谓名家名作荟萃。所以，集中的作品非常有趣，富有吸引力，对事物有敏锐的体验。但其中似乎更偏重格调新奇的作品，体现了编纂者的爱好。优秀之作又当别论，但介乎于秀歌与平庸之作的"地歌"②，与此前的和歌集比较来看，格调似乎不太高雅。此外，当时，大纳言经信比通俊年龄稍长，却舍他不用，而将编纂任务交给了中纳言通俊，则有些不合常情。为此，经信编撰了《难后拾遗》③。经信推崇高雅格调，被认为是复古派，与《后拾

---

① 白河天皇：日本第七十二代天皇，在位时间从延久四年（1072）至应德三年（1086）。

② 地歌：指地方歌谣、民谣，也指自由、潇洒、轻快、诙谐而不入正宗的和歌。

③ 《难后拾遗》：意为"《后拾遗集》驳难"，从《后拾遗集》中摘抄出八十四首，予以批评。

遗集》的风格有所不同。

一六、《金叶集》《词花集》

　　白河天皇退位后，堀河天皇①也雅好和歌之道。曾主持"百首歌"的编纂②，作品越来越多，鸟羽院③退位时，白河、鸟羽两位上皇去法胜寺赏花，之后，白河上皇对在位时编纂的《后拾遗集》感到不满足，意欲编纂新的和歌集。于是朝臣源俊赖领命，编纂《金叶集》。崇德院④退位后，左京大夫显辅⑤受敕命编纂和歌集，名为《词花集》。这些和歌集，一般从《万叶集》选起，一直选到《后拾遗集》，卷数为二十卷，歌数在千首以上。《拾遗抄》属于摘抄，共有十卷；《金叶集》《词花集》在编纂时参考了《拾遗抄》，两个集子也由十卷构成。

---

　　① 堀河天皇：日本第七十三代天皇，在位时间从应德三年（1086）至嘉承二年（1107）。
　　② 编纂的和歌集名为《堀河院百首》。选编了源基俊等十四人（一说十五或十六人）的百首和歌。
　　③ 鸟羽院：即鸟羽天皇，日本第七十四代天皇，在位时间从嘉承二年至保安四年（1123）。
　　④ 崇德院：即崇德天皇，日本第七十五代天皇，在位时间从保安四年至永治元年（1141）。
　　⑤ 左京大夫显辅：藤原显辅（1090—1155），著有《左京大夫显辅集》。

《后拾遗集》之前的和歌集都不是敕撰,而是私人编纂。能因法师的《玄玄集》,良暹法师的《打闻集》,编者不知何人。《丽花集》《树下集》等私撰集也有不少。《后拾遗集》在编选时,不知何故没有收录能因法师的《玄玄集》中的和歌,敕撰的《词花集》则不再如此,由于编选了《玄玄集》中的许多作品,比起《后拾遗集》的和歌,《词花集》的格调要高,而如今的人咏不出这样高格调的作品了,但也有人指出其中有一些和歌水准很低。而且,"地歌"都是俳谐歌①的风格,看起来滑稽逗趣。和歌的演变、编纂者的意图和用心,在这些和歌集中都有明显的表现。

一七、《千载集》

接着,奉后白河天皇②的敕命,一老法师③编纂的和歌集问世,名为《千载集》。由于编者的能力远不及从前的先辈,在此前各种和歌集基础上续编,深感力不从心。既已领受敕命,而且作为历代敕撰集之续,莲花王院④亦欲收藏之,实在

---

① 俳谐歌:以滑稽趣味为主的和歌。
② 后白河天皇:日本第七十七代天皇,在位时间从久寿二年(1155)至保元三年(1158)。
③ 一老法师:本书作者藤原俊成的自称,他曾于1163年出家。
④ 莲花王院:又称三十三间堂,建在京都法住寺。

诚惶诚恐。近世以降，歌人中不编撰私人和歌集者甚少，由于和歌作品数量甚多，一般编者在编选时，既要照顾各自特点，又要适当取舍。而我的编选原则与之不同，《千载集》只是基于我一己之判断，只要认定为优秀作品，则不问作者何人、选收数量多寡也全然不管他人如何评论。既已编选成书，是耶非耶，不遑顾及。

一八、和歌似易实难

总之，正如前述，论定和歌之优劣，实在是言人人殊、众说纷纭。在汉诗中，诗的形式韵律有一定规则，有五言、七言之体，有声有韵，有上下句对偶，有的是绝句，有的是四韵、六韵、八韵、十韵，就有一定法则，高低优劣，一望可知。而和歌，仅仅是在四十个假名中吟咏，五、七、五、七、七共五句三十一个音，咏歌看似容易，故常常被人轻视，然而一旦登堂入室，则会发现那里实则海阔天空，无边无际，深不可测。

……①

---

① 以下两小节略而不译。

二一、《万叶集》的特色

关于《万叶集》,《后拾遗集·序》中说:"《万叶集》含义深邃,字面上也颇为费解,令人困惑之处甚多。"实际并非如此。《万叶集》时代,和歌用词都是人们的日常用语,但随着时代推移,许多词都产生了变化,令后人感到费解。中国也有"文体三变"之说。和歌的问题与词汇也因时代变化而变化。我认为并非古人为难后人,将本来简单的事故意说得复杂,徒增今人困惑。不过,《万叶集》在用字用词方面,不采用普通说法,而是故意使用多种表现方式,则是常有的事。

例如,"春花"、"秋月",不采用简明写法,而是用万叶假名,写作"波流乃波奈"、"阿伎奈都伎"之类,有时候同一个词,在不同的地方也要变换为不同的写法。或者,本来是三十一字,却故意用十几个字、二十几个字来表达,这种情形随处可见。因而确实像《后拾遗集·序》所说的那样,令人感到费解。直到如今,似乎还是有人被诸如此类的用字法所迷惑。

《万叶集》中的和歌,有很多作品内容雅正、用词恰当。但也有人认为,只要是《万叶集》中吟咏的事物,无论如何都好。大约是在第三卷,有太宰师大伴旅人的颂酒诗十三首;

又在十六卷，有池田朝臣、大神朝臣等人的互相戏骂的和歌，这些东西未必值得效法。这些在《万叶集》中属于"俳谐歌"。还有一些和歌属于"证歌"①，用字用词皆有典可依，颇有趣味。我当初本想只摘抄其中一部分，但最终还是抄出了不少。还想向读者表明，哪些词是古代用词，今人已不再使用了。《拾遗集》选收的《万叶集》中的作品、或者虽未选收但也脍炙人口的作品，感觉不摘抄未免可惜，摘抄中不知不觉间使作品数量大增。正如前人所云，期望这些能够对理解、学习《万叶集》有所助益。

二二、歌病的产生与"和歌式"

在古歌中，一个词在上句已经用过，下句又反复使用了第二次，这种情形较为常见。不知从何时起，将此作为"病"，而不能吟咏。纪淑望曾在《古今集·假名序》中写道："自大津皇子之初作诗赋，词人才子慕风继尘，移彼汉家之字，化我日域之俗，民业一改，和歌渐衰。"或许从那以后，才有"诗病"之说，并加以规避。

所谓"歌式"，在光仁天皇②年间参议藤原浜成作《歌经

---

① 证歌：有典可考的古代和歌。
② 光仁天皇：日本第四十九代天皇，在位时间从宝龟元年（770）至天应元年（781）。

标式》，是为"歌式之始"。从那以后，有"孙姬式"、"喜撰式"等，确立了各种"歌病"的类型。其中，同一个词反复使用两次，或者相同的内容反复吟咏两次，都是应该规避的，至今仍是如此。其他的"歌病"，并非一定要避免。有时候如果一味规避"歌病"，反而会使和歌失去美感。不过，对于"歌式"中所列举的各种"歌病"的名称，应该有所了解。兹标记如下：

浜成式[1]：

"浜成式"列举了七种歌病：一曰头尾[2]，二曰胸尾[3]，三曰腰尾[4]，四曰魇子[5]，五曰游风[6]，六曰声韵[7]，七曰遍身[8]。

对歌病的具体情形，"浜成式"都有说明，引述不免冗长，兹省略。欲知详情者可以阅读浜成的《歌经标式》。

---

[1] 浜成式：平安朝初期歌人藤原浜成（又写作"藤原滨成"）在《歌经标式》（772）一文中提出的"歌式"。首次提出了"歌病"说，对此后的各种"歌式"书，如《喜撰作式》《孙姬式》等都有直接影响。
[2] 头尾：初句与第二句末字相同。
[3] 胸尾：初句的尾字与第二句的第三或第六字相同。
[4] 腰尾：第三句的尾字或其他字，与其它句的尾字重复。
[5] 魇子：第三句的尾字或其它字，与其它各句中的字重复。
[6] 游风：一句中第二字与尾字相同。
[7] 声韵：第三句与最后一句的尾字相同。
[8] 遍身：除第三句外，其他句的重复字在两个以上者。

喜撰式①：

喜撰式中有四病：一曰岸树②，二曰风烛③，三曰浪船④，四曰落花⑤。

或说"八病"：一曰同心⑥，二曰乱思⑦，三曰栏蝶⑧，四曰渚鸿⑨，五曰花橘⑩，六曰老枫⑪，七曰中饱⑫，八曰后悔⑬。

这些歌病具体见喜撰式。其中，第一个"同心"之病，是必须努力规避的，其余各种歌病并非一定规避。若一定要规避，古代许多和歌则不能写出。

二三、公任、俊赖的歌病说

四条大纳言公任著有《新撰髓脑》一书，俊赖朝臣有

---

① 喜撰式：喜撰为平安朝前期歌人，生卒年不详，《喜撰式》传说为他所作。
② 岸树：初句与第二句的第一个字相同。
③ 风烛：每句中的第二字与第四字相同。
④ 浪船：五言中的第四、五字，七言中的第六、七字相同。
⑤ 落花：每句均有相同的字。
⑥ 同心：一首中，有相同的词，或同义词。
⑦ 乱思：用词不当，词不达意。
⑧ 栏蝶：句首仔细，句尾粗疏，首尾不一。
⑨ 渚鸿：因拘泥于韵，而句首粗疏。
⑩ 花橘：讽喻拙劣，过于直露。
⑪ 老枫：一首中字数不够，表意也不充分。
⑫ 中饱：一首中字数多出。
⑬ 后悔：六句的旋头歌（混本歌）格律不整。

《俊赖髓脑》，能因法师也有著作，这些书的看法大致相同，兹不引述。欲披阅者，自可找来阅读。本书点到为止，只记歌病之名称。……①

我认为，所谓"歌病"，就是那些对从前之事很了解的人，故意制定规矩，规定歌病，为难后人而已。有人甚至对于前辈的和歌，觉得写得不合自己心思，就说三道四，实在令人不可思议。对前辈歌人的作品妄加批评，固不可取，而对于较为晚近的歌人品头论足，也应该谨慎从事。

二四、韵　字

近来，听说有人主张长歌、短歌、返歌当中，要有所谓"韵字"。这实在叫人莫名其妙。在模仿汉诗"诗病"为和歌制定"歌式"、规定"歌病"时，又提出了"韵字"，主张和歌上段"五七五"的尾字与下段"七七"的尾字，"要避免使用相同的韵字"。实际上，和歌中绝没有所谓的"韵"。汉诗中有"切韵"，一旦确定了某一种韵，就要使用同韵的字。而在和歌中，只是上一段结尾的字，与下一段结尾的字，使用"なに"、"なん"之类，以汉诗的标准来看，句末的字才叫韵字，而在区区三十一字的和歌中，将第二句"七"、第三

---

① 以下一小节举歌例，略而不译。

句"五"的末字叫做"韵",真叫人汗颜。对汉学不甚了了,却装作博学,到老年时才略学一二,却张口"毛诗",闭口《史记》,未免太浮薄了。

和歌,惟有在"心姿"上狠下功夫才好。

……①

---

① 以下二五至二九节,略而不译。

近代秀歌

藤原定家①

曾有求教者曰:"请问如何吟咏和歌?"于是,我将一愚之见稍加整理,敷衍成文。见解平庸无奇,惟有应命而已。自知浅陋,且难免偏颇也。

和歌之道,看似浅显,实则深奥;看似简单,实则困难。真正理解和歌者,仅极少数而已。

---

① 藤原定家(1162—1241),藤原俊成之子,镰仓时代前期著名歌人、和歌理论家、学者、政治家,是宫廷歌坛的霸主和权威。定家最主要的业绩,是与其他四位歌人一道,于1205年完成了敕撰和歌集《新古今和歌集》(二十卷)的编纂,在《万叶集》《古今集》之后划一新的时代。

藤原定家一生创作和歌三千六百六十首,收于他的歌集《拾遗愚草》《拾遗愚草员外》等,传世的歌论文章有《近代秀歌》《咏歌大观》和《每月抄》,均以私人通信的形式写成,主张"'词'学古人,'心'须求新,'姿'求高远",在体式与风格上提倡"有心"及"有心体",进一步深化了"心"、"词"、"姿"的理论,在具体创作方法上提出了"本歌取"的方法,这些理论主张都对后世产生了重大影响。藤原定家的孙辈继承了定家的传统,形成了二条家、京极家、冷泉家三家歌学,在镰仓时代三足鼎立,并使歌学进一步成为一种家族世袭的"家学"。

从前，纪贯之所推崇的和歌，就是"歌心"要巧妙，声调要紧凑，用词表现力要强，歌姿要优美有趣，然而，余情妖艳①却被弃之不顾了。此后，世人承续纪贯之，倾向于纪贯之的歌风。随着时代推移，人心不古，声韵松弛，用词浅陋。更不用说到了晚近，只是将胸中所感所想用三十一字加以表达，至于和歌的"姿"与"词"究竟为何事，则全然无知。由此，和歌进入末世，正如村夫身边无花草，商人身上无绸缎，只有更为粗俗而已矣！

在这种情况下，大纳言经信卿、俊赖朝臣、左京大夫显辅卿、清辅朝臣，还有最近亡故的家父俊成卿，以及亡父学习歌道的恩师基俊②，这些歌人远离近来颓废的歌风，始终将古歌作为楷模。这六位歌人潜心吟咏的和歌，与古典时代的作品相比毫无逊色。

进入当今之世，上述颓废的歌风有所扭转，涌现出一些古风和歌。僧正遍昭、在原业平、素性法师、小野小町之后中断的歌风，有所恢复。那些对和歌没有深刻理解的人，对他们的作品也稍有认可了，可以说，由于新的歌风出现，和歌之道有所改观。不过，这些新出现的歌人，一方面知道和

---

① 余情妖艳：这是作者使用的一个复合概念。"余情"已见《古今和歌集·真名序》；"妖艳"：在《古今和歌集·真名序》中作"艳"。

② 基俊：藤原基俊（1060—1142），著名歌人，左大臣藤原俊家之子。

歌应该如此，另一方面却对为何应该如此、怎样如此，一无所知，一味写那些难解的东西，远离晓畅易懂的表达，将这种对古典的似是而非的模仿看作时尚，这种情况非常普遍。

或许您认为我对歌道有全面的了解，但其实只是具有和歌世家的名声而已。有时被认可，有时则会遭到贬损。原本自己并非天生热衷此道，有时发表一些令他人不能理解的看法，其实并没有特别地用功学习。虽说不学，但幼承庭训，曾听父亲教诲说："和歌之道无需广采博取，出自内心即可。"在领悟到父亲此话的真谛之前，并没有透彻的理解与感受。及至老年，身体病弱，精神疲惫，词彩失色，文思枯萎，思维不畅，因而意欲放弃歌道。既蒙您的请求，就将我心目中的理想的和歌，略谈一二。

"词"学古人，"心"须求新，"姿"求高远，学习宽平之前①之歌风，自然就能够吟咏出优秀的和歌。

学习古人的用词，就是将古代和歌中的用词，原样不动用在新的和歌中，这种办法叫做"学本歌"。关于学本歌，兹举几例加以说明。

上段的"五七五"中的"七五"两句，原样使用古词，

---

① 宽平：宇多天皇时代的年号，公元889—897年；"宽平之前"原作"宽平以往"，"以往"可以理解为"以降"，亦可以理解为"以前"、"之前"，此取后者。

下段的"七七"两句也同样，那么听上去就不像是一首新歌。开头两句的"五七"，根据情况可以使用古歌中的词，但也可以不用。比如，"海滨的神啊，古老的都城"、"布谷鸟的叫声、皎洁的月光"、"天上的云啊，遮蔽了山头"、"持漂亮的长矛，行走于路上"等之类的词语①，不经常使用就不能咏歌。不过，家父曾告诫我，像"年内春天来"、"夏秋雨水沾湿衣袖"、"月非昔日月，春非昔日春"、"风吹樱花落"②之类的词语是不能使用的。其次，和歌中哪怕是一句一词，也不能让人看出是采用于当今歌人的，即便是已经去世的当世歌人的作品也不行。

　　以上略抒己见。我对和歌的鉴赏、和歌风格等问题，都没有钻研。至于和歌中难解之词的解释，各家众说纷纭，我在此并非宣扬家学。我的见解，与他人书籍文章中的主张没有不同，均从其他各家之说，故不一一赘述。③

---

① 　以上例子出自《新古今集》与《拾遗集》。
② 　以上例子均出自《古今集》。
③ 　以下歌例部分略。

每月抄[1]

藤原定家

您每月所咏的百首和歌，已仔细拜读，这些和歌都很出色。几年来，老愚奉命为您指导和歌，碍难推辞，只好从先父[2]之庭训中撷取一二，聊以报命，难免为后世讪笑。您继承父祖衣钵，热衷于习歌，令我非常欣慰。

关于和歌，正如我曾说过的，从《万叶集》到近来的各种敕撰集，都应认真披阅，以便了解历代和歌的流变。当然，并不是因为它们是敕撰和歌才去学习，而是从中窥见随时光推移和歌的兴衰演变。《万叶集》年代久远，人心古朴，今人难以效法，尤其是初学者更不可摹仿古体。不过，学歌经年，风骨初定的风雅之士，却不懂《万叶集》，是绝对不行的。经过多年积累之后再去学习《万叶集》，也应有所注意。可以说，一切不应吟诵的"姿"与"词"，都失之于粗俗，有欠优

---

[1] 《每月抄》：另名《和歌庭训》或《定家卿消息》，《每月抄》是后人根据开篇头两个汉字所起的名称。《每月抄》作为书信究竟是写给何人的，学界迄今尚无定论。

[2] 先父：即《古来风体抄》的作者藤原俊成。

美。自此不遑细说，读完后文，您就会有所领会。现在您咏的百首和歌多带有万叶古风，我这样说，或许会影响您作歌的意欲，只希望您能够有自己的构思，最近一两年内最好不要吟咏这类古风的和歌。

关于和歌的基本之"姿"，在我以前所举的十体[①]之中，幽玄体[②]、事可然体[③]、丽体[④]、有心体[⑤]，这四种风体最重要。四种风体在古风的和歌中也常常可以看到。尽管是古风，却仍有可观者。当能自由自在、出口成诵的时候，那么其余的长高体[⑥]、见体[⑦]、面白体[⑧]、有一节体[⑨]、浓体[⑩]，学起来就比较容易了。

---

① 十体：较早是由壬生忠岑在《和歌十体》中提出来的，据说藤原定家也著有《定家十体》，不传。
② 幽玄体："幽玄"日本传统美学与文论中的关键概念，是日本贵族文人阶层所崇尚的优美、幽雅、含蓄、委婉、间接、朦胧、幽深、幽暗、神秘、冷寂、空灵、深远、"余情面影"等审美趣味的高度概括。"幽玄体"指具有上述特点的歌体。
③ 事可然体：指内容与意义符合情理的歌体。
④ 丽体：形式整饬、注重艳丽之美的歌体。
⑤ 有心体：具有"心"即精神内涵的歌体。"心"是日本文论中的一个重要概念，一般与"词"相对。指精神内容、心理内涵。
⑥ 长高体：即风格雄大、崇高的歌体。
⑦ 见体：注重视觉表现的歌体。
⑧ 面白：立意新鲜、情趣盎然的歌体。
⑨ 有一节：在立意的某一点上引人注目的歌体。
⑩ 浓体：注重修辞技巧、趣味浓郁的歌体。

鬼拉体①不能轻易学好，经磨炼之后仍然不能吟咏，初学者在所难免。

要知道和歌是日本独特的东西，在先哲的许多著作中都提到和歌应该吟咏得优美而"物哀"②，不管什么样可怕的东西，一旦咏进和歌，听起来便会优美动人。至于本身就优美的"花"、"月"等事物，假如吟咏得缺乏美感，那就毫无价值了。

和歌十体之中，没有比"有心体"更能代表和歌的本质了。"有心体"非常难以领会。仅仅下点功夫随便吟咏几首是不行的，只有十分用心，完全入境，才可能咏出这样的和歌来。因此，所谓优秀和歌，是无论吟咏什么，心都要"深"。但如为了咏出这样的歌而过分雕琢，那就是"矫揉造作"，矫揉造作的歌比那些歌"姿"不成型、又"无心"的和歌，看上去更不美。兹事体大，应该用心斟酌。

爱好和歌之道的人，切不可对和歌稍有厌倦之意，马马虎虎，以致半途而废。由于咏出的歌缺乏自己的风体，而遭人批评，就很容易对作歌产生厌倦之心。这也是歌道衰微的

---

① 鬼拉体：又称"拉鬼体"，原文写作"鬼拉ぐ"，有时写作"拉鬼"，意为将鬼压倒、打败，转指有力度与紧张感的歌体。

② 物哀：定家写作"物あはれ"，又可写作"もののあはれ"或"物の哀"。日本传统美学与文论中的关键概念之一。"物"为客观事物，"哀"是主观感受与感叹，有"感物兴叹"、"感物而哀"之意。

原因所在。听说甚至有人由于受到旁人的嘲笑终致悒郁而死，也有的人因自己的秀歌被旁人剽窃，死后出现在别人梦中，哭喊着"还我歌来！"并导致敕撰和歌集①将这首和歌剔除。这类例子不一而足，实在令人可悲。一定要充分注意，作歌一定要用心。在歌会上，无论是事先出好题目，还是当场出题，即席咏歌，都应该用心吟咏。若粗心大意，必遭别人批评。应当将"有心体"永远放在心上，才能咏出好的和歌来。

不过，有时确实咏不出"有心体"的歌，比如，在"朦气"②强、思路凌乱的时候，无论如何搜肠刮肚，也咏不出"有心体"的歌。越想拼命吟咏得高人一等，就越违拗本性，以致事与愿违。在这种情况下，最好先咏"景气"③之歌，只要"姿"、"词"尚佳，听上去悦耳，即便"歌心"不深也无妨。尤其是在即席吟咏的情况下，更应如此。只要将这类歌咏上四、五首或十数首，"朦气"自然消失，性机④得以端正，即可表现出本色。又如，如果以"恋爱"、"述怀"为题，就只能吟咏"有心体"，不用此体，决咏不出好的歌来。

同时，这个"有心体"又与其余九体密切相关，因为"幽玄体"中需要"有心"，"长高体"中亦需要"有心"，其

---

① 敕撰集：按照天皇之命编纂的和歌集，历代均有。
② 朦气：似指心绪不安定的莽撞之气。
③ 景气：日本歌学的重要概念之一，指自然景色之"气"、之美。
④ 性机：有"心情"、"心境"的意思。

余诸体，也是如此。任何歌体，假如"无心"，就是拙劣的歌无疑。我在十体之中所以特别列出"有心体"，是因为其余的歌体不以"有心"为其特点，不是广义上的"有心体"，故而我专门提出"有心体"的和歌加以强调。实际上，"有心"存在于各种歌体中。

又，和歌的重要一点，就是词的取舍。词有强、弱、大、小之分，应当充分认识词的性质。强的词下面应接强的词，弱的词下面应接弱的词，经过反复推敲，使词的强、弱、大、小听上去和谐有序，这是非常重要的。说起来，词本身没有好坏之分，但在词与词的组合搭配上却有优劣之分。假如在"幽玄"的词下面，接以"鬼拉"的词，则很不美。亡父俊成卿说过："应以'心'为本，来做词的取舍。"有人用"花"与"实"来比喻和歌，说古代和歌存"实"而忘"花"，而近代和歌只重视"花"，而眼中无"实"。的确如此，《古今和歌集》的序文中也有这样的看法。关于这个问题，据我一愚之得，所谓"实"就是"心"，所谓"花"就是"词"。古歌中使用强的词，未必可以称作"实"。即使是古人所吟咏的和歌，如果无"心"，那就是无"实"；而今人吟咏的和歌，如果用词雅正，那就可以称作有"实"之歌。不过，如果说要以"心"为先，也就等于说可以将"词"看成是次要的；同样，如果说要专注于"词"，那也就等于说无"心"也可，这都有失偏颇。"心"与"词"兼顾，才是优秀的和歌。应该将

"心"与"词"看成是如鸟之双翼,假如不能将"心"、"词"两者兼顾,那么与其缺少"心",毋宁稍逊于"词"。

话虽如此说,但实际上,应如何判定真正优秀的和歌呢?和歌的"中道"①要靠自己来领悟,而且只能由自己领会,而不能只听别人评说。各派宗家流传下来的"秀逸体"②和歌的标准各有不同。据说俊惠③曾说过,"作歌只需赤子之心",他自己所咏的歌,就是以这种歌体为秀逸之作。至于俊赖,则是推崇"长高体"的。此外,还有各式各样的不同说法,都是我之浅虑所不及的。无论何事,都要先了解,再重视,再用功,尤其是作歌之道,更是如此。

若将古今和歌加以对比,就会感到比起古代来,现在的和歌要拙劣得多,很少发现会心之作。这使我进一步体会到先贤所谓"仰之弥高"这句话的意思。首先,在和歌中可以称得上是秀逸体的,应当超脱万物,无所黏滞,不属于"十体"中的任何一体,而各种歌体又皆备于其中。看到这样的和歌,就仿佛与一个富有情趣、心地爽直、衣冠整齐的人相

---

① 中道:指佛教的"假、中、空"三道,参见藤原俊成在《古来风体抄》中的论述。

② 秀逸体:在"十体"之外的另一个重要概念,联系全文的意思,应是指最理想的一种歌体。

③ 俊惠:源俊惠,平安朝末期歌人,源俊赖之子,也是著名作家、歌人鸭长明的老师。

处时的感觉一样。通常，一般人都认为所谓"秀逸体"就是指那种朴素的、不雕琢的、平淡无奇的歌体。我认为这种看法是不恰当的。如果这类歌可以称为"秀逸"，那么每次吟咏歌都可以咏出秀逸的歌了。咏歌时必须心地澄澈，凝神屏气，不是仓促构思，而应从容不迫，如此吟咏出来的歌，无论如何都是"秀逸"的。这种歌，歌境深远，用词巧妙，余韵无穷，词意高洁，音调流畅，声韵优美，富有情趣，形象鲜明，引人入胜。这种歌并非矫揉造作所能济事，需要认真学习修炼，功到自然成。

无论是在古代，还是当今的和歌之中，都有人说有些和歌未能充分表情达意。其实，这种感觉是初学阶段才会有的。作歌的高手，都故意使词意点到为止，不做过份表现。这种不求清晰、但求朦胧的手法，正是高手的境界。不仿效这样的手法，却模仿那些不成熟的作品，是毫无益处、令人痛心的事。

关于"本歌取"①的咏法，我已经向您说过了。"本歌"为咏花歌，自己也咏花；"本歌"为咏月歌，自己也咏月，这是达人的做法。但一般人最好是将咏春的"本歌"，改咏为秋歌、冬歌，或将恋歌改咏为杂歌、季题歌，并应尽量使人了

---

① 本歌取：从古人已有的作品中取其词句，赋予新意，是和歌创作的一种方式与途径。

解"本歌"取自何歌。对"本歌"中的词句,不可取得太多。取"本歌"的方法,应取其中主要的两个词,各置于新咏歌的上、下句。例如,如果将下述这首歌——

　　黄昏起霞云,
　　仰首天空思佳人,
　　佳人何处寻。①

作为本歌,那么,就应当取其中"霞云"、"思佳人"两个词,将其置于新咏的歌的上、下句中,不要再作为恋歌吟咏,而应咏为杂歌或季题歌。近来,有人以这首歌作为"本歌"创作时,将"黄昏"一词也取过来,也许因为"黄昏"这个词只是附加上去的,所以听起来也并不别扭。但如果它是一个很关键的词,那么这样做则不可取。另一方面,从本歌中取一些不太重要的词句,使人看不出所取"本歌"为何,这就失去了"取本歌"的原意,因此,在取"本歌"时,应该把握好其中的分寸与要领。

　　还有,对于歌"题"②,也应有所了解。若是"一字题",

---

　　① 原文:"夕暮は雲のはたてに物ぞ思ふ天つ空なる人を恋ふとて。"出典《古今集》卷十一,总第484首。
　　② 题:指和歌中的关键的字、词与语句。根据字数多少可分为一字题、二字题、三字题,或以一个词组为单位的"结题"。

相同的题无论吟咏几次，每次都应在下句中点出。至于"二字题"和"三字题"等，则应当将题分为甲乙两句，分别点题。至于"结题"，原封不动放在一处吟咏是不高明的。在开头第一句就亮出题来是不谨慎的。古来秀逸之作中虽有这种例子，但不足为训，切不要仿效。但据先父庭训，如果其是一首好歌，那就不一定受此限制。

关于"歌病"的问题，"平头病"①关系不大，"声韵病"②则以尽量避免为是。比起那些没有歌病的作品，有"平头病"毕竟是个缺陷。四病、八病，既然是众所周知，这里就不必老生常谈了。如果一首歌，其价值不为歌病所损，那么无论有什么歌病也无关紧要。如果一首歌本身就欠佳，再犯有歌病，那就一无可取了。

在系列和歌中，将同一个词，连续咏进三首、五首、甚至十首之中，也要谨慎。如果这个词不那么新奇，那么在多首和歌中重复使用也无大碍。如果这个词听起来很新奇，即使它不是由五六个音组成的词组，而只是由两三个音组成的词，过多重复仍然不好。亡父俊成卿也认为，不能令人感到自己对某个词有特别的癖好，因为这种癖好实在不好。至于

---

① 平头病：歌病名称之一，亦称"岸树病"，指一首和歌的第一句的第一个音节与第二句的第一个音节同音。

② 声韵病：歌病名称之一，指第三句的最末一个音节和第五句的最末一个音节同音。

像"云"、"风"、"黄昏"这类词，无论如何反复地吟咏都不会令人讨厌。优秀的和歌，对某些难以割爱的词反复使用，也无可厚非。而那些拙劣的粗制滥造的歌，将同一个词翻来覆去地使用，非常不好。如今，一些有名的歌人喜欢吟咏"曙光之春"、"黄昏之秋"之类的词，这完全不能被认可。装腔作势吟咏什么"曙光之春"、"黄昏之秋"，在歌之"心"方面并没有超越于这些词之外的更多新意。不能在歌"心"方面有创新，只在用词上煞费心思，认为这样就可以作出好歌来，是完全不可能的，只能弄巧成拙。这是歌风衰颓的征兆，令人厌恶，所以我才不厌其烦地强调这个问题。

我在上面提到的和歌"十体"，应视一个人的禀赋来决定应该向他传授哪种歌体。一个人不论他有无才气，总会有适合于他的歌体。如果对适合"幽玄体"的人，劝他学"鬼拉体"，或对适合"长高体"的人，劝他学"浓体"，会有什么好结果呢？听说佛在讲经说法时，也是根据众生资质不同而使用不同的方法，这是非常正确的。由于自己擅长某体、喜爱某体，就劝诱不适合此体的人去学，这只能妨碍他走上歌道。所以应当充分看清某人作歌的特点，然后才能传授他学某体。不管学哪种歌体，都应当以正直、纯正的态度牢记在心。因此，我并非主张只深入学习某一体，将其余的歌体一律抛弃，而是主张以自己擅长的某一歌体为基础，使自己所咏的歌达到"正位"①，然后其余各体也就迎刃而解了，应防止忘掉正道而步入歧途邪道。如今，世上许多自以为已经通达歌道的人，大都不懂得以上道理，一味劝人学习自己的歌风，这就完全背离歌道了。如果有识见高远，超出自己，具有优秀禀赋的人，却劝他一定要学自己所擅长的某体，怎么会有好结果呢？俊赖朝臣和清辅等人的庭训抄中，也都反复说过这番意思。所以在传授和歌时，千万要防止将人领入歧途。完全不接受先贤的指导，只是随心所欲地吟咏，也有可能不知不觉误入歧途。一般天资不高的人，认为学习别人的歌就行了，这不是正确的想法。

鉴别和歌之优劣是非常重要的事情。每个人都容易从众，只要是名家的和歌，即使不好也竞相推赏；而对于那些不太出名的人所咏和歌，即使写得出类拔萃，也是吹毛求疵。看来人们都在以作者的名声来品定和歌的优劣，这种情况实在令人失望。这都是因为自己缺少鉴赏能力。假如能对宽平年间②之后的先辈们所咏的和歌辨其优劣，恐怕就是真正懂得和歌了。我这样说，并非说自己就懂了，其实老愚也是有所不知。不过，也不能自轻自贱。在元久年间③，我去朝拜住吉神

---

① 正位：意即最高境地。
② 宽平年间：宇多天皇在位时期的年号，公元889—897年。
③ 元久年间：土御门天皇在位时期的年号，公元1204—1206年。

社的时候曾做了一个梦，梦见住吉明神对我说"汝月明也"，于是秉承家传，不自量力地写了《明月记》。我把这种私事告诉您，觉得不好意思。

关于从古诗中汲取"心"和"词"的问题，自古以来就十分慎重，但我认为这并没有什么不好。只要不是取之过度，适当使用，也会别有趣味。我想跟您说：《白氏文集》第一至二卷中的诗都有丰富的素材，特别重要，务请披阅。

诗贵在胸怀高洁，心地澄明，和歌也是如此。如在贵人之前，该当胸有成竹，小声吟出；而在普通的歌会上，则可高声朗诵。作歌首先要心胸澄澈，这是一个必须养成的习惯。平日心有所感，不论是汉诗还是和歌，都要出自肺腑，用心吟咏。

初学时，不必过份推敲，假如认为只要好好推敲就可以咏出好歌，就会苦思冥想，反而会妨碍作歌的兴致。亡父曾说过："为了使咏出的歌自然流畅，应当练习速咏。不仅如此，还要时时注意屏心静气地思考。"在正式的歌会上，吟咏得太多是不太好的。在这种场合下，无论老手还是初学者，都同样要注意这一问题。举行百首续歌①的时候，初学的人可吟四首至五首，老练的人以吟七八首为宜。

---

① 续歌：日本传统歌会的一种形式，每次确定一定数量（例如一百首）的歌数与歌题，由多人通过抽签分配题目，分别吟咏。

在初学阶段，个人私下吟咏的和歌，可以或快或慢、自由自在地练习。作的不好的歌，切不可随便示人。在未达到娴熟程度之前，最好选自己平时熟悉的歌题吟咏。咏歌时需要端坐，不可散漫而不拘形迹。

每首歌的头一句五个字，必须经过充分思考之后，方可确定。亡父每次作歌的时候，总是在头五个字的旁边写上很多小注。在"披讲"的时候，看见小注的人感到奇怪，问道："您为什么在每首歌的头五个字旁边做这些批注呢？"亡父回答："头一句五个字的最初构思，我都用小字写在旁边，以便为后头的构思作参考，所以看起来就好像小注一样。"满座闻之，恍然大悟，觉得很有意思。

以上是我一孔之见，您读起来肯定会觉得有些问题还没有说清，我自己也感到言不尽意，挂一漏万。感谢您不嫌弃我的这些愚见，也感谢您对我的信任。以上看法未必正确，务请不要示人。老愚几年来用心于歌道修行的心得体会，都毫无保留地写给您了。希望您能以歌道的眼光看待之。

谨此，顿首。

无名抄

鸭长明①

关于近代歌体

或问：当今之世，人们对于和歌的看法分为两派。喜欢《古今集》时代②和歌的人，认为现在的和歌写得不好，动辄以"达摩宗"相讥讽。另一方面，喜欢当代和歌的人，则讨厌《古今集》时代的和歌，谓之"近俗，无甚可观"，有点像宗教上的宗派分歧，不免有失公正，也可能会误导后学之辈。怎样看待这个问题呢？

---

① 鸭长明（1155—约1216），镰仓时代著名歌人、散文作家、琵琶名手。鸭长明在和歌理论方面的代表作是《无名抄》。写于建历元年（1211）以后，全书由多篇长短不齐、格式不一的随笔文章组成，包括问答、纪事、议论、抒情等，内容包括歌论、歌话、歌坛轶事等，表达了不少新鲜见解。在理论观点上继承其师藤原俊惠，并受藤原俊成的影响，也有对此二人的质疑与超越，其显著特点是以"幽玄"为中心，论述近代歌体及其历史变迁。

② 原文"中比の体"，从下段"中比古今之时"一词可以看出，指的是《古今集》时代。

答云：这是当今和歌界很大的争论，我不敢轻易妄断是非。然而，人之习性，在于探索日月运行，在于推测鬼神之心，虽无确切把握，但需用心探求。而且，思想不同，看法各异。大体看来，两派看法势如水火，难以相容。

和歌的样态，代代有所不同。从前文字音节未定，只是随口吟咏，从《古事记》的"出云八重垣"开始，才有五句三十个字音。到了《万叶集》时代，也只是表现自己的真情实感，对于文字修饰，似不甚措意。及至中古《古今集》时代，"花"与"实"方才兼备，其样态也多姿多彩。到了《后撰集》时代，和歌的词彩已经写尽了，随后，吟咏和歌不再注重遣词造句，而只以"心"为先。《拾遗集》以来，和歌不落言筌，而以淳朴为上。而到了《后拾遗集》时期，则嫌侬软，古风不再。不怪乎有先达说："那时的人不明就里，名之曰'后拾遗'，实乃憾事。"《金叶集》则一味突出趣味，许多和歌失于轻飘。《词花集》和《千载集》大体继承了《后拾遗集》之遗风。和歌古今流变，大体如此。

《拾遗集》之后，和歌一以贯之，经久未变，风情丧失殆尽，陈词滥调，斯道衰微。古人以花簇为云朵，以月亮为冰轮，以红叶为锦绣，如此饶有情趣，而今却失去了此心，只在云中求各种各样的云，在冰中寻找异色，在锦绣中寻求细微差异，如此失掉安闲心境，则难有风情可言。偶有所得，也难及古人，不免模仿痕迹，难以浑然一体。至于用词，因为词语用尽，鲜明生动之词匮乏，不值一觑。不能独运匠心，读完"五七五"，下面的"七七"之句即便不读，亦可推而知之。

今世歌人，深知和歌为世代所吟诵，历久则益珍贵，便回归古风，学"幽玄"之体。而学中古之流派①者，则大惊小怪，予以嘲讽。然而只要心志相同，"上手"②与"秀歌"③两不相违。清辅、赖政、俊惠、登莲等人的歌，今人亦难舍弃，而今人和歌中，优秀之作也无人贬低。至于劣作，则一无可取。以《古今集》时代的和歌与当今的和歌相比，就好比浓妆者与素妆者相杂，各有其美，对当今的和歌，或全然不解，或厌恶嫌弃，那就太偏颇了。

或问：认为今世和歌之体是一种新体，是否合适？

答曰：这样责难是不合适的。即使是新体，也未必不好。在唐土，有限的文体也随时世推移而有变化。我国是个小国，人心尚欠睿智，所以万事都欲与古代趋同。和歌抒怀言志，悦人耳目，供时人赏玩而已，何况和歌本身亦非出自今人之

---

① 原文亦写作"中古の流れ"，据日本学者研究，可能是指以清辅、季经、显昭等为中心的六条藤家一派。以下译文中的"中古"，均为"中古"的直译，含义大体相同。

② 上手：高手。

③ 秀歌：秀逸之歌。

工巧。《万叶集》时代已经古远，就连《古今集》中的和歌也有人读不懂了，所以才提出如此的责难。《古今集》中有各式各样的体式，中古的歌体就出自《古今集》。同时，"幽玄"之样式也见于《古今集》。即使今日歌体已经用尽，今后要有新创，但就连"俳谐歌"①也算在内，恐怕也难以凌驾于《古今集》之上。我一向闭目塞听，厌恶诋毁之词，只是专对中古的和歌情况而论罢了。

或问：这两种歌体②，哪种更好吟咏？哪种容易咏出秀歌？

答曰：中古之体容易学，但难出秀歌，因中古之体用词古旧，专以"风情"为宗旨；今世之体难学，但如能心领神会，当易歌咏。其歌体饶有新意，乃"姿"与"心"相得益彰之故。

或问：我们听到，歌人皆好恶分明，优劣判然，习者都自以为是，互不相让。我们该如何判断孰优孰劣呢？

答曰：为何非要分出优劣不可呢？不论何人，只要懂得如何用心作歌就好。不过，正如寂莲入道所言："此种争论，宜适可而止。为什么这样说呢？以摹仿手迹而论，拙劣的字

---

① 《古今集》中第十九卷"杂体"中，有"俳谐歌"一类。
② 似指以上所说的"今世和歌之体"和"中古之体"。

容易摹仿,而摹仿比自己写得好的字则很困难。大言'我等想吟咏什么样的歌,都可张口即来'的季经卿、显昭法师等人,伏案数日,却一无所得。而那些人想吟咏的和歌,我只消挥毫泼墨,顷刻即成。"

别人暂且不说,以我自身经验而论,以前参加人数众多的歌会,听了他们的歌,具有独运匠心之风情者极少,不少作品差强人意,但立意新鲜者却难得一遇。然而,参加皇宫的歌会,每个人吟咏的和歌却都能出人意表,入斯道①正相契合,圆通无碍,岂不可畏!因而,对和歌之道心领神会者,即是登堂入室,即是进入了名家的境界,即是攀越了高峰绝顶,此外岂有他哉!而风情不足者,尚未登堂入室,徒然贻笑大方。正如化妆,谁人都知道什么是化妆,连出身低贱的下女,也会随心所欲涂抹一气。作歌不能独出心裁,只能一味拾人牙慧,止于效颦。诸如"晶莹露珠"、"风吹夜深"、"心之奥"、"哀之底"、"月正明"、"风中夕暮"、"春之故乡"之类,开始使用时有新鲜之感,但后来不免陈词滥调,了无新意。吟咏和歌时若自己心里尚且懵懂,其结果必然是所咏和歌令人莫名其妙。此种和歌不能进入"幽玄"之境,确实可以称之为"达摩宗"。

---

① 此处的"道"似指"歌道"而言。

或问：对事物之情趣略有所知，但对"幽玄"究竟为何物，尚未了然，敢问其详。

答曰：和歌之"姿"领悟很难。古人所著《口传》《髓脑》等，对诸多难事解释颇为详尽，至于何谓和歌之"姿"，则语焉不详。何况所谓"幽玄之体"，听上去就不免令人困惑。我自己也没有透彻理解，只是说出来以供参考。

进入境界者所谓的"趣"，归根到底就是言词之外的"余情"、不显现于外的气象。假如"心"与"词"都极"艳"，"幽玄"自然具备。例如，秋季傍晚的天空景色，无声无息，不知何故你若有所思，不由潸然泪下。此乃不由自主的感伤，是面对秋花、红叶而产生的一种自然感情。再如，一个优雅的女子心有怨怼，而又深藏胸中，强忍不语，看上去神情恍惚，与其看见她心中怨恨，泪湿衣袖，不如说更感受她可怜可悲；一个幼童，即便他不能用言语具体表达，但大人可以通过外在的观察了解他的所欲所想。以上两个譬喻，对于不懂风情、思虑浅薄的人而言，恐怕很难理解。幼童的咿呀学语即便一句也没听清，却愈加觉其可爱，闻之仿佛领会其意，此等事情说起来很简单，但只可意会，难以言传。又，在浓雾中眺望秋山，看上去若隐若现，却更令人浮想联翩，可以想象满山红叶层林尽染的优美景观。心志全在词中，如把月亮形容为"皎洁"、把花赞美为"美丽"，何难之有？所谓和歌，就是要在用词上胜过寻常词语。一词多义，抒发难以言状的情怀，状写未曾目睹的世事，借卑微衬托优雅，探究幽微神妙之理，方可在"心"不及、"词"不足时抒情达意，在区区三十一字中，感天地泣鬼神，此乃和歌之术。

关于假名序

古人云：以假名写作的文字，当以《古今和歌集·假名序》为宗，日记则沿袭于《大镜》，和歌用词则学《伊势物语》中的和歌歌词，物语则无有过于《源氏物语》者。写作时应牢记这些古典。无论何种情况下都不要写汉语词汇。只要"心"到，无论何事都可以写得柔和婉转，实在力所不能及，则使用汉语。拨音①与汉语的入声字难写，就弃而不用。《万叶集》中将"新罗"写作"しら"，《古今集》中将"喜撰"写作"きせ"，都是明证。②又，不可为了词语修饰而随意使用对偶句，只可自然而然使用，频繁使用对偶句会使日语类似汉语，并非假名文字的本来面目，此法实不可取。在《古今集·假名序》中，有"花中莺鸣，水中栖蛙"之类，原

---

① 即日语的鼻音"ん"。

② 在日语中，这两个词都有拨音"ん"，"新罗"写作"しんら"，"喜撰"写作"きせん"。《万叶集》中将"新罗"写作"しら"，《古今集》中将"喜撰"写作"きせ"，省略了拨音，故作者如此说。

是难以避免的自然而然的对句。至于枕词①,诸如"草菅长根"、"小余绫急"②之类,或者取自古典,或为独出心裁。

胜命③云:"以假名写作,清辅最为出色。清辅在初次歌会比赛的日记中,曾风趣地写道:'花下来了花的客人,柿下映着柿树的影子。'假名的对句就应如此写才好。"

---

① 原文为"詞の次",指的是和歌的"枕词"。枕词是和歌中冠在某词上的四音节或五音节的修饰词,起到凑齐音律的作用。
② 原为地名,后因有谐音效果而被用作枕词。
③ 胜命:人名,生平不详。

后鸟羽院御口传

后鸟羽院[①]

　　吟咏和歌，自古及今，对人不设清规戒律，对己不自缚手脚，但以天性为本，曲尽风情之妙。然须知，和歌优劣并非从心所欲，技艺进退需要时日，歌姿丰富多样，难以固守一途，或柔美动人，或壮美凛然，或平易近人，或妖冶艳丽。或以风情为宗，或以歌姿为先。或"心"有余而"词"不足，或得其"要"而遗其"旨"。今为初学者略述作歌要领，约法七条，只供斟酌揣摩，各由其人也。

---

　　① 后鸟羽院（1180—1239），即后鸟羽天皇，四岁时（1183年）即位，1198年退位后开始专心和歌创作及相关活动，形成了以他为核心的宫廷歌坛，并在建仁元年（1201）建立和歌的专门机构"和歌所"。同年敕命藤原定家等编纂、并亲自指导和审定《新古今和歌集》，"承久之乱"后被流放到隐岐岛并死于该岛。后鸟羽院的和歌以藤原俊成为师，将和歌作为日本皇家文化的重要传承，著有歌集《后鸟羽院御集》《远岛御百首》及歌论文章《后鸟羽院御口传》等，以"口传"的方式，指出和歌应有不同的风格存在，"或柔美动人，或壮美凛然，或平易近人，或妖冶艳丽。或风情为宗，或以歌姿为先"，并总结了七条和歌要领，还对有关重要歌人的风格做了简要的概括与评论。

一，要将和歌作为学问，对其种种难点加以研究，学问长进，全靠个人努力。一般而论，应熟读《万叶集》并了然于心，倘若在此方面用功不够、研究不足，则无法从《万叶集》取词吟咏，此为学歌之大忌。有时应大声吟诵，为弄懂文字声韵，有时需向别人请教。《古今集》中也有一些和歌，如不熟悉便会产生误解。此外其他各种和歌集，亦应有所知晓。

二，喜爱和歌之道，诚然难能可贵。蜡烛燃一寸，和歌吟一首①，一时辰②吟出百首，全靠平素反复练习。百首咏毕，再重新开始，或无题、或变换歌题，无论何种情形，均能应对自如。平时自己一人悄悄练习，届时可以应对不时之需，极有好处。若基础不牢，吟咏十首、二十首尚有可观，若吟百首，必有破绽，然而后悔晚矣。

三，未学成者，宜先读《万叶集》，熟读一百首，再读《源氏物语》③等物语④，以提高修养，始可言和歌也。

四，要观摩当今和歌名家的精彩吟诵，然后取其精华而

---

① 蜡烛燃一寸，和歌吟一首：形容和歌吟咏的速度较快。
② 原文作"一时"，据日本学者研究，相当于两个小时左右。
③ 《源氏物语》：日本平安王朝宫廷女官紫式部著长篇物语，写作于10世纪末至11世纪初年。
④ 物语：日本传统文学中以散文体为主的叙事体裁，代表作有《源氏物语》等。

模仿学习之，此乃初学者的必由之路。切记。

五，应经常吟咏难题。近世以降，对和歌难题已有深入探索，季经①认为，复题②之和歌即使未能体现出歌题之"心"，也无关紧要。仔细想来，这种将是否体现歌题之心不加分别的做法，决无道理。寂莲③对此也颇不以为然，说："将无题之歌与复题之歌混为一谈，真岂有此理。"所言极是。寂莲最擅长吟咏复题，定家则对歌题不甚措意。近世初学者大都绞尽脑汁，将复题糅入歌题之中，但每每留有遗憾，必待刻苦学习而后可。已故中御门摄政④曾说过：复题要以"题"为宗。例如题为"池水半冰"的一首和歌是这样写的：

狂风吹水池，
水池分两半，
一半池水一半冰。⑤

---

① 季经：藤原季经，藤原显辅之子，藤原清辅之弟，著名歌人。
② 复题：原文"结题"，将两个不同的歌题（事物）放在一首歌中吟咏，如夏与秋等等。
③ 寂莲：俗名藤原定长，藤原俊成的外甥和养子，著名歌人。
④ 中御门摄政：后京极良经，九条兼实之子，官至从一位摄政太政大臣，著名歌人，曾撰《新古今集·假名序》。
⑤ 原文："池水をいかに嵐の吹き分けて氷れる程の氷らざるらん。"出典《续古今集》冬之卷。

此歌总体上不见得好，但歌题之"心"却十分鲜明突出。

六，释阿①、寂莲曾说过：歌会上的歌，做好甚难。实际上，歌会上作歌，与其他形式的和歌并无根本区别。对歌题之"心"要透彻理解，不犯歌病，对《源氏物语》，不取其"歌心"而取其用词，则作歌几无困惑。"百首歌"②概不从物语中取其"歌心"，但到了晚近，则有所松动。

七，出席歌会即席吟咏时，若不是先行吟咏，则应仔细聆听每人吟诵，倘若意欲超过他人，必待平心静气而后可。越想咏出最好的歌，越是谨慎不前，心绪不静，结果偏离歌题之"心"。

有关事项不一而足，此处略而不论。

各种歌姿，如人之长相互有不同，不可能一一染指，晚近有高手深知其间旨趣，并写下了一些作品。

大纳言经信③的作品颇有风骨，优美动人，且富有情趣。俊赖是歌道达人，可吟咏两种风格的歌，许多作品既优美而又平易亲切，为他人所不及。这种风格定家卿引为楷模。例如：

---

① 释阿：藤原俊成的法名。
② 百首歌：和歌吟咏的一种体制与方式，每个歌题各吟咏五首、十首，合计一百首为止。可一人吟咏，亦可多人联合吟咏。
③ 大纳言经信：藤原经信。

祈愿伊人，莫太狠心，
山风大作，
奈之若何！①

此乃技巧复杂之歌。又如：

真野的峡湾，
迎风哀鸣的鹌鹑，
秋暮中摇曳的芒草。②

此乃优美之歌。已故土御门③在内府亭做影供④的时候，释阿曾说过：这样的歌轻易吟咏不出。道心要坚定，要吟咏有难度的复题，并将日常器物纳入题中，风情即可自然产生，以此锤炼才学，不愁"秀歌"不多。

俊赖之后是释阿、西行⑤，歌风平易。释阿之和歌亲切、

---

① 原文："うかりける人をはつせの山おろしよはげしかれとは祈らぬ物を。"出典《千载集》恋歌二。
② 原文："鹑鳴く真野の入江の浜風に尾花なみよる秋の夕暮。"出典《金叶集》秋之卷。
③ 土御门：源通亲（1149—1202），歌人。
④ 影供："人丸影供"之略，在歌会或和歌比赛的场合上供奉柿本人麻吕画像的人。
⑤ 西行（1118—1190）：俗名佐藤义清，先为武士，后出家，著名歌人。

娇艳、感人，有"哀"①之美。愚意引为楷模。西行富有情趣，歌心颇深，同时兼有难度，可谓天生之歌人，普通人模仿不得，学而不能，为不可言说之高手。至于清辅②，虽无甚可观，但和歌中常常表现出古典修养之深。例如：

> 宇治桥的守桥人，
> 请问桥下之水，
> 流淌了几多岁月。③

俊惠法师，歌风平实沉稳，有歌吟咏：菖蒲五尺高，根在水底下。其歌风由此首可见一斑。

> 龙田山上树梢稀，
> 红叶洒满地，
> 落叶之上响鹿蹄。④

---

① 哀：原文"あはれ"。
② 清辅：藤原清辅（1104—1177），著名歌人，著有《奥义抄》。
③ 原文："年経る宇治の橘守言問はん幾世になりぬ水の水上。"出典《新古今集》贺之卷，又见《清辅朝臣集》。
④ 原文："龍田山梢まばらになるままに深くも鹿のそよぐなるかな。"出典《新古今集》秋下。

此歌被释阿评为优美之作。

及至近世，大炊御门斋院①、故中御门摄政、吉水前大僧正②，均为优秀歌人。斋院之和歌风格纤巧；中御门摄政以风骨为本，兼收并蓄，和歌中用词出其不意，而又其来有自，实在独出机杼，"百首"之外，"地歌"中也极为罕见，不过，有时反而成为缺点，秀歌太多，两三首不足以窥见全貌；大僧正的歌风与西行基本相似，其优秀和歌，与任何高手作品相比，毫无逊色，其题旨与清新之风尤其招人喜爱，因此作品为人口口相传，例如《时雨》《木叶比袖》《愿走暗路》等，其为世间普通人感觉脍炙人口的作品，尚有《仰望天空》《热泪盈眶》《云蒸霞蔚》《秋从衣袖走》《松迎时雨》《庭院丛萩》《与收割人亲近》《鹬鸟掠水》③等等，不一而足。

此外，还有寂莲、定家、家隆④、雅经⑤、秀能⑥等人。

其中，寂莲作歌，绝不敷衍了事，必经深思熟虑而后可，虽说总体上不够壮美，但仍有壮美之歌，如"龙田之奥起白

---

① 大炊御门斋院：式子内亲王，后白河院公主，被赐住大炊御门斋院，故称。

② 吉水前大僧正：慈圆（1155—1225），关白藤原忠通之子，九条兼实之弟，著名僧人、歌人。

③ 以上为和歌的歌题，大部见于《新古今集》等歌集。

④ 家隆：藤原家隆。

⑤ 雅经：藤原雅经。

⑥ 秀能：藤原秀能。

云"之句，曾在"三体和歌之会"①上吟咏，语惊四座，时常出口成诵，在连歌②乃至狂歌③中，均能即时成歌，如事先成竹在胸，实在令人钦敬。

家隆卿年轻时代无甚名声，从建久年间④之后，名声渐大，于和歌千锤百炼，秀歌频出，无人能出其右，既有壮美，也有细腻之心。

雅经，对和歌潜心钻研，壮美之歌、胸襟博大之作虽不多见，但也堪称高手。

秀能法师身份虽低，但不乏壮气，其他方面，亦与他人不遑多让。在吟咏的和歌中，不乏怡然自得风格者，近年间，此种气象不见于其他歌人。

女性中，丹后⑤的和歌颇多，且风格亲切，有《松风吹苔藓》《树叶成云》《河道无渡舟》《此言不忘怀》《特别的山间狂风》⑥，等等，不遑一一列举。她的歌，我所记住的作品比

---

① 三体和歌之会：建仁二年（1202）三月，由后鸟羽院主持的和歌会，除后鸟羽院外，有良经、慈圆、定家、家隆、寂莲、鸭长明等名手参加，会后编为《三体和歌》。
② 连歌：当时的"连歌"还不是一种独立的样式，指即兴的、游戏性的和歌。
③ 狂歌：一种滑稽奔放的和歌，至江户时代自成一体。
④ 建久年间：藤原家隆三十三至四十二岁时。
⑤ 丹后：源赖政之侄女，宫廷女官，歌人。
⑥ 以上和歌均见《新古今集》。

一般人要多。我曾说过：丹后的歌很好，摄政良经更是说：丹后年老后更上一层楼。

定家和歌尤为特出，他的歌使人感到他与其出类拔萃的父亲稍有相似，此外无人可相提并论。歌风温馨而细腻，实为难得珍品，于斯道钻研颇深，对和歌的理解非常人所及。不过，他对于自己的作品过于自信，有时指鹿为马，旁若无人，锋芒过露，不能听取他人的意见。

……①

秘藏秘藏！尤不可为外人道也。

---

① 以下约一千字略而不译。

为谦卿和歌抄

京极为谦①

和歌并非只是风流雅士花前月下、欢歌聚会时的风雅之玩。所谓"在心为志,发言为诗"的古训,是为众所周知。若以为和歌是寻求悦耳顺口的玩乐之物,那就不是对和歌本质的充分理解,而是对和歌的无知。

若一味按自己的主张和方法来吟咏和歌,并炫耀自己的学识,对于和歌优劣,就难以做出正确判断。歌之道,似浅实深,似易实难,在这一点上有似佛法之教。要判断诸种学说正确与否,就不能由一己独断。

---

① 京极为谦(1254—1332):藤原为家之孙,藤原定家的曾孙,也是当时与"二条家"对立的"京极家"的传人,在政治生涯中曾两次被流放,并最终死于流放地,其家族衰落无继。在歌论代表作《为谦卿和歌抄》(1285—约1295)一文中,京极为谦提出了"随心所欲词自香"的以"心"为主、自由遣词的创作主张,以其自由创新的姿态,反对二条家的拘泥于家学古训的保守的、形式化、程式化的崇古歌风,奠定了与"二条派"相抗衡的"京极派"和歌的基础。此外,该文还运用了"相应"的主张,主张心与物、彼与此的相互呼应、理解和共鸣,是富有新意的。京极为谦及"京极派"的理论主张,对中世歌坛及歌论产生了深远影响。

使用大和语者叫做和歌，使用汉语者叫做汉诗，但在心有所感、形诸语言这一点上，和歌汉诗却是完全相通的。弘法大师在其著作中[①]也详细地阐述了"文"与"诗"之间的相通。

心之声随"境"而生。聆听莺鸣花间，蛙鸣池畔，生生万物，付诸歌咏。[②]濮阳大师[③]也说过："风吹草木、风摇枝叶，无非歌也。"[④]因此，和歌可以动天地、感鬼神[⑤]、治世道，是为"群德之祖，百福之宗"[⑥]。扶正祛邪，莫如和歌。

大凡一切事物，要想有所成，必然有所"相应"。伊势大神宫、八幡宫、贺茂神社等我国的诸神，都是佛陀、菩萨的化身，我国历代天皇，例如仁德天皇、圣武天皇等，还有圣德太子、弘法大师、传教大师[⑦]等，皆吟咏和歌。在东大寺建成、大佛开眼供养仪式举行之日，行基菩萨到难波海岸迎接婆罗门僧正的时候，曾吟咏了这样一首歌：

---

① 弘法大师的著作：见高僧空海《文镜秘府论》《文笔心眼抄》中的论述。
② 见《古今和歌集·假名序》。
③ 濮阳大师：智周，唐代高僧，法相宗第三代传人。
④ 此段文字出典不详。
⑤ 出典《古今和歌集·真名序》。
⑥ 出典《新古今和歌集·序》。
⑦ 传教大师：指最澄，天台宗开山鼻祖。

灵山释迦前，
约定来日见，
如今践约再会面。①

从南天竺来的婆罗门僧正唱和道：

君乃文殊菩萨之化身，
你我曾相约迦毗罗卫，
今日终于再会。②

这是天竺国高僧来日本后，为与日本"相应"，而吟咏了和歌。因为日本是神国，在很多情况下，神是以和歌来表达神意的。天竺高僧也懂得与日本"相应"。守和歌之道而显灵验，在历史上也不乏其例。

一般而言，心可以感于万物并与之"相应"，未必只是对草木鸟兽而言。一切善恶正斜，都来自于"志"③，在感于外在景物而抒发心志的时候，心必须深深地沉潜下去。古人云："心必合于四季，春夏秋冬之景色必合于时节，方可咏诗

---

① 原文："霊山の釈迦の御前に契りてし真如朽ちせずあひ見つるかな。"
② 原文："迦毘羅衛に昔契りしかひありて文殊の顔あい見つるかな。"
③ 志：指的是似乎是"诗言志"之"志"。

歌。"① 春花有其色，秋果有其实，必合于心，诚实无伪，形诸言辞，便可表现四季之景，便可合于天地之心，所谓"气性合于天理"②是也。

学习和歌者，只注重才学知识，探究义理，对古人的和歌随意加以穿凿，并且做出曲解，其结果是徒劳无益的。无论是自己吟咏的时候，还是在解释他人作品的时候，都是胶柱鼓瑟。一些多年倾心此道者，虽然一直都在咏歌，与那些咏歌不多的人比起来，却远远不能及。京极中纳言定家曾对一位咏歌千首相赠的人，写了一封回信，信中有言："和歌没有必要一次吟咏千首、万首。倘若掌握了咏歌的方法，即便十首、二十首亦可。既然有了这样的热情，就应该用来探求吟咏的方法。"③ 这一教诲是十分重要的。

在身份较低的风流雅士中，有人提出了关于和歌的一些提问，也有人卖弄自己的学识。他们问："为什么要说'久方④之空'呢？"或者"'粗金⑤之地'的说法始于何时？"等

---

① 出典空海《文笔心眼抄》："思，所说景物，必须好似四时者，春夏秋冬气色，随时生意取用之。"

② 出典空海《文镜秘府论·南北卷》："或曰：夫文字起于皇道……皇道合于气性，气性合于天理。"

③ 出典不明。

④ 久方：和歌枕词（枕词是冠在某些词语之前，起修饰限定作用，或起补足音节的作用），通常修饰"天"。

⑤ 粗金：假名写作"あらがね"，通常修饰"地"。

等之类，并以提出这样的问题为能事。追究这些问题固然有必要，但对此只是略有所解，并无多大用处。要明白和歌究竟是什么，作歌要有怎样的态度，什么是好歌，什么是不好的歌；从前与现在歌风是有变化的，在哪方面有变化？怎样区分和歌的高下优劣，自己能够成为出色的歌人吗？对诸如此类的问题，一开始就要有强烈的追问。然而，一般人并不具备这种态度，入门时方向不对，方法也不正确，只是一味地追随效法古人，于是路子越走越窄，对于别人提出的这些问题不知如何应对，或者答非所问。倘若仅仅靠背诵古歌，熟读古代各家的歌学书，就可以成为一个优秀歌人，那么后世之人读了前代的许多名歌，和歌创作上也应该超过前人。然而，以人丸、赤人为代表的古代歌人，只是吟咏自己的真性情，并不以任何人做楷模，后人却难以企及，今天足令我辈感到汗颜。这种情况无论古今都是相同的。因而我们必须思考，在和歌创作方面要想不亚于古人，我们应该如何做才好？即便最终不能超越古人，我们也要有这样的追求。只是在风体、用词等方面模仿古人，是不可能与古人并肩齐踵的。古人只是抒发自己的感情，而现在的人则是模仿古人的用词技巧，两者是大相径庭的。

定家卿曾说过：要想与宽平年间[①]之前的和歌相媲美，就

---

① 宽平：相当于公元889—897年。

要努力吟咏出新鲜之作，但今天与那时的物情人心已有不同，故而今人的歌风是新的歌风。① 定家卿这样说是很有道理的。他在向镰仓右府将军②传授歌道的时候，主张要学习宽平年间之前的歌风。定家卿之所以要举出"宽平"这个年号为界，是因为在那之前，光明天皇时代的参议藤原浜成，曾制定了一个"歌式"③，到了宽平年间，孙姬、喜撰分别又制定了歌式，提出了种种"歌病"，规定同一个词在一首和歌中不能使用两次。而且，一些不懂抒情言志为何物的人，提出了所谓歌之"题"，于是"题咏"盛行，以所谓"折句"④、"沓冠"⑤等来显示歌人的才能。此中情形在宽平年间盛行，所以定家不满于这种状况，才主张学习宽平以前的歌风。《古今和歌集》的假名与真名两篇序言，也感叹和歌逐渐衰微。

《万叶集》时代，只要是心有所感，一首歌中相同词语使用两次也无妨。无论词语的雅俗，只要是有利于感情的表达，

---

① 出典似是藤原定家《近代秀歌》，但与《近代秀歌》的原意有所不同。

② 镰仓右府将军：指源实朝。

③ 指藤原浜成的《歌经标式》。

④ 折句：和歌的游戏性技巧之一，首句五字音中的每一个字音，分别作后面各句的首字。

⑤ 沓冠：又叫做"沓冠折句"或"折句沓冠"，是"折句"的一种，出十个字音，分别置于一首和歌（共五句）中的每句的第一个和最后一个字音。

就可以自由驱使。只要率心由性，表达心声，在心、词、体、性等方面自然优美、雄浑、高远、深邃而且庄重。

独立追求万叶歌风的人们，以"心"为先，因此心灵自由。即便在同一首和歌中重复使用相同的词，或者使用前人没有用过的词，也不以为意。俊成卿、定家卿、西行、慈镇和尚等，不少先人都做过这样的歌。例如，俊成卿有一首和歌：

> 想来此人生，
> 愁苦虚幻真如梦，
> 想来便忧心忡忡。①

还有，如"历书翻回去年，今年回不到去年"等，都是一个词反复使用。同一个词反复使用，即便是在歌合比赛中，也是无可厚非。读一读慈镇和尚的全部被收入敕选集的百首和歌，其中有为献给日吉社而吟咏的一首歌，首句五个字音有"来参拜的人"，下面又有"未参拜的人"，用词虽有重复的，但都是有利于心情的表达。后鸟羽院天皇在评点的时候也予以首肯，并且将这些歌悉数收入和歌集中。在《新古今集》编纂的时候，天皇更是诏令：不只是古歌，当代人的优秀之

---

① 原文："思へば夢ぞあはれなるうき世ばかりのまどいと思へば。"

作也要注意选入。在被选入的众多作品中，有一首家隆卿的作品：

相会无语到天亮，
虽是无常之幻梦，
爱情总难忘。①

这首歌中，虽然有两个"无"字②，但还是被选入了。在定家卿的和歌中也有类似的作品。如今的歌人们，只要是自己喜欢的古歌，就百首、十首地背诵和模仿，而对于不喜欢的歌，因是古歌，虽不批评，也不模仿，只是说此人歌风如此。如今的风气由此可见一斑。

右府将军源实朝有《山崩海枯心不变》《人海茫茫不见她》等歌，构思立意均佳。入道民部卿为家卿有一首歌，云：

寒风扑打中，
树叶尽染色，
其内夹有一片绿树叶。③

---

① 出典《新古今集》卷五。原文："夢ふと見てことぞともなく明けにけりはかなの愛の忘れがたみや。"
② 此句并没有使用两个"无"（なし）字，疑为作者举例有误。
③ 出典《玉叶集》冬之卷，原文："おのずから染めぬ木の葉を吹きまぜていろいろに行く木がらしの風。"

对此，有人评论说："这里使用了两个'树'字。第三句为什么说'其内夹有一片绿树叶'呢？"对此，作者回答说："所谓'其内夹有一片绿树叶'，是描写未枯黄的叶子。同字重复使用之病是可以避免的，但这里重复使用也有理由。在寒风扑打中，一片片树叶是分不清上下内外的，只能笼统地称为'树叶'。假如说'下面的树叶'，就失之于琐屑，所以还是那样写为好。"确实，这首歌是犯了重复用词的歌病，但只能如此写。

然而另一方面，对和歌吟咏没有真正理解，只是皮毛地模仿他人的用词或句法，那不论是故意使用前人未用之词，还是在一首中重复使用一个词，都是不可取的。有的人只是跟从崇古之风，对古人的风体没有很好的理解，就加以模仿。而对今人和歌中出现的新奇词语或重复用词，则大肆加以责难，并把他们认为不合适的用词替换下来才加以发表。例如，实任侍从①有一首歌，其中有下句是：

屋檐下的雀巢传出声②

这首歌被人修改为"房梁上的雀儿筑巢"③才得以面世。这不

---

① 实任侍从：殁于 1338 年，歌人、宫廷高官。
② 出典不详，上句不明，原文："軒の雀の巣に通ふ声。"
③ 原文："長押の上に雀巣つくり。"

是岂有此理的事吗？从前纪贯之、定家卿也都吟咏过雀，在吟咏黄莺的和歌中，也早有人用过"古巢"，是完全没有问题的。实任侍从没有很好地理会按古体咏歌的嘱命，和歌写出来只能任由修改了。像这样任意修改他人和歌的情况此外还有不少。

明惠上人①在《遣心和歌集》的序言中说："风雅之人在于心之风雅，而不体现为遣词造句。所谓优美，是心之优美，而不是辞藻的优美。"他的作品将心中所思所感如实写出，尽管用词平凡，却富有意趣，正如《万叶集》中的许多和歌那样，虽用了一些俚俗的词，但却能如实地表达自己的感情。直到今天，也有不少歌人喜爱并吟咏这样的歌，他们决不是那种玩弄词句之辈。

无论是吟咏花儿还是月亮、夜晚还是黎明，对于一切事物都要加以体会，并切实有所感动，然后再用恰当的词语表现出来，那就会吟咏出情趣盎然的歌。对于这样的歌，任何人都不能随意指责。这样的歌是自然而然的表达自己的感情，与那种玩弄辞藻者不可相提并论。无论对于任何事物，都要有深刻的体察，去除先入之见，达到心与物的合一，然后付诸歌咏，其作品必定成功。这与只从义理出发，没有真情实

---

① 明惠上人：高弁，华严宗高僧，歌人，殁于1232年，著有《遣心和歌集》等。

感的作品，是根本不同的。

　　要在此基础上加以练习。不过，在古代和歌中，也有一些谜语一样的作品，另一方面，也有"看到即被收割的晚稻，感到了人生的忧伤"，而在这之前还有一句"白露覆山田"，①前后是相连的。初学的时候，有些和歌是不能模仿的。根据学习者的情况，昨天不太感兴趣的作品，或许今天会觉得很好。或者，对有些作者的作品会说永远不再读了，而对另一些作者的作品却津津乐道。定家卿曾对和歌创作做了一些规范，而和歌所②现在却不再采纳执行了。之所以对用词加以规范，是鉴于一般人不太了解一些词的意义与韵味，却又乱用，故而需要加以禁制。但根据个人的具体情况，这些禁制之词也是可以使用的，而且历史上是有先例的，也是有其缘由的。对于一般人而言，要告诉他：当以天文地理方面的词汇为题来作歌的时候，就是将相关的词语吟咏进去；在涉及动词的时候，要发挥联想，把生动感表现出来；在结题的时候，要把上下两句的内容分开来吟咏，要从"三代集"中找用语，等等；而对于有基础的人而言，应注意的事情就不一样了。这些都是有其道理的，这样无非是为了帮助初学者。对于先

---

　　①　原文："朝露のおくての山田かりそめにうき世の中を思ひぬるかな。"出典《古今和歌集》，作者纪贯之。
　　②　和歌所：全称"撰和歌所"，古代日本皇家设立的和歌编纂机构。

贤的意见，对于古人的作品，都要经过自己的辨析与思考，才是助益。

对于和歌，有人认为是要表现作者之"心"，也有人认为是要从中发现作者之"歌心"，这两种鉴赏的态度颇为不同。花前月下的风流人士要表达风流之心，上句写"旅衣"，下句写"日复一日"或"返乡"，都是很能表现歌人之心的。而即便对于如何使用"衣"这个词，即便相关知识不是很多，但写"旅途大风"吹来、"夜半之露"沾衣，也可以表达思乡之情。有人认为这种朴素的表现有不充分之处，其实也未必如此吧。

在一次聚会上，有一位公卿对以下一首古歌——

> 连浅香山的影子，
> 都映照在浅浅的山井上，
> 哪比人的相思深。①

提出疑问，说："此歌曾有人奉之为'歌之鼻祖'②，但实际上，我认为此歌用词也有瑕疵。'浅香山的影子'倒好理解，

---

① 原文："浅香山さへ見ゆる影山の井の浅くは人を思ふものかは。"浅香山，又作"安积山"。出典《万叶集》卷十六，总第3807首。
② 见纪贯之《古今和歌集·假名序》。

但是，'连……都'（さへ）这个词是怎么用的呢？叫人不解。"在座的人都是在各方面的饱学之士，却都附和说："真的呀，这么说来，我们也不太懂。"就这样不了了之。吟咏此歌的采女①的歌心是怎样的，她是如何吟咏出来的，不从根源上求解，只是从"山井"这个词着眼，当然是看不懂的。实际上，那采女已经身为人妻，不能再爱别的男子了，于是她对一位王爷有所怠慢，王爷不悦。女子在丈夫的授意下又想取悦王爷，意思是说：我出来让您看一下，但我已经被人所爱了，可实际上我对您的感情决不浅！是为了表达这个意思而使用"山井"一词的。这不过是一种语言修辞而已，所以在写到"山井"的时候，使用了"连……都"。若不这样来理解，就会感到莫名其妙了。"连浅香山的影子……"不能仅仅理解为山的影，而是应该理解为作者自身的身影，这样一来，意思就没有那么难懂了。连这一点都没有搞清楚，要理解此歌的意思，那只能像上述的聚会者那样感到困惑不解。

　　按照定家卿的说法，关于以"上阳人"②为主题，无论是写汉诗，还是作和歌，如果仅是懂得一些有关的知识，那么写出来的作品既有佳作，也会有劣作。掌握有关知识，仅仅是写作过程的一个环节，还要进一步体察上阳人的心，将

---

① 采女：在日本皇宫服务的未婚女子。
② 上阳人：白居易《上阳白发人》中所写的后宫女性。

其思想感情表现出来，这样写出来的作品才能富有"哀"之感，才能接近古歌之体。然后再进一步，把自己想象成"上阳人"，设身处地地去体会她们一天到晚含泪思念故乡、聆听夜雨而彻夜不眠的情景，才能与之同化，才能将心情表达出来。只有这样的和歌，才是哀感深厚的作品，才能使人一接触此歌，便受到吸引。因而，定家卿也曾说过：写恋歌的时候，即便是别人命题，也要以自己之心代他人之心，以同声相泣的心情来写。

当然，不这样写，写出的和歌也有不乏意趣的，但总会让人觉得不满足，缺乏动人的力量，而不及古人之歌。紫式部在评论和泉式部的时候说过："她对歌为何物，基本上的没有理解。仅仅是口齿伶俐，不会是一个值得尊敬的歌人"，"真正的咏歌不能是那样的"。① 此言值得三思。

---

① 出典《紫式部日记》。

筑波问答

二条良基[1]

问曰：连歌只有我们日本国才有吗？别国是否也有？

答曰：这个问题问得很好。连歌在天竺叫做"偈"，各种经卷中的"偈"即是连歌。在唐国[2]称为联句。在我国接连吟咏的和歌，称为连歌。从前的人也称为"续歌"。

问曰：连歌起源于哪个时代？流传的情况如何？愿闻其详。

答曰：纪贯之为《古今和歌集·序》所记述的《天浮桥之惠比须歌》，就是连歌。其中，男神的发句"啊，高兴啊，我遇到了一个好女子！"女神对曰："啊，高兴啊，我遇到了一个好男子！"像这样，一首和歌由两个人联合起来吟咏，

---

[1] 二条良基（1320—1388），左大臣道平之子，政治家、著名歌人、连歌师、连歌理论家。二条良基是日本连歌理论及"连歌之道"的最早和最系统的阐释者、连歌论的主要奠基人。他写了一系列连歌论的文章与书籍，包括《僻连抄》《连理秘抄》《击蒙抄》《愚问贤注》《筑波问答》《九州问答》《连歌十样》《知连抄》《十问最秘抄》等，对连歌的各方面的知识做了整理概括，并系统提出了自己的主张与见解。

[2] 唐国：中国。

叫做连歌。这首和歌岂不就是二神的发句、胁句吗？不过，这首歌并不是三十一个字音，不能因为其短，便叫做短歌，愚意以为它无疑是一首连歌。我曾经请教过名师高人，他们都认为我的看法是有根据的。

另外，关于连歌起源的另一种说法是，据以上提到的《日本书纪》记载，景行天皇[①]时代，日本武尊镇压东夷[②]时，路过现今我们住的筑波[③]地区，在甲斐国[④]酒折宫逗留，吟咏道：

在新治筑波，
过了几天几夜？

当时没有人能够应对，一位掌管点灯的少年答曰：

日子不少了，
已过了十天九夜。

于是日本武尊夸奖了他。此后，在《万叶集》中收有大伴家

---

① 景行天皇：传说中的日本第十二代天皇。
② 东夷：指当时日本东部地区的部族。
③ 筑波：地名，在今日本茨城县。
④ 甲斐国：日本古代国（地方）名，在今山梨县。

持的一首歌。有尼姑作歌云：

> 吸取佐保河之水，
> 在田里插秧。

大伴家持卿和曰：

> 到时候，
> 该您一人收获。

如此之类的连歌后来逐渐增多。从《拾遗集》《金叶集》等歌集开始，连歌被收入敕撰集中。不过，都是一句对一句的连歌，五十句乃至百句的连歌还没有。

后鸟羽院在建保年间，敕命定家、家隆卿等人，作黑白两种题目或多种题目的"赋物"独吟。[①]达到了连续吟咏百句的规模，而且，还召集规模很大的连歌会，并在会上颁发各种奖品。作优秀连歌者，称为"柿本之众"，作拙劣连歌者称

---

① 黑白两种题目或多种题目的"赋物"独吟：连歌的样式与吟咏方法。"赋物"即吟咏一个事物，但不能直接出现该事物的名称，也可以译为"隐题"。"赋物"的种类包括黑白两种事物和多种事物。"独吟"，即由一个人独自连续吟咏。

为"栗本之众",分别落坐。① 通常是"有心"与"无心"、端丽与滑稽的两类连歌,交叉混合吟咏。其中,土御门院②、顺德院③的连歌出类拔萃,无与伦比。

此后,到了后嵯峨院④年间,连歌更为兴盛,民部卿人⑤、为氏大纳言⑥等的作品,较之古人的连歌大有进步,而为人称道。听说京极中纳言入道⑦年老后每日吟咏连歌,从不懈怠。还有一个名叫御腹取的尼姑,也是连歌高手。对此,记述历次连歌会盛况的那部日记⑧中都有详细记载,想必此书谁都读过吧。在后嵯峨院年间,还有福光源关白、圆明寺摄政,也每每光临庚申⑨日的连歌会。他们都是有口皆碑的高手。在女

---

① 据《藤原定家》的日记《明月记》记载及现代日本学者的研究,这是当时宫廷的连歌比赛的一种形式,由"歌人"与"非歌人"两部分人(两个方阵)组成,歌人的方阵负责做优秀的连歌,而非歌人的方阵负责吟咏那些不太符合审美规范的、所谓"无心"的连歌及"狂句"等,以形成对比。所谓"柿本之众"中的柿本,似从著名歌人柿本人麻吕而来,"栗本"则似乎是从"柿本"联想出来的。

② 土御门院:人名,日本第八十三代天皇。

③ 顺德院:人名,日本第八十四代天皇

④ 后嵯峨院:后嵯峨天皇,日本第八十八代天皇。

⑤ 民部卿人:人名。

⑥ 为氏大纳言:藤原为氏。

⑦ 京极中纳言入道:藤原定家。

⑧ 那部日记:指藤原定家的《明月记》。

⑨ 庚申:干支庚申日,在次日彻夜不眠,谓之"庚申待",为日本古代民俗。庚申日也是举办连歌会的日子。

性方面,则有弁内侍、少将内侍,两人各有千秋,难分上下。九条内大臣基家、衣笠内府家良、知家、行家①等宫卿大臣,在当时都很知名。在中下层人士中,也有在樱花树下切磋和歌的风雅之士。一般贵族中擅长连歌的人不少,但没有特别出类拔萃者。道生、寂忍、无生②等人在毗沙门堂、法胜寺的樱花树下,每年春天都聚集各色人等,举行连歌会。此后,许多中下层人士在这里获得了名声。

近来,为世③、为相④、为藤⑤等卿,各自制定了各种连歌式目,因为都是最新的东西,请一定好好研读。还有,鹫尾⑥的花树下,年年都有陛下驾到。后光明照院⑦也年年光临鹫尾,领吟"发句"。在关东地区,历代幕府将军都喜好连歌,是人所共知的事情了。听说,最近等持院⑧也特别倾心于风雅,奏请天皇编纂《菟玖波集》。一个名叫善阿⑨的人,连歌方面无与伦比,他的弟子在连歌上的造诣都很高。

---

① 九条内大臣基家、衣笠内府家良、知家、行家:均为人名。
② 道生、寂忍、无生:人名,均为当时活跃的中下层的连歌师。
③ 为世:藤原为世。
④ 为相:藤原为相。
⑤ 为藤:藤原为藤(1275—1324),编纂《后拾遗集》未完去世。
⑥ 鹫尾:指正法寺,现存京都市东山区。
⑦ 后光明照院:即二条道平(1287—1335),藤原良基之父。
⑧ 等持院:幕府将军足利尊(1305—1358)的法号。
⑨ 善阿:人名,镰仓时代有代表性的中下阶层("地下")连歌师。

不过，连歌固然要师徒相传，但需要因时而变，所以风格会有很大不同。听说救济是善阿的弟子，但他的连歌的歌风与乃师大不相同。真可谓"青，出于蓝而胜于蓝；冰，水为之而寒于水"，不知后世还会如何变迁，故孔子曰"后生可畏也"。

连歌应立足于当今之世，反映时代风格。敕撰的《菟玖波集》留下了多彩的时代印记，后世之人定会对这个时代怀有仰望之心。

从前的连歌，无论秀句还是对句，都是一两句。平安时代后，作为一句来看并不完整的歌句，可以像和歌那样连续吟咏。镰仓时代则强调"心"要"深"，词要"幽玄"。而到了晚近，用心周到、用词讲究、能在连歌会上催人兴奋的和歌，我还没有听到过。

我已进入老境，偶尔披阅从前的和歌，聊以自慰、聊以延命而已。

大凡和歌之道，只有让那些不解风雅的人愿意倾听，才能具有移风易俗之功效。《毛诗序》云"声成文"，说的大概就是词语的修饰吧？又说"嗟叹之不足，故咏歌之"，指的大概就是听觉之美吧？

和歌之道有家传秘传，而连歌原本就不靠祖上秘传，只以临场发挥、催人感动为宗旨。即使是高手，如果连歌听上去滞涩、不美，那也不会被人认可。

五条三位入道①在谈到和歌的时候曾推崇一种和歌,即一旦吟咏出口,就要使人如临其境。"月非昔时月,春非昔日春"②之类的和歌虽然想起来不合常理,但一旦吟咏起来,却能体会到一种身心的感动。春花如彩霞落地,黄莺在墙头啾鸣。这种景象,此类风情,在和歌中常见,在连歌中也不可缺少。

热心歌道者,必先入"幽玄"之境,然后再从其他方面用功。

读中国晚唐之诗,即使不解其意,吟咏起来仍觉音韵铿锵,打动心房。

诗歌之道,要切实具有诗心,然后琢磨辞藻,方可琢玉成器,臻于完美。

问曰:有人说连歌有助于国政,此说言过其实否?

答曰:这个问题问得很好。

一般说来,诗歌这种东西,若直接将为政者的缺点指出来,是有顾虑的,但可以用讽喻的方式表达出来。帝王诸侯看到后,可以有所警戒和改正。在中国的诗歌中,《毛诗》中都是这一类的诗。因此言者无罪,闻者足戒。在我国,《日本书纪》中的歌都是所谓"童谣",有讽喻意义,但从《万叶

---

① 五条三位入道:即歌人藤原俊成。
② 在原业平的歌,出典《古今集》第十五卷。

集》时代开始，和歌大都吟风弄月了。所以《古今集》序中说"其实皆落，其花孤荣"，又说"和歌之道，堕落于浮华之家"，说的就是和歌的逐渐颓废。如今的和歌，岂不就是玩花弄月，而尽失风雅之姿吗？

连歌之道不能有违于世道，无论是多么有趣的连歌，违背道理的都不可取。所谓连歌的高手，就是连"て"、"に"、"を"、"は"之类的助词都很用心，同时力求符合物理人情。假若不小心思路偏颇，吟出一句不合道理的歌，那就会使前后七八句都丧失价值。所以，慈镇法师①曾深切地说过：佛法、世法，惟有道理两字而已。心正、词爽，即是治世之声，自有风雅的连歌。

问曰：有人说："连歌是善物，不仅对于现世有益，而且亦可成为菩提的因缘。"此说言过其实否？

答曰：一般说来，过去、现在的诸佛，没有不喜欢诗歌的。一切神佛，还有从前的圣人，都靠诗歌而引导众生，这一点不必一一细说了。

连歌尤其值得有心者细细琢磨。所以，近来有佛国禅师、梦窗国师②昼夜沉浸于此，必定有其缘由，而且也肯定有所得益。

---

① 慈镇：人名，又叫慈圆，著名歌人和僧侣。
② 佛国禅师、梦窗国师：均为人名。佛国禅师，即高峰显日；梦窗国师，即梦窗疏石。

仔细想来，和歌的"前念"与"后念"是不连续的。① 而尘世间则是在盛与衰、喜与忧之间不断变化移动，连歌与浮世的这种情形并无不同。心在昨天，而今天已经到来；心在春天，而秋天已经到来；想着花儿，花儿却凋落，叶儿已变红。岂不就是飞花落叶之观念吗？

从前的人过于执着于和歌，其结果就是一个人拿自己的性命去换一首和歌，或自己的和歌遭到批评否定后，竟然以死来抗议。这样的例子并不少见。而连歌则与和歌不同，只是感受临场的逸兴，没有那样的执着之心、痴迷之念，与会者除了连歌以外别无杂念，更不用说恶念了。

或许有人认为我的说法太牵强了，但我只是把我所想的径直说出来，免不了会有人吹毛求疵。

问曰：初学者该怎样做，才能培养对连歌的兴趣呢？

答曰：人心各有不同，古今也有不同，故孟子说："人性原本为善，不善者是后天学坏了。"荀子则说："人性天生为恶，但可以通过学习而向善。"扬雄又说："人性是善恶相交，向善的方面引导则为善，向恶的方面引导则为恶。"这三种说法，都是各有道理的。对连歌而言，有天生就擅长于此

---

① 前念、后念：佛教词语。人在现在瞬间的意识叫做"一念"，此念过去后叫做"前念"，此后的叫做"后念"。

的，也有天生就不擅长的。对此，古人有云："唯上智下愚不移。"①无论如何，擅长的还是擅长，不擅长的还是不擅长。不过，介于两者之间的人，通过努力学习可以有所改变。

通向达人和高手的道路，在这世上有无数条。《八云御抄》②也写道："歌道起源于文殊菩萨的智慧。"的确，定家卿等人的和歌，十六七岁时的作品中有些就是名句了。"天界未变色，惟有今宵秋月明"，是他最早的歌。具有和歌天才的人，初学时就能咏出这样出色的作品来。不过，只有认真系统地学习，才能真正把握连歌的精髓。

初学者中有不少人临场语塞。还是应当保持轻松心理，多多练习，不必刻意为之，与高手切磋，推敲用词，注意表现出风情。假如一开始就刻意要成为名家，意欲一鸣惊人，一旦语塞，则心灰意冷，语尽词穷，结果是适得其反。

若研究一下以前那些连歌高手是如何入门的，就会发现他们都说："胸中诗情澎湃，一发不可收。"虽说如此，如不努力学习钻研，那就无异于被砍伐的树木，很快干枯掉。只有切磋琢磨，才能成为良材美玉。

听说从前难波地方的三位入道③，教人学习蹴鞠④，今天对一

---

① 出典《论语·阳货》。
② 《八云御抄》：歌论书，顺德天皇著，约在承九三年（1221）前后写成。
③ 三位入道：人名，难波宗绪，名将，他的家庭也是蹴鞠世家。
④ 蹴鞠：日本古代贵族的一种类似于踢球的体育活动。

个人说:"你的手应该尽可能放开些。"明天却对另一个人说:"你的手应该尽量收紧些。"这就是因材施教。后来有人问起此事,他回答说:"是这样的。前一个人的手太紧,所以就让他放松;后一个人手太松,所以让他收紧。"佛教在说法布道时,也因为个人的情况有种种不同,而有种种说法。就连歌而言,对那些不假思索的人,要告诫他好好推敲琢磨;对那些过于谨慎推敲的人,要告诉他不要太拘谨。要问这两种人中,哪一种人更可取?那么可以说,在才思敏捷、不假思索的人当中,可能会出现具有无限前景的作者。过于拘谨的人,恐怕很难成为此道高手。只是,一开始就要努力学习"心"与"词"。至于拙劣者,假如一开始就误入歧途,那就很难挽回了。

问曰:连歌总是由那些名家高手来吟咏吗?风情稍有变化是否更好呢?

答曰:一般说来,"秀逸"的风体是确定的,无论何种情况下都以吟出优美的歌句为宗旨。但要根据连歌参会者的不同爱好,而适当加以变化。

千句[①]连歌中的最初一百韵、二百韵,还是应好好构思一

[①] 千句:连歌体制之一种,在同一场连歌会上将"百韵"连续吟咏十次,即为千句,通常需要持续三天。

下为好。对于当场临时召集的百韵连歌会，人们都兴高采烈，所以还是应以趣味性为上。而在千句的场合，从发句开始，就要追求宏大壮观、不出瑕疵，稳妥推进。

在普通的连歌会上，写在第一张怀纸①表面上的和歌，宜温柔亲切，"てにをは"等助词不要过于显眼。第二张怀纸上的连歌，要热情洋溢些，第三、四张怀纸要特别注意"逸兴"的表达。在音乐②中，也有"序、破、急"三部分；而在连歌中，第一张怀纸是"序"，第二张怀纸是"破"，第三、四张怀纸相当于"急"。据先贤说，蹴鞠也是同样的道理。

在连歌的怀纸的表面，要吟咏的名胜、不常用的词、不常见的事物，还有过于显眼的"て"、"に"、"を"、"は"之类，都不要写上去。这是先贤口传下来的教诲。

问曰：高手吟咏的连歌，每一句都要精彩吗？在"地连歌"③中，也有不太好的作品吧？

---

① 怀纸：书写连歌、俳谐的纸张，一般使用檀纸（一种有皱纹的日本产厚白纸），还有"乌子纸"、"奉书纸"等。将现代报纸大小的纸，横向折叠，折缝朝下，上面称"表"（正面），背面称"里"，都用来书写。"百韵"用四张，"歌仙"（三十六句）用两张，一般用红白两种纸绳连缀装订。表和里共写多少句，一般都有定例。例如第一张怀纸表面写八句，里面写十四句。

② 音乐：指日本的"雅乐"。

③ 地连歌：连歌的一种，指轻松随意吟咏的连歌，是为了衬托那些特别用心创作的和歌而存在，起打底、烘托的作用，故名"地连歌"。

答曰：无论怎样的连歌高手，有时也会因为连歌会的气氛不太平稳，而表现得不尽人意。高手的通常做法，大都是将那些无可非议、却用心吟咏的连歌作为"地连歌"，并拈出能够引人注意的两三句秀逸之句加以吟咏。每一句都精彩是没有必要的。古人曾说过，在以百句为单位吟咏和歌的时候，整体上应该吟咏不太出彩的"地歌"[①]，而在当中穿插若干秀逸之作。

不过，所谓连歌高手，是连"地连歌"也不是随便敷衍的，无论吟咏了多少好作品，只有其中夹杂有不好的作品，就不能算是达到了高手的境界。

哪些歌句不佳，评点者自有判断。所有技艺之道，优者多而劣者少，才叫上手；相反，劣者多而优者少，则叫下手。从前中国的尧舜时代，也并非事事都好。而在暴君桀、纣时代，也并非事事都坏。只是从总体上，可以区分明君与暴君。对于个人而言，优长很多，但也要容许他的缺点。这一道理，不仅适用于连歌之道。

请问：发句应该怎样吟咏才好呢？

答曰：连歌之道的头等大事，就是发句。发句失败了，

[①] 地歌：和歌的一种类，指朴实的、不太出色的和歌。在歌会中起衬托优秀作品（秀逸之歌）的作用。

整场连歌会都不会成功。所以末座上的人士，应将发句的吟咏，让给在座的高手或德高望重的人。

一般认为好的发句，都是大同小异，很难有新意。但发句实在太难了，不可不认真对待。所谓好的发句者，"心"要深，词要美，品位要高，并符合当时歌会的气氛，方可称为上品。以上条件，缺少其中一项都不能称为美的、秀逸的发句。从前的发句都是如此。

例如，藤原为相卿有发句云"云蒸霞蔚中的春月啊"，二条后光明院关白的发句云"九重深宫，铺了九重白雪"等，都可以说是从前的秀逸之作。

如今这样的作品有时还可以见到。例如，为相卿还有一首发句："白霜消融，日光下湿漉漉的树叶。"上述关白在皇宫吟咏的关于七夕的发句："云天之上，今日决堤的洪水汇成了天河。"这样的发句，无论是今天还是明天，都不失其魅力。

无论怎样的高手，在百韵连歌会上当场轻松吟咏出独具匠心的歌句，都是第一要务。"心"求其深，就很容易带有古风古韵。

近来，有人在吟咏发句以外的连句时，也像发句那样用心，意欲独出机杼。不过，还是应该在发句上殚精竭虑，以求重点突出。这样的例句我在后面列举了许多，仔细把玩，庶几可领悟发句奥妙。前人有言："千句连歌会的发句，与当天百韵连歌会上的发句，应有所不同。"

问曰：胁句①应该怎样吟咏才好呢？

答曰：胁句是接在发句之后的，所以不必像发句那样特别注意，但过于平庸也不好。应该尽可能做到用词优美、用心较深。胁句不能让人感到烦琐。例如，《万叶集》中的长歌之后有"返歌"，返歌必须在内容上接续长歌，并且必须吟咏出三十一字的格律。这是由长歌的内容所决定的，而且要对长歌加以回应概括。胁句岂不也是如此吗？不过，胁句与发句在内容上重复就不好了。古人曾有告诫："要与发句若即若离。"

胁句中的名句很少，而且也没有可资模仿的楷模，这是连歌的一大特征，末座者应仔细领会。归根到底，胁句只是发句的下一句，它与发句的不同就在于此。

问曰：连歌是靠得分来决定胜负的。如果事先评分人已经确定，那么是否应该着重准备评分人喜欢的风体？另，初学者要学习如何得分吗？愿闻其详。

答曰：初学者决不可计较得分，只应该努力学习如何在用词造句上达到"幽玄"境界。至于得分，无论何等高手，

---

① 胁句：连歌、俳谐中的"发句"之后的一句，即第二句。

都是在临场才注意的。高手吟咏的歌句，也有得分不高的时候。决定胜负的，是前后句的接续、后句对前句的用词——的对应，所以，以得分为目的的连歌，往往适得其反。对初学者来说，得分少根本不算丢人的事情，连歌的"姿"才是最关键的。请教一下练弓术的人，他就会告诉你："首先学会了正确的姿势，自然就会中的。"此言甚是，连歌也是如此。

大凡高手作品的风姿都出类拔萃，得分应该不会少，但偶尔也会有因评分人疏忽大意的时候。关于中国的典籍及世俗事物，连歌中会经常有所涉及，评分人没有广泛的涉猎就不能胜任。

最近，朗咏①、乐府②与连歌交叉唱和的方式颇为常见。从中国典籍中撷取唱和的诗句的时候，要注意《毛诗》一书，因为它是中国最早的诗歌，其中会有许多有趣的诗句，也会有许多草木、鸟兽之名，可供唱和，古代和歌也多有采用。不过，我也认为，对本国典故不甚了了，而对别国的东西津津乐道，恐怕也不妥当。

---

① 朗咏：日本平安时代，宫廷贵族中按一定的节奏朗诵汉诗的某些名句，称为"朗咏"，以此方式朗诵和歌，叫做"唱歌"，后来"唱歌"也叫作"朗咏"。平安时代藤原公任编纂的《和汉朗咏集》就是将和歌、汉诗的朗咏汇为一册的集子。

② 乐府：指中国的乐府诗。

古代诗歌之"心"是颇有兴味的。前人早有言：在和汉连句①中，采用汉诗时"只取其意，词可变换"；又有人说："可以用评分人的连句将劣句替换掉。"以我的看法，这些都是行不通的。②说由评分人替代，可是劣句谁能替代得了呢？

在成为一个连歌名家之前，各人的积分也都是不同的。这是因为"地连歌"本来就不太计较得分。如果连"地连歌"也有固定的形式的话，得分肯定就是确定的。诸如此类的事情，只有好好用功学习，才能逐渐有所理解。

问曰：据说蹴鞠由高手八人搭配最佳，连歌的参会者也由人数多少而定优劣吗？最佳的人数是多少？

答曰：是的。连歌会上，由高手七八人搭配，最能提起兴致，可确保连歌会顺利进行。若人数太少，则难以接续唱和，而人数太多，则会造成场面杂乱，对整场连歌会都不利。不过，如果都是达人高手，人数再多，也会一切顺利。在这种情况下，突出的是群体，而不是注意具体的人。

一般地说，秀逸之句一旦出现，就会带动以下的第二、

---

① 和汉连句：从镰仓时代中期开始，日本宫廷贵族、寺院学僧中流行的一种诗歌吟咏方式，就是将中国的汉诗联句与日本的连歌交叉唱和吟咏。

② 对于"只取其意，词可变换"的说法，二条良基在下文中没有具体反驳。而在《击蒙抄》中，他指出："将汉诗的风情应用到和歌连句中，一定需要作者的骨法，不可只取其'心'而换其词。"可资参考。

第三句，使之生动有趣。而拙劣的连句一旦出现，也势必妨碍以下的二、三句。所以，一定要遴选高手参会。一旦全场气氛沉闷，那就很难再活跃起来了。

连歌会既不能杂乱，也不能沉闷。难波的三位入道常常告诫说"蹴鞠就要像淀川的水"，意思是表面上看似平静，而下面的水流却很湍急。连歌也是同样道理。

上手的"打越"的连歌，最有兴味。

请问：在连歌学习中，什么是最重要的？在连歌唱和中，日本与中国的典籍都重要，但首先要学习哪方面呢？

答曰：有才的人读一页书就起作用，无才的人读百卷书也徒然无益。有人进入昆山①，却连一颗玉也找不到。

连歌的学习方法，因个人的能力而有所不同。近来时兴《万叶集》，诚然，《万叶集》是和歌的源头，自然应该好好研读。此外，《日本书纪》《风土记》中有大量的供吟咏的名胜名称，值得求学者认真阅读。还有《源氏物语》《伊势物语》以及《古今集》以降的历代和歌集、记载名胜古迹的书籍，都应该置于座右。更重要的，是要在连歌会上聆听一两万句，加以仔细领会，此外别无他途。

---

① 昆山：指中国的昆仑山。

问曰：以上承蒙您传授了连歌的起源及各个方面的知识。我还想知道，连歌所应真正具备的风体究竟是由什么来决定的呢？可能有各种不同的品级，可否请您尽可能说得仔细些？

答曰：将所知道的东西讲出来并不困难，但要启发蒙昧，使其聪明颖悟，则很困难。《诗人玉屑》①一书，谈的是如何学诗，但却说"学诗浑似学参禅"，强调"以心传心"，连歌的学习也是同样。

我想先从古代的各种各样的连歌为例，来说明这些问题。只要从中将想学习的风姿熟稔于心，夜以继日钻研，就能够掌握理想的风体。

兹举例如下。……②

问曰：连歌的式目是何时出现的？

答曰：在中古时代，连歌只是连一两句，或者，只是一个人将"有心"与"无心"的连歌交叉连咏，所以并没有严格的式目。但从文永、弘安③开始，出现了所谓"旧式"、"新

---

① 《诗人玉屑》：中国宋代魏庆之所著诗论著作。
② 以下分"中古体"、"近来体"两类，列举近四十首连歌，多取自《金叶集》《菟玖波集》。略而不译。
③ 文永、弘安：分别为龟山天皇时代（1259—1274）和后宇多天皇时代（1274—1287）的年号。

式"的式目。在镰仓，藤原为相卿于藤谷①作了一个式目，号为"北林"。现在仍使用的新式，可能是大纳言为世卿制作的。不过，在中下阶层中，很多人是临场判断，所以对过去的式目多有违反。

现在我将自己所保存的式目拿出来，如果没有什么大错，使用无妨。现从怀中取出的这份书卷中，都写得清清楚楚了。

连歌式目：……②

问曰：什么是"赋物连歌"？

答曰：从前，所谓"赋物"，就是"二字颠倒"③、"三字中略"④，还有吟咏一个事物时却将事物的名称隐去。到了后鸟羽院时代，特别喜欢"赋物连歌"。近来，《源氏物语》中的地名被普遍用作"赋物连歌"。将赋物加以收集整理的古书也有不少，在此不多赘言。

一般地说，初学者常为难度较大的赋物连歌所困惑，一旦熟练后，无论多难的赋物都可以应对了。特别是有限定条件的赋物，尤其应该注意。

---

① 藤谷：镰仓的一个地名。
② "连歌式目"的具体内容以下原缺。
③ 二字颠倒：原文"二子反音"，就是将两个音节的日语词的读音颠倒过来读。如将"はな"（花）读作"なは"（绳）。
④ 三字中略：将三音节词的中间那个音节省略。

近来，连百韵连歌中应该出现的赋物连歌，句数越来越少了，甚至连怀纸表面上的八句中都没有赋物，这是令人遗憾的。首先应该好好学习秀逸之体，然后对赋物加以注意。

问曰：在连歌中，"百韵"这种说法有根据吗？有人说："汉诗的联句因为有韵字，所以可以叫做'百韵'，连歌中没有韵字，只能称之为'百句'。"您以为然否？

答曰：确实如此。

京极中纳言入道也说过："将连歌称为'百韵'之类，是不恰当的。联句中有韵，可以称为百韵，而连歌则不可。连歌应称作'百句'。"如果称为"百韵"，那么胁句就要叫"入韵"，而实际上我们只称作"胁句"即可。

不过，现在"百韵"这种说法已经约定俗成，现在加以订正恐怕也难以奏效。不过我们要明白这样的说法原本没有根据。

问曰：连歌记录人①有什么特别的礼仪规则吗？

答曰：并没有特别的礼仪规则，只是参会者坐定后，记录人靠近他，在圆坐垫旁边跪坐下来，然后根据主人的示意坐到圆坐垫上，打开砚盒，取出纸，并折叠好，放在前面，再研墨，然后取过毛笔，检查一下笔尖，将两支笔蘸墨，将

---

① 连歌记录人：原文"连歌执笔"，指连歌会上将参会者的连歌书写记录下来的人员。

先用的那只笔放在砚台的尾部，（一般写字用一支笔，连歌会上可以换笔。）然后根据主人的示意，写上一个"赋"字。发句咏出之后，在座的高手达人开始吟咏"赋物"连歌，记录人依次加以记录。

对连歌会的连歌，从发句开始一一记录，先读一遍，然后再大声朗诵一遍。一定要注意违背规则的"嫌物"，一旦发现就要指出来。对作者的姓名，以及身份地位一定要加以区分，从皇宫、太上皇宫、摄政关白的府第来的人，要在其名下注明"公"或"卿"①，殿上人②的名下要注明"朝臣"，六等以下的人士写姓名即可。除此之外，没有其它特别规定的礼仪。

连歌，原本是要靠高声朗诵来感动人的。在朝廷的宴会上，不谙此道的人几乎没有。《毛诗》序有云："嗟叹之不足，故咏歌之，咏歌之不足，不知手之舞之，足之蹈之也。"所言极是！高兴的时候就会手舞足蹈，这是中国人的习惯方式，但日本连歌的秀逸之句为什么就不能大声朗诵呢？不朗诵就不能激起全场的共鸣。不过，末座上的人，还有不熟练的人是否也如此，还需谨慎对待之。……③

----

① 公、卿：太政大臣、左大臣称"公"；大纳言、中纳言、参议及三等以上的朝臣称为"卿"。

② 殿上人：四等、五等以上的人，六等的"藏人"等允许升殿的人，称之为"殿上人"。

③ 以下为相当于"跋"的部分，略而不译。

十问最秘抄①

二条良基

在各领域自成一家者,未必全盘承袭老师,古人云:"羚羊挂角,无迹可求。"自己有所领悟,方能自成一家。诗歌之道亦如此。从前,纪贯之学习大伴家持的风格,但并非承袭之。向定家、家隆、躬恒、贯之学习,又不能模仿之。学习需要拜师,学成后须要独立,可谓自成一家。救济法师学习善阿②而脱离善阿,周阿③也有不似救济的地方。初学时要好好向老师学习,自成一家则是学成以后的事情了。尽管如此,初学时应该志存高远,但在达到"中品"的程度之前,不应该有脱离老师的想法。

和歌、连歌未必要承袭乃师的风格。定家的风格就不像俊成的风格。④为家的风格也不像定家,但他们都是誉满天

---

① 《十问最秘抄》:是作者应大内左京大夫义弘的要求与提问而写,也是作者最后一篇连歌学书。
② 善阿:生卒年不详,镰仓后期著名连歌师。
③ 周阿:生卒年不详,南北朝后期著名连歌师。
④ 藤原俊成与藤原定家是父子关系。

下的歌道达人。虽说个人风格不一，但"意地"却是根本不变的。

以下回答十问，以报京兆①之命。近来很多人喜欢歌道，但歌道的爱好与其他爱好有所不同。假如我的看法与尊意有所不合，可以提出质疑无妨。

赏春花，吟秋月，静心养性，扪心自问之，实在无以诲人也。

一问：应该如何吟咏连歌？

答曰：《毛诗序》云："思无邪。"在俊成、定家的有关著述中，都强调正确的方法，勿堕入邪道。无论是中国还是日本的先贤们，对诗歌的看法都是如此。所以，连歌首先要求"心"要正，不正的叫"变风"，正的叫"正风"，这是孔子的用词。

作歌要用心推敲，极尽风情，又要端正庄重。正如佛经中讲的衣服中的宝玉的故事。②最宝贵的风情就在心中，不假外求。应该在清风明月之类的古老唱和中见出新鲜，将普通平常之事写出新意，方可称为高手，而故意标新立异者可谓

---

① 京兆：宫廷高官左京大夫、右京大夫的代称，据学者研究，在此指左京大夫义弘。

② 见《法华经》，讲的是一个穷人衣服中有一颗价值连城的宝玉，却不自知，到处流浪，历尽艰难。

下手。

二问：词、姿应是如何处理呢？

答曰：姿者，词也。但，何为优，何为劣，不好判断。只是依据其整体的连句，见出优劣来。无论多好的木材，拙劣的木匠也做不出好作品；即使是不好的木材，高明的木匠也能化腐朽为神奇。

首先要立意于"幽玄"，然后仔细推敲琢磨，用词不能生硬。木头需要刨才能平滑，油料需要压榨才可出油，但连歌也不能有刀削斧凿之痕，诗更是如此。

三问：风体应如何？

答曰：中国《诗人玉屑》有云："去俗心、去俗词、去俗风。"① 连歌亦如此。

四问：怎样去俗呢？

答曰：所谓俗词，就是那种听起来趣味低下、粗野无文的词。相反，"幽玄"应是优美细腻、典雅流畅的词。晚近的连歌用词，应向救济、周阿等人学习。有"风情"的词虽俗，

---

① 《诗人玉屑》卷一有云："学诗先除五俗：一曰俗体，二曰俗意，三曰俗句，四曰俗字，五曰俗韵。"

也有可取之处，但风情不可怪异，不可叫人难以理解。要让人听上去感觉合情合理，如实描写、平易近人的风情，不能称其为"俗"。要之，用词含有花的芳香，就是不俗，反之即为俗。希望好好体味。

五问：现今流行的风体，是如何形成的呢？

答曰：正如您所知，五十年来的风体，经历了四五次流转变化。善阿是古体，而救济则从来不用古体，善阿的古体中也有一些好的作品，《菟玖波集》收了他十一首连歌，各有差异。前辈师匠的风体都是如此，何况他人乎？连歌本来是从和歌中变化而来的，只是当时受到人们欣赏的一种风体。

救济在用词方面力求幽玄趣味，但吟咏连歌并非是为显示风情，只不过相互唱和而已。在一句连歌中尽显精彩，几乎不可能。只是要以接续唱和①为中心，用词要有花香之气。信昭法师②则力图以俚俗为宗，顺觉③在接续唱和上追求"幽玄"。他们只以接续唱和为宗旨，并不句句推敲。良阿④的连歌，每次只有一句是用心推敲的。连歌以唱和敏捷为上手，良阿在这方面无出其右者。如今的人们仍然喜爱这种风体吧。

---

① 接续唱和：原文"かかり"。
② 信昭法师：善阿门派的连歌师，活跃于镰仓末期到南北朝初期。
③ 顺觉：善阿门派的连歌师，与信昭同时代。
④ 良阿：善阿门派的连歌师。

流畅爽快、表情达意的连歌听上去很平常，但新意尽含其中，可谓最高明者。

近来的风体大致就是如此，救济长于接续和遣词，周阿追求风情。追求一句之逸兴，可谓近来的风体特征。但一般人恐难以做到。

六问：和歌，由躬恒、贯之、定家、家隆等人一脉相承，为后学者垂范。如果将先贤抛开，连歌的血脉岂不中断了吗？

答曰：我所说的脱离先贤，主要是在用词、风情方面，而"意地"则是相同的。确定不变的是"幽玄"。在这一点上，无论善阿还是其他人都没有改变。而句子的构思、词语的使用等都可以改变。汉诗也是十次、二十次地不断变化。和歌从《万叶集》《古今集》《新古今集》以下，风体都在变化。正如义堂和尚①所言，喜欢那个时候的风体，但那风体很快就变了。假如不再为大家所喜欢，大道也成了小径。例如，田乐、猿乐②就是如此。

连歌只追求连歌会场上的兴致，以临场趣味为上。无论

---

① 义堂和尚：义堂周信，日本南北朝时代佛教临济宗的学僧，爱好诗文，与二条良基私交甚密。
② 田乐、猿乐：田乐是平安时代形成的一种民间歌舞；猿乐，又作"散乐"、"申乐"，是一种滑稽短剧。至镰仓时代成为成熟的戏曲样式，即"能"或称"能乐"。

怎样郑重其事、煞有介事，却不能临场发挥，都是徒劳无益的。

七问：连歌应该是以"花"为先，还是以"实"为先？

答曰：诗与歌都应该花、实皆备，有花而无实不好，有实而无花也不好。花与实犹如鸟之双翅，缺一不可。有"风情"进而才能"幽玄"。偏于"心"则"词"受损，偏于"词"则"心"受损，此事应小心。以"花"为要，辞藻华丽而有吸引力，也很有意思；以"心"为要，用词却牵强粗陋，则不可取。这就好比是本之茶①，本来就很香，冲饮方法得当，则更为芳香四溢，无论多好的拇尾、宇治所产的茶②，冲泡不当，味道都会受损。连歌也一样，无论多好的风情，如在表达上不加斟酌，则不会有美丽的风姿。

唱和接续，要从各个角度加以考虑，最近发现有人仅取一个角度，那是不可取的。

八问：可以根据个人的不同的爱好，而改变连歌的风姿吗？

答曰：须知，只有受天下很多人褒扬，才可称其为好。

---

① 本之茶：当时的一种名茶，据说是由僧人明惠在拇尾（とがの尾）所栽培。

② 拇尾、宇治两个地方所产的茶，是日本的名茶。

两三个人的褒贬不足为据。孟子曰："其身正而天下归之。"无论何事，即使不合自己的心意，只要世人皆如此，那也无力回天。一个人的力量是微不足道的。所以，当大家都喜欢道誉①的时候，道誉就被看作是有风情的。如今，准后②的连歌作得很美，构思看似普通，实则独具匠心，甚合我意，此种风情天下何人可以改变呢？

九问：当今人们都会喜爱同一种风体吗？

答曰：当今连歌在词调风格上都学救济、周阿。但有人只学词调，却不学其"心"。而"心"若相似则容易雷同，即使努力出新，也勉为其难。不过还是要学"心"。"词"只是表面上的东西。要在"心"的方面做到神似。如此，则会使寻常的事物显出新意。如今，那些可以玩弄辞藻的连歌，实则大多是无"心"的连歌。当然，过犹不及，也不好。"心"有所不足者，应该好好修心养性，词调不好的人也应该好好学习。

如何表现出用心周到、蕴含醇厚，是头等大事。不过，

---

① 道誉：人名，即佐佐木高（1306—1373），曾权重一时，在连歌界也颇有势力。

② 准后："准三后"的略称，即在宫廷的地位相当于三后——太皇太后、皇太后、皇后。此处"准后"指幕府大将军足利义满。义满在永德三年（1383）任"准三后"。

正如人的目鼻是天生的，也不可强求改变。无论如何，应该是心不满足，学无止境。

十问：学识与连歌忌讳，都特别重要吗？

答曰：在连歌会席上担任评分人者，学识特别重要。同时，也要懂得连歌的忌讳。

初学者，连歌没有作好，却老想着学识、忌讳之类的事情，是徒劳无益的。应该先把连歌学好。即使将《万叶集》《古今集》以下的和歌都熟稔于心，连歌却作得不好，那也只相当于窥视他人宝物。即使没有学识，却成为连歌高手，那也算登堂入室了。在《万叶集》《古今集》中，有跳流行歌舞的歌伎的歌，有妓女的歌，在古歌中还有乞丐的歌，其作品都可以供人欣赏。连歌做得有趣，然后再说学识的事。近来，听有人说：比起连歌的歌句来学识更重要，这真是无稽之谈。孔子的话"知之为知之，不知为不知，是知也"，①说的就是此事，值得好好玩味。

---

① 出典《论语·为政》。

正彻物语

正彻①

上　卷

一

在和歌领域，谁要否定藤原定家，必不会得到佛的庇佑，必遭惩罚。

定家的末流有二条、冷泉两派，后又有为谦为代表的京极派，三足鼎立，正如大自在天有三只眼，三派相互抑扬褒贬。学习者何弃何取，难以定夺。应该把三家作为一个整体，

---

① 正彻（1381—1459），室町时代临济宗僧人、歌人。1414年出家为僧，进入东福寺，称为"正彻"。在歌道方面，他以藤原定家为宗，继承了《新古今集》及冷泉家的歌风，倡导"幽玄"，追求象征、幻象之美。他的歌学书《正彻物语》（上下卷），以二百多节随笔短文，通过对若干和歌的分析鉴赏，表述了自己的和歌观，特别是区分了"幽玄"与"物哀"、"幽玄"与"余情妖艳"的不同，提出了"所谓'幽玄'，就是虽有'心'，却不直接付诸'词'"，"行云飘雪才是幽玄体，空中云气暧昧、雪花随风飘旋的情景，就是幽玄"等，对"幽玄"的解说具有很高的理论价值。

取其所长，不可偏于一家。如若做不到这一点，也要追慕定家的遗风，此乃进取之正道，其他途径无可替代。也有人不学定家，而学习末流之风体。但我认为，学上道者，可得上道，若不能至，心向往之；上道不能，中道可得。佛法修行以得佛果为目的，不能只是以修成声闻、缘觉、菩萨三乘之道为最终目的。难道不是这样吗？学习末流之风体，只模仿遣词造句，岂不可笑吗？无论如何，应该学习定家的风骨精神。

……

一九

在写暮色山雪的和歌中，我认为如下一首最为出色：

黄昏飞大雪，
雪峰断云梯，
云朵彷徨前路迷。①

这里写云朵要爬上雪山，却因没有雪梯，便彷徨迷路。将没有生命的东西写得有生命，是和歌的一般手法，云朝夕都在

---

① 原文："渡りかね雲も夕をなをたどる跡なき雪のみねのかたはし。"

空中飘游，皑皑白雪到了黄昏情形是怎样的呢？人们却很少关注。久久遥望着大雪纷飞的雪山，看到空中的云，就担心云朵能不能翻过雪山。这种心情"云朵彷徨前路迷"的意境。像梯子一般陡峭的深山雪道，人根本无法通行，甚至觉得恐怕连雪也难以飘落上去，令人想到"雪峰断云梯"，这是令人沮丧的事情。然而"雪峰断云梯"一句，却是这首和歌的亮点，因为云本来就没有足迹，没有足迹就不会在雪上留下痕迹，因而比起说"雪峰无云梯"，还是说"雪峰断云梯"更好。

这种行云、回雪体，就是风卷雪团之体，就是云雾遮花之态，不可言喻、情趣盎然而又艳丽，是无限的迷朦之状，是一个美丽的妇人在无言沉思中的歌咏。虽然无言无语，心中却有千语万言。又如三两个小童子，手里拿着东西，对人说"是这个！是这个！"心里明白却说不出"这个"究竟是什么东西、怎么样。此种溢于言词之外的歌，是为好歌。

二五

和歌不是靠知识吟咏出来的。惟有好好理解歌心才好。所谓"好好理解"，就是要"悟"。能够很好地理解和歌的人，作和歌也能成为高手。我等在读古歌的时候，往往会问"此歌的歌心是什么？是'幽玄体'的歌，还是'长高体'的歌？"等等；或者也有人会想："假如由我来吟咏，这个词我是不会这样来使用的。"对于水平高的和歌，每首歌都要用心好好体会，如有不理解的地方，应该向人请教。在出席和歌会的时候，怀里应揣着小记事簿①，顺便把歌记录下来，虽然暂时不理解，也先把它记下来，以便在自己作歌的时候加以参照。也有人对别人的歌有所理解，便觉得"原来是这样啊"，便从此置之不顾了，而自己一般是难以说出"我不懂"这样的话的。了俊②说过：咏歌要在众人聚集的场合，即便自己不咏歌，只是评论他人的和歌，也是最好的学习。如能赶上一次众人共同评判③的和歌会，那比一千次、两千次的学习还要珍贵。相互指出不足之处，同时也要在争论中坚持自己的观点，"别人有别人的想法，我有我的看法"。

四二

俊成之女的歌——

> 呜乎哀哉，
> 心中君常在，

---

① 小记事簿：原文"短册"。
② 了俊（约1326—1420）：今川贞世的法名，著名歌人，正彻的老师。
③ 原文"众议判"。

夜梦谁能猜？①

诚为"幽玄"之歌。那一夜的幽会，除了他与我之外，无人知晓。久久地保存在内心深处的秘密若为人所知，那也是梦中才会有的事吧。《若活到明天》一首，也是不可为外人道之事。只要活到明天，也许就不会感到那么痛苦了吧，倘若是这样的话，那么今天黑夜要来临，就让它来吧。

四三

为秀②有一首歌——

"知物哀"之友
此世最难得，
独自一人熬秋夜。③

听说了俊④听了这首歌之后，便做了为秀的弟子。

---

① 原文："哀れなる心長さのゆくへともみしよの夢をたれかさだめん。"
② 为秀：藤原为秀。
③ 原文："哀れしる友こそかたき世成りけれひとり雨きく秋の夜すがら。"
④ 了俊：藤原了俊。

"独自一人熬秋夜"是有上句的。在秋夜里独自一人聆听雨声,懂得这其中的"物哀"之趣的朋友,实在太难找了。假如有这样的朋友邀请的话,那么无论他在哪里,我都愿意前往并与之谈心,那样就不会一个人在这里听雨了,但歌人知道,实际上并没有那样的可去之处。"独自一人熬秋夜"一句,倘若写成"独自一人在秋夜",意思就不连贯了,"熬秋夜"一句是很重要的,是说在整整一夜一直都是独自眼睁睁地熬过来,都是一直独自聆听风雨声,其余韵绵绵无尽。倘若再接着写出下句,那就失去余韵,无甚可观了。

杜子美有一首诗云:"闻雨寒更尽,开门落叶深。"在我国,有佛法修行很深的老僧对此句作了改写。以前训为"听到雨声"(雨と闻きて),觉得不合韵味,便改为"听得雨声"(雨を闻きて)。只是一字之差,作为和歌而言真如天壤之别。若是"听到雨声",那么就意味着一开始并不知道有落叶;若是"听得雨声",就是疑惑着真的是下雨了吗?等待天亮开门去看时,原来那声音不是什么雨声,而是风吹落叶,在院子里飘散的飒飒之声,直到此时才弄明白,于是趣味得以横生。可见,和歌中一字之差,真有云泥之别。

六九

夕暮晚霞中,

> 恍惚若见心上人,
> 面影犹如晓残月。①

在黄昏的晚霞朦胧时分,见到了一个人,仿佛就像自己的心上人,其面影在心头一闪而过,朦朦模糊,就像拂晓的残月,究竟是不是心上人也难以确定。云遮月晕,雾中看花,词与心都在飘忽之间,便是"幽玄"、优美之态,是言外有言。

八二

"幽玄"体只有达到一定程度才能使人体会到。许多人听到"幽玄"的事,其实那只是"余情",而不是"幽玄"。或者有人将"物哀体"②说成是"幽玄体"。"余情"体与"幽玄"体有很大差别。定家卿曾说过:"从前一个叫纪贯之的歌人,吟咏那种强力歌体,却不吟咏超凡绝伦的幽玄之歌体。"③"物哀体"是歌人们所喜爱的歌体。

---

① 出典《草根集》卷六。原文:"夕まぐれそれかと見えし面影の霞むぞかたみ有明の月。"

② 物哀体:作为和歌体式的名称,最早见于《愚秘抄》。

③ 藤原定家在《近代秀歌》中有类似意思的话,但此处并非忠实的征引。

九〇

"游移彷徨中，月光照我影，衣袖泪珠晶莹"一首，还有《作别白衣袖》等，都是极为"幽玄"之体，粗枝大叶的人难以理解。

下　卷

七

有一首题为《浦松》的歌：

海上来大风，
岸边石上一老松，
发出呼啸声①

家隆卿也有一首歌：

---

① 出典未详，原文："をきつかぜいさごをあぐる浜の石にそされてふるき松の声かな。"

> 岸边一老松，
> 经年累月迎海风，
> 孤寂仙鹤一声鸣。①

可见前一首歌有后一首的面影。

要说这两首歌的歌体，表现的是岩石生苔藓、星霜千年的意蕴，给人以仙境之感。此乃雄浑之歌体，而非幽玄体。

一七

对四季歌中动辄就述怀的歌，尊宗亲王②曾提出了批评。"物哀体"的歌人都是在四季歌中述怀的。若喜爱此体，肯定就会如此，这是由天生的气质所决定的。吟咏"物哀体"歌的时候，用"哀哉"之类的表达，那实际上就不是"物哀体"了。

俊成的歌是"物哀体"的，例如他的"我的墓穴已经备好"、③"小筱原的露珠将在风中消散"④，表达的才是真正的"物哀"。

---

① 出典《壬二集·上》，总第12660首。原文："濱松の梢の風に年ふりて月にさびたる鶴の声。"
② 尊宗亲王：13世纪著名歌人，后嵯峨天皇的皇子。
③ 出典《新古今集》卷十六，总第1558首。
④ 出典《新古今集》卷十八，总第1822首。

三四

在《六百番歌合》中，定家卿在岁暮吟咏了一首歌，歌云：

松浦舟从唐土来，
老母复等待。①

为什么要吟咏这样的歌呢？这里描写的是一位母亲在岁暮焦急等待着从中国归来的船。其中的时代背景究竟怎样，很多人并不了解。以前，读《松浦物语》②一书，才知道有一个名叫松浦中纳言的人，记载了自己作为遣唐使西渡中国的经历。定家卿以此为根据，写出了这首和歌。

在上述《六百番歌合》中，还有一首歌：

彻夜望月亮，

---

① 出典《定家卿百番自歌合》，此处《六百番歌合》疑为正彻误记。原文："たらちねやまたもろこしに松浦船。"这是上句，下句是"今年も暮れぬ心ずくしに"。可译为"每到岁末心不安"。

② 《松浦物语》：又名《松浦宫物语》，全三卷，是镰仓时代出现的托名藤原定家（一说藤原定家）的拟古物语，以7世纪末8世纪初的中国和日本为舞台，反映了中日文化交流的主题。

泣泪涟涟湿衣裳，
苦恋欲断肠。①

"欲断肠"这个词也是《松浦草子》中的用词，定家的这些歌，是从故事和物语中取材的。

三八

定家曾说过，构思和歌的时候，要常常吟诵《白氏文集》中的"故乡有母秋风泪，旅馆无人暮雨魂"。吟诵此诗句，可以使心地高洁，吟出好歌。又，吟咏"兰省花时锦帐下，庐山雨夜草庵中"②，可以感受独自在外旅宿，听着潇潇雨声，那种寂寥不安的心。定家的歌《失恋旅宿听秋风》，表达的就是这种心情。

七七

花开花落一夜间，

---

① 出典《定家卿百番自歌合》，又见《拾遗愚草》上、《续后撰集》卷十二。原文："夜もすがら月にうれへてねをぞなく命にむかふ物思ふとて。"
② 出典《白氏文集·庐山草堂雨夜独宿》。

> 如梦中虚幻，
> 唯见白云挂山巅。①

这是"幽玄体"的歌。所谓"幽玄"，就是虽有"心"，却不直接付诸"词"。月亮被薄云所遮，山上的红叶被秋雾所笼罩，这样的风情就是"幽玄"之姿。若问：幽玄在何处？真是不好言说。不懂"幽玄"的人，认为夜空晴朗、月亮普照天下才有趣。所谓"幽玄"，是说不清何处有趣、哪里美妙的。

源氏有歌云"真真切切在梦中"，写的是源氏初见继母藤壶妃子时的情景：

> 相会一夜难重逢，
> 真真切切在梦中，
> 浑然不了情。②

这首歌，就是"幽玄"之姿。"相会一夜中，他日难重逢"，

---

① 原文："咲けば散る夜のまの花のうちにやがてまぎれぬ峰の白雲。"出典《草根集》卷四。

② 原文："見ても又逢ふ夜稀なる夢のうちにやがてまぎるる憂身ともがな。"写的是源氏和继母藤壶妃子第一次幽会的感受。出典《源氏物语·若紫卷》。

说的是本来未曾相识，今后难以再会，故曰"他日难重逢"。此梦不醒，一直持续下去的话，现实与梦就合二为一了。这里说的"梦中"指的是幽会。幽会恍如做梦，在梦中自身与对方浑然一体，无法分清。

藤壶妃子的返歌曰：

> 此事恐会成话柄，
> 悲惨是我命，
> 但愿此梦永不醒。①

藤壶是源氏的继母，恍恍惚惚地做了那种事，她害怕留下不好的名声，被世人议论，所以她以此歌来表达"但愿梦中永不醒"的心情。……

一〇〇

何谓"幽玄体"呢？所谓"幽玄体"就是无论是心，还是词，都不能随意表达。行云飘雪才是幽玄体，空中云气暧昧、雪花随风飘旋的情景，就是"幽玄"。定家写的《愚秘》②

---

① 原文："世語りに人やつたへんたぐいなく憂い身を夢になしても。"
② 《愚秘》：即《愚秘抄》，歌学书，是后世假托藤原定家所写，有人认为是二条家藤原为实所作。

中有云:"要说明什么是幽玄体,可以举一个例子。唐国有一位襄王①,他午睡的时候,有一位神女从天而降,分不清是梦境还是现实,襄王与她有了枕席之欢。事后襄王依依不舍,神女说:'妾为天上仙女,因前世有缘,今日来此与君相会,不能久留此地。'便欲飘然而去。襄王不能随行,便说道:'既然如此,也要留个形迹啊!'神女说:'妾在巫山,在靠近宫中的山上,且为朝云,暮为行雨。'说罢消失。此后,襄王想念神女,以巫山的朝云暮雨作为神女形迹,咏而歌之。这种'朝云暮雨'体,即可谓'幽玄体'。"若要问"幽玄"在何处?在心中是也。岂能是心中清楚明白、并能付诸言词的东西呢?只有朦胧之体,才能够称得上是"幽玄体"吧;南殿樱花盛开、身穿丝裙的女子四五人对花咏叹,才能够称为"幽玄"吧?若有人问"幽玄"在何处?这一问恐怕就已经不再"幽玄"了。

一○三

家隆四十岁以后才成名,此前他吟咏了许多和歌,但博得大名却是在四十以后。顿阿在六十岁以后才得道。这些歌

---

① 襄王:即楚襄王。以下典故见宋玉的《高唐赋并序》,此处引用与《高唐赋并序》中的典故不同,原典中的主人公不是楚襄王,而是"先王"即楚怀王。

道先辈并不是一开始就有名的，而是不断学习、不断积累才有所成就的。

然而如今一些人，咏歌不过一两百首，却企图与定家、家隆相仿佛，真是滑稽透顶！定家说过："不行步无以至长途。"要想走到坂东、镇西①，必须耗费时日，岂能一蹴而至！

要有风雅之心，昼夜修行不懈，同时还要保持从容不迫的心境，自然可以登堂入奥。

后京极摄政②三十七岁早逝，是天生的名人，留下了许多优秀作品。倘若他活到八九十岁，不知道会有多大的成就！

宫内卿③不足二十岁便夭亡，她的学习修行都未能展开，但获得了人们很高的评价，是一位天才人物。要达到天才的境界，一开始就志向高远，富有悟性，而不待学习修行。并非天才者，只有不断的修行，经年累月，可以自得发明。……

---

① 坂东、镇西：指日本的关东、九州地方。
② 后京极摄政：藤原良经。
③ 宫内卿：后鸟羽院天皇的皇妃，源师光之女，《新古今集》收录其和歌。

私　语

心敬[①]

上　卷

一，序

有情投意合者闲谈世事，惟对和歌之道无法对等交谈，言语间不免缺少雅兴。在寒舍陋室中窃窃私语[②]，不怕隔墙有耳。人一夜之间可有八亿"念"，对和歌连歌却毫无念想，岂不罪过！又，连露珠都普降天下而不为一己独有，况和歌、连歌之道，两人携手踏入，相与切磋，庶几可免独自困惑也。

[①] 心敬（1406—1475），初名新惠。籍贯纪伊国，著名歌人、连歌师。曾入正彻门下学习和歌，在京都东山山下十住心院为僧，官至"权大僧都"。著书有《私语》《独语》《老人絮语》《所所返答》《心敬僧都庭训》等，都是以连歌、和歌创作、评论、鉴赏为中心的著作，此外还有《心玉集》等歌句集。《私语》（ささめごと）是作者五十八岁时所撰，分上、下两卷，约合中文两万余字。除了连歌的修习、创作技巧、鉴赏等内容外，还涉及以连歌、和歌为中心的许多理论问题，包括歌道与佛道的关系、"心"与"词"的关系等日本古代"歌学"的基本问题。

[②] 本书的书名"私语"似来源此处。

二，连歌的历史

和歌之道，源远流长，如伊势海滨大浪淘沙，如和泉①材木，反复雕琢，非一时之事也。连歌亦如此，自近世兴起，源于筑波山间②，然至今有待探究之事尚多。

和歌之道，天地开辟以来，代代相传，先贤相授，无论何人均可涉猎。和歌的相互酬唱，始于《万叶集》，后世传承不衰。后经水无濑川③流出，连歌遂登堂入室。百年间，风雅贤人频出，斯道隆盛，前景光明，而最终斯道泰斗出世，④并有聪慧风流⑤之弟子传人⑥在身边日夜侍奉，师徒合力，确立连歌走向，实乃一代盛事，泽被后生。

三，问⑦：二条良基为一代圣手，在其聪慧风流弟子的协助下，编纂《菟玖波集》，将各种风格的连歌尽收一书，可谓

---

① 和泉：地名，今大阪西南部。
② 连歌又称"筑波之道"。
③ 水无濑川：河流名，位于今大阪府三岛郡，后鸟羽天皇曾在岸边建离宫，在那里举行歌会等风雅活动。此处代指后鸟羽院。
④ 斯道泰斗出世：指二条良基。
⑤ 风流：原文"色好み"，意即"好色"，是日本传统美学与文论的重要概念，指懂得恋爱之道、善解风情。下文中仍有几处使用"色好み"一词，均予意译。
⑥ 聪慧风流之弟子传人：指良基的弟子救济。
⑦ 序号为译者所加，"问"字亦为译者所加。下同。

连歌之集大成乎？

《菟玖波集》承袭《古今集》，并予发扬光大，后世有志于此道者，可从中探囊取宝，披阅赏玩，问学求师。然中古①以后，连歌之道式微，知名大家甚少，为斯道指路者乏人，连歌只靠心心相悟而已。

四，问：一般认为和歌之道从中古之后也是每况愈下，果真如此吗？

正如前贤所言，水无濑宫②时代，和歌圣手尽数登场，留下了各种风格，探索了歌道奥秘，使歌道盛极一时，堪为时代丰碑。可惜不久，进入嵯峨天皇时代后，言词渐渐失色，心花慢慢失香。此后歌道日见狭窄，歌风日见浅薄。此时，有名唤源金吾③者，从师冷泉黄门④，长年钻研歌道，熟悉古代和歌，使歌道得以中兴。及至那位贤明的和尚⑤出世，自幼年至老年，探奥于语林之间，深潜于辞海之下，如冰凌隆出水

---

① 原文为"中つ比"，与"昔"（古代）相对而言，此处译为"中古"，约指公元14世纪后期至15世纪初期。
② 水无濑宫：意同上文的"水无濑川"，指后鸟羽院。
③ 源金吾：今川了俊（1325—1420），本姓足利，出自古代源氏家族，歌人、歌学家。
④ 冷泉黄门：指冷泉为秀（？—1372），官至中纳言；"黄门"是中纳言的中国式称谓。
⑤ 贤明的和尚：指清岩和尚（1381—1459），谥号正彻，歌人、歌学家。

面，非一日之寒可为。其和歌造诣岂是寻常歌人可比！其歌句辞藻亦广为流传。

五，问：上述古代诸位先贤①之词彩，与衰微的中古时代相比，看上去如大山乌鸦与河边白鹭，判然有别。果真有这样的差异吗？

此话早就有人说过，情况确实如此。无论怀有何种偏见，都能看出其间具有很大差异。看古代人的词彩，对"前句"②的接续非常注意，可谓五音相通、五音连声，心心相应。而中古之后，却动辄不顾前句之"心"，只管表现自己的遣词造句，于是，连歌就成为风花雪月的支离破碎的并列。这种连句，与前句"心"不相通，没有关联，只是自我修饰，辞藻罗列。只要与前句密切配合，即使词义浅显，也能吟出令人满意的歌句来。

六，问：在古代歌人的用词中，如何体现出与中古歌人不同的"心"？

古人歌句，将言辞本身放在次要位置，而专求用"心"之深。前句③用词的取舍也很用心。近来的连歌只是将词语

---

① 诸位先贤：指善阿、救济等人。
② 前句：连歌唱和时的上一句。
③ 前句：指连歌缀句的前句、上句。

——取来堆砌在一起而已。……①

七，问：连歌之道，要以"幽玄"为本，用心加以修炼吗？

古人说过，一切歌句都有体现"幽玄"之姿，连歌修习时也要以此作为最高宗旨。不过，古人所谓的"幽玄体"，与如今很多人所理解的有很大不同。古人对"幽玄体"最为用心。一般人只注意"姿"的优美，而心之"艳"②的修炼却是最难的。一个人修饰外表是为了众人观瞻，而心的修炼却是个人的事。所以，古人所谓最高级的"幽玄体"，和如今的理解颇有分别。

"幽玄体"的歌如下例：

> 为割秋田稻，
> 临时搭草屋，
> 衣襟衣袖沾露珠。③（天智天皇）

> 彷徨又四顾，
> 行行复行行，

---

① 以下两句略而不译。
② 心之"艳"：指心灵的优美。
③ 原文："秋の田のかりほの庵のとまをあらみ我が衣手は露にぬれつつ。"

别离阿妹登旅程。①(人麻吕)

思念已成疾,
为了见到你,
赴汤蹈火亦不惜。②(元良亲王)

逝者被遗忘,
此乃世间之常情,
旅行归来堪与故人逢。③(伊势)

秋雾何浓重,
寂寞居山中,
四周不见人踪影。④(曾祢好忠)

欲忘又难忘,
从此别离去,

---

① 原文:"ささの葉太山もそよに乱るなり我は妹おもふわかれ来ぬれば。"
② 原文:"わびぬれば今はたおなじ難波なる身をつくしても逢はむとぞ思ふ。"
③ 原文:"忘れなむ世にもこし路のかへる山いつはた人に逢はむとすらん。"
④ 原文:"山里を霧のまがきのへだてずばをちかた人の袖はみてまし。"

相会相爱在梦乡。①（定家）

……②

八，问：要真正进入歌道境界，应如何用功学习呢？

《八云御抄》③中也专门谈到用功，认为所谓用功，并非学习天竺与中国的知识，而是应该好好钻研《万叶集》《古今集》《伊势物语》等日本书籍。高雅的措辞要向《源氏物语》《狭衣物语》学习。古人早就说过：歌人不读这些典籍是可耻的事情。对于《万叶集》，当年有好多人读不懂，无法理解。④梨壶⑤的五位歌人用假名将《万叶集》中有关汉字加以替换，使得女性亦可阅读欣赏了。《万叶集》中的美词艳句，林林总总，应有尽有。定家卿有云："'词'学古人，'心'须求新，'姿'求高远，学习宽平⑥之前的和歌，自然就能够吟

---

① 原文："忘れぬやさは忘れけりあふことを夢になせとぞいひて別れし。"

② 其余例句略而不译。

③ 《八云御抄》：歌学书的集成，顺德院撰，全六卷，约成书于镰仓初期。

④ 好多人读不懂，无法理解：《万叶集》时代，日本语假名尚未出现，故全部使用汉字写成，后人阅读困难。假名发明后，学者们（下文所谓"梨壶"五歌人）对其中的助词、叹词、词尾等虚词以假名替换，方便了后世日本读者阅读。

⑤ 梨壶：皇宫后宫五舍之一，又叫"昭阳舍"，在村上天皇年间，源顺等五位歌人在梨壶编纂《后撰集》，并对《万叶集》加以训诂。

⑥ 宽平：宇多天皇时代的年号，公元889—897年。

咏出优秀的和歌。"①所谓"宽平之前的和歌",指的就是《万叶集》吧。

定家卿对和歌的学习做了种种说明,他说过:"首先要学习两三种歌体,先要学习柔和优美的女性的和歌。然后要学习'浓体'、'有一节体',再然后用心学习'有心体'、'长高体',这些都学好后,再学习'强力鬼拉体'。"定家卿认为,鬼拉体为歌道中的"中道"②,而且秘传说:"这是至高无上、独一无二的,不学好不行。"又说:"通常,一般人都认为所谓'秀逸体'就是指咏那种朴素、不雕琢、平淡无奇的歌体。我认为这种看法不恰当。"③

定家又强调:"'花'与'实'都要学好。"《古今集》序中也有"其'实'皆落,其'花'孤荣"④之类的话,希望"人'心'之为'花'",说"以'艳'为基,不知和歌之趣者也"。这些讲的都是勿要失去诚实之心。以此来衡量当今之世,则"实"已荡然无所存。

九,问:在一些闭塞之地,喜欢连歌的人,却讨厌和歌,

---

① 出典藤原定家《近代秀歌》。

② 中道:意即最正确的道路。

③ 此段中有关藤原定家的引文,见藤原定家《每月抄》,文字上与《每月抄》有出入。

④ 出典《古今集·真名序》。

说什么"吟咏和歌会损害连歌之道",这是为什么?

先贤有云:不喜和歌者,是为无修养也。

应将秀歌熟稔于心,将秀歌之情趣含蕴于每句连歌之中,并且,对于优秀的汉诗也要朝夕吟诵。

古人的连歌带有和歌的情趣,故具有高尚、优雅、壮美、亲切之风格。从前的问答体和歌,上下两句一问一答,相互接续,以至百韵、五十韵,其间唱和无间,天衣无缝。如今不懂和歌之"心"者,认为和歌与连歌为两种东西,连歌也便失去了灵魂眼目,实则两者紧密相关。

一〇,问:有些人认为发句要以宏阔、壮美、大气为本。果真如此吗?

古人云:发句位居和歌之卷首,应大气、雍容、舒阔。不过,在编纂的和歌集当中,发句固然可以如此,而百首、五十首以下的连歌中的发句,要因时、因事而有区别,可有各种风格,不必求同。

在夜以继日的歌会上,如果发句的句题也相同,就只能按统一思路吟咏,那也兴味索然。

古人的发句,并不故作深沉,也不固守一种模式。晚近以来,"卷头和歌"①与"发句"被视为两种形式,作得非常显

---

① 卷头和歌:原文简写为"卷头",指位于和歌集卷首的和歌。

眼。但如果不考虑别人如何接续，歌会如何进行？

在中国，也有"文体三变"之说。……①

一一，问：一些人喜欢秀句、一些人不喜欢，这是为何？

古人云，秀句是和歌的生命，为何要讨厌呢？秀句中有名的不计其数。不堪歌道者，作不出秀句来。而且，也有艺术上特别娴熟者，每每可以咏出秀句。但特别偏好秀句，也无必要。……②

一般而论，没有秀句，和歌连歌很难出色，故曰秀句为生命。不过，秀句中也有很多是平凡通俗的，应有所鉴别。

一二，问：有人认为：美丽并且柔和的风体，在和歌是至高无上的。此话应该怎样理解呢？

大体而言，素直、平和，是和歌的根本，尤其是对于艺术尚不成熟的人应该如此。不过，倘若固守这一种风体，就容易造成懒惰，失去创作的欲望。定家卿说过："一般人都认为所谓'秀逸体'就是指吟咏那种朴素、不雕琢的歌，平淡无奇的歌体。我认为这种看法是不恰当的。"③正确的做法应

---

① 以上例句"卷头和歌"三首与"发句"四首，略而不译。
② 以上列举作品数首，略而不译。
③ 出典藤原定家《每月抄》。

该是兼修各种不同的风体。

古人对和歌的各种风姿作过各种比喻：如水晶与琉璃，寒且清；宛若水中长出的五尺菖蒲，挺拔而滋润；仿佛皇宫中的太极殿高座，即使无人在座，也凌驾于众人之上，气势夺人；大则虚空无边，小则可容芥子，仿佛净藏、睁眼的变身①，等等。

在汉诗中，也有贾岛瘦、孟郊寒的说法。②

《思妹》歌③，在观算供奉④之日吟咏，也有寒凉之意。

定家卿在向其父俊成请教和歌时，俊成说："我的和歌三十岁之前，柔美和润，琅琅上口，可谓优秀之作，亦得到世人褒奖。从四十岁起，感觉在风骨、美艳方面有所不逮，而不为一些人所欣赏，歌艺每况愈下。应该重新加以修行才是。"他含泪说道："你问得很好。我有时也品味你的歌，与我的歌有所不同。但这不必悲叹，你所弃我者，'肉'而已，却得以保持你自己天生之'骨'。我每每羡慕你的歌，但是我

---

① 净藏、睁眼：人名，《法华经·妙庄严王本事品第二七》中的故事的两个主人公，讲的是妙庄严王不信佛法，王子净藏和睁眼得了神力，变化出种种奇迹，让父王知道了佛法之力。

② 贾岛瘦、孟郊寒：苏东坡《祭柳子玉文》："郊寒岛瘦，元轻白俗。"

③ 《思妹》歌：指《拾遗集》所收纪贯之的一首和歌，大意是：冬夜思阿妹，川风寒彻骨，千鸟飞绝。

④ 观算：人名，一作宽算，当时传观算死后作祟，骚扰皇室，故设"观算供奉日"，以安抚其灵。

也知道，从八十岁后再学已经不行了。"又含泪道："对于任何事物，得其'骨'为第一要事，你就这样发展下去，可以成为世间第一歌人。"

一三，问：有乡野不学之辈，每句都要含有"祝言"①，一旦写不进祝言，就愁眉苦脸，怎样看待这一问题呢？

歌道，要以表达无常之理、言志述怀为宗旨。要表达深切之"哀"②，泣鬼神、动人心，以断执着之念。而有些歌会，却纵情声色、沽名钓誉，充斥着"千世"、"万世"、"鹤"、"龟"、"享乐"之类的言辞。虽如此祝愿，谁人能百岁不逝、千岁不死？昨日荣华，今日衰败，朝为露珠夕为云雾，乐而生悲，易如反掌。古代歌人就以表现这种无常为宗旨。

在汉诗人中，听说杜子美一生穷愁。

《法华经》说："此经欲说明者，即是观世间如梦。"

不过，在新年伊始、贵人府第、生人参会等场合，还是应该注意禁忌之词。这种事情谁都懂得，在此不必赘言。

一四，问：一些乡下歌会，举办的时间往往不过正午，最迟也在未时③结束。时间太短，人们不能进入状态。如何看

---

① 祝言：祝福、祈祷、吉祥的词语。
② 哀：原文"あはれ"。
③ 未时：相当于下午二时左右。

待此事？

听人说，二条太阁①举行的歌会，好像没完没了，每每从早晨到深夜，即使不是这样，也是从早晨到日暮，比这时间更短的歌会从来没有过。参会者济济一堂，精神放松，畅所欲言。他说过："有何必要沉思呢？思来想去，结果还是一样。沉思者的歌句反而不得要领。"他们以为"言自心出，出言必慎"，只能表明这些人的心胸浅陋。

所谓"秀逸"，是指心地细腻，优雅恬静，深悟世间之"哀"，并由此从胸中咏出的歌句，别无其它，只是一字两字的变化而已。高品位、优雅、有力、紧凑、寒凉感、雄壮等不可言状的心香，都是从悠闲者口中吟咏出来的。

后京极摄政有一首和歌写道：

> 不破关②上无人住，
> 关屋颓败冷凄凄，
> 惟有秋风起。③

这里的"惟有"二字，在古今和歌中，堪称妙不可言。那位

---

① 二条太阁：二条良基。
② 不破关：关隘名，位于今歧阜县，奈良时代三关之一。
③ 原文："人すまぬ不破の関屋の板びさし荒れにしのちはただ秋のかぜ。"出典《新古今集》卷十七。

贤达的和尚也称赞说："这实在是难得的好句！这种歌句只有在他胸中才能咏出，真令人惊叹！"

执迷与开悟，两者是有界线的。名家的歌句诗意盎然，从胸中自然迸发而出，何须沉思再三！下手的歌句是由舌头上吟出，靠多年磨炼而成，其实没有长出能欣赏和歌与连歌的耳朵，这样的"达人"何其多也！

一五，问：只用心学习一种体式〔而罔顾其它九体〕，能进入境界吗？

先贤有云：一般而论，所有的体式都不能舍弃，才可谓贤达之士。只胶着于一种体式，是为因小失大。

君子周而不比，小人比而不周。①

古人云：伯夷、叔齐圣之清也，伊尹清之和也，孔子圣时之人。②

惟有佛陀是两足尊③，无三乘④之心。

一六，问：连歌之道，应向先贤讨教吗？也要注意聆听

---

① 出典《论语·为政》。
② 出典《孟子·万章下》。
③ 两足尊：佛教语，两足动物（人）中至尊。
④ 三乘：佛教语，见《法华经》："惟有一乘法，无二亦无三。"所谓"三乘之心"，指不充实之心。

连歌会上诸位的评语吗？

那是当然。古人云，温故而知新。不过，向不通此道的人请教，是徒劳无益之事。

一旦走上不正之道，无论何种圣贤达人都无能为力。可以将人心比作漆桶，亦可比作白色丝线。沾上何种颜色，人心各有不同。佛法云：善知识者是大因缘。① 又云：知法常无性，佛种从缘起。②

据说有一位尺八③名手，有人想跟他学习。问："能很快就学会吗？"答："需要用些功夫。""那我就不便跟您请教了。"各种艺道的学习都有类似的事情。须知人容易走上不正之道，而走上正直之道则不容易。

一七，问：我想知道应如何择友呢？

当今之世，人心叵测，与什么人交友，与什么人交往，很不容易。然而在一切方面，有好友相助，最为重要。

在心胸恬淡的连歌会上，若有一两个心地肤浅之辈杂入其间，正常歌会都会受到妨碍。

子猷划船去见戴安道，乘兴而去，兴尽而归，并没有与

---

① 出典《法华经·妙庄严王本事品》。
② 出典《法华经·方便品》。
③ 尺八：一种日本传统乐器，是一种竹制竖笛，五孔七节，标准长一尺八寸，故名。

安道见面，但也情深意长。①

孟母为择善邻而三迁，真可谓用心良苦。②

孔子曰"唯仁者能好人，能恶人"，③说的也是以志同道合而取人。

又，钟子期死，伯牙破琴绝弦。④

欲见其人，先见其友；欲见其父，先见其子。此言甚是。

天台宗也主张："以善友亲近为第一"⑤，"因缘生故，无有自性"⑥。

一八，问：听有人说"和歌及连歌，对于那些心地粗糙、不解风情的耳朵来说，全然无趣"，是这样吗？

无论是何种艺道，对于那些无知无识之辈，对于"亲句"、"平怀体"⑦之类，或许还能略知一二，而对于高尚幽远的心灵表现，一般人难以理解。

---

① 出典《世说新语·任诞》与《晋书·王徽之传》。
② 出典《列女传》。
③ 出典《论语·里仁》。
④ 出典《吕氏春秋》《列子》。
⑤ 出典惠心僧都源信《观心略要集》。
⑥ 出典《智度论·十九》。
⑦ "亲句"指连歌中上句和下句关联密切，较为易懂的歌句；"平怀体"指的是较为普通、容易理解的歌句。

定家①的歌姿，仿佛在朦胧月夜中浮出仙女的倩影，飘着若有若无的芳香。人麻吕、赤人的歌，普通人只见得其中的人与物，而在深谙歌道的人眼里，则有玄妙不可言喻之美。

要懂得杜子美②的诗，可谓不易。

佛陀在说法时，五千名听众自以为得道，卷席而去。③

"应身"④、"报身"⑤之类尚可证得，至于"法身"⑥则是凡人难以领悟的。

一九，问：常听说世上对某一作者高度评价，谓之天下第一人者。对有名的人赞美有加，对不那么有名的人，就不应该给予恰当评价了吗？

先贤有云：一般而论，时势造英雄，和歌、连歌作者亦是如此。不过，心地肤浅之辈，终究不能得到赞誉。

每个人都要畏惧圣人之言。

贤能之人被压倒埋没之事，自古常见。

---

① 定家：藤原定家。
② 杜子美：中国唐代诗人杜甫。
③ 出典《法华经·方便品》。
④ 应身：佛教语，指的是为化度众生，从理智不二的妙体中出现之身。
⑤ 报身：佛教语，应因果报应而现的佛身。
⑥ 法身：佛教语，指理智不二的妙体本身。

不担心别人不知道我，只担心我不知道别人。①

听说孔子生不逢时，颜回也很不幸。

〔孔子曰：〕不如乡人之善者好之，其不善者恶之。②

当初佛陀的大名也有三亿人不知。③

山涧的老松树只能独自老去。

二〇，问：心灵应如何修炼，方能入境？

有云：进入佛门，应该静心，悟得此道，深知慈悲。明日身家性命如何漠不关心，只是敛财渔色，不知自重，此等人中悟道者较少。

据说，释迦牟尼曾骑马离开王宫遁入深山，修了六年苦行，发髻上都结了鸟巢。

优秀的诗篇都是由悠闲者写出的，此言不虚。

只有避世闲居，方可静心。面对夕阳、夜灯，感受世事虚幻无常。无论身份高贵者抑或身份卑贱者，无论贤者抑或愚者，生死或在朝夕之间，如发丝脆弱不堪。若一味逞纵自我，以为自己将在此世活上百年千年，沉迷于女色，贪恋于名誉，为种种纷繁世事所羁绊，岂不愚蠢？！若肉身化为灰

---

① 出典《论语·学而》。
② 出典《论语·子路》。
③ 《智度论》中载：当时舍卫城有九亿人，其中有三亿人对佛陀一无所知。故云。

土，那一口气息，该向何处飘散？

不只是在自我中，还应该在万事万物、生生不息中寻求灵魂归宿。

二一，问：那些在歌会上出口成句、文思泉涌者，是如何练成的呢？

在歌会上有时会遇到这样的人，不过，他们为何显得轻松自在，举重若轻呢？对于深谙歌道的人，能在玉石内部看到光亮，能在花朵之外嗅到花香，此可谓登堂入室者。我未见过大智大慧的文殊菩萨化身再现，也未见过轻而易举就能登堂入室者。对于那些不能分辨"心"之深浅、不懂得"艳"为何物者，如何能轻易懂得歌道？

听说纪贯之作一首歌需要二十天。①

宫内卿〔为写歌〕吐血。②

公任卿③的许多和歌竟是用三年才写成的。

长能④因和歌遭到恶评而郁郁而死。

---

① 出典《新撰髓脑》。
② 出典鸭长明《无名抄》。记宫内卿沉溺歌道而死，但未记"吐血"一事。
③ 公任卿：藤原公任。
④ 长能：藤原长能，平安王朝中期歌人。

唐土的潘岳，沉醉于诗，不到三十就满头白发。①

佛法上所谓"最上醍醐味"，需要刻苦参悟才能证得。

二二，问：在和歌连歌方面，如何才能在世上获得声誉呢？

古人说过，这一点因人而异。有的人一味求名，有的人淡泊名利；也有人随着自己登堂入室，却喜欢闲居，修心养性。

定家卿在向为家卿②传授和歌时，这样说过："和歌，就是官人值班的时候，拢着灯火、守着酒盅作出来的东西。所以，你的歌还远远不行。只有先父俊成的歌，才是真正优秀的作品。夜深人静时，大殿上灯光摇曳，他的衣服被灯烟熏黑了，以官帽捂住耳朵，身边放着桐木火盆，发出悠扬的咏歌声。夜阑更深仍然沉浸其中，吟咏不止。"这种埋头苦吟的样子实在可贵。当时的为家卿已是高官，《皇室五十首》③中却没有他的名字。据该书的编后记中写道："是时歌仙，以其歌为低下。"

---

① 晋代诗人潘岳在《秋风赋·序》中云："晋十有四年，余春秋三十有二，始见二毛。""二毛"，指黑发与白发。

② 为家：藤原为家，藤原定家之子。

③ 《皇室五十首》：盖指建保六年（1218）编辑的《道助法亲王家五十首》，收定家、家隆、雅经、知家、信实等歌会参会者的五十首和歌。道助法亲王是后鸟羽天皇的皇子。

定家卿构思和歌的时候，盘上发髻，身着便衣，不像正式场合那样衣冠楚楚，正襟危坐。

二三，问：有野俗不学之辈，粗略听一听别人的和歌、连歌，就随便做出品评，此事有否？

听前辈说确有此事。无论何种艺道，对高于自己的人则难以理解。对作者呕心沥血之作，却做非常肤浅的理解，每每与作者的心志不相符合。精通和歌之道者不乏其人，但真正能够鉴别歌句优劣的人、深谙歌道精髓的人并不多见。古人云：无论佛法，还是歌道，得其精髓极其重要。

二四，问：在群星聚集的歌会上，常常听到有些人被骂作"乡巴佬"，何故？

尽管千回百度与歌道名宿同席，也仍然不能登堂入奥。不探究别人之"心"，不与他人做披肝沥胆的交流，也只是身处他人的宝物堆中罢了。此类典故对修炼歌道最为有用，对此藤原俊成卿早已谈及。不过，对于死板、愚钝的人，无论讲千回说百次，也仿佛是对牛弹琴。

二五，问：练习歌道有年，此后却长期搁置，恢复起来很难吗？

萤光映雪，非一时之功。修行松懈，不进则退。古人云：

"吾日三省吾身。"

当世吹奏尺八的高手顿阿①曾说过:"三日不吹,则吹不响。"各种艺道都懈怠不得。

又,梵灯庵主②曾中断了歌道,常年在东国、筑紫一代漫游,后来返回京城,"歌道全都荒废了!"他叹道:"无论如何也不能恢复从前水平。自己在连歌会上没有座位的时候却擅长连歌。"此点诸道相通。

二六,问:有野俗不学之辈,一旦见到与自己有所不同的歌句,就说难懂、不合常理。这是为什么?

这实在是无可奈何的事情。这类人已经将自己的喜好在心中加以固定。歌道高手,即使没有天梯,也想千方百计向上攀登。见到与自己的喜好不同的东西,就心生仰慕,这种态度才是可取的。

清岩和尚经常说:"我的歌作得不好,但我也尽量不吟咏与他人相似的歌。"此言可为鉴戒。

二七,问:进入别人歌句的境界并理解它,为什么那么

---

① 顿阿:尺八演奏家,生于15世纪,约1457—1460年间去世。
② 梵灯庵主:俗名朝山小次郎实纲,著名连歌师,连歌方面继承二条良基。著有《梵灯庵主返答书》《初心求咏集》等。

难呢？

先贤有云：在歌道修行中，不仅是"前句"上费心，而且在助词"て"、"に"、"を"、"は"上也不能大意。"打越"、"远轮回"，乃至别人在我之后如何接续，都要用心，以完成百韵，如思虑不周，有一句出了差错，也会令在座者不知所云。

小野道风①的手迹，据说到后来也没人欣赏了。

要达到佛法的圆满、圆融的境界，需要彻悟，在心中舍弃万象。

二八，问：所谓凡俗的歌句，其风姿如何？

所谓凡俗就是"姿"与"心"的凡俗，"姿"的凡俗较为容易看出，"心"的凡俗则不好鉴别。如"松植故乡庭"一句，还有"风声梦醒看明月"之类，看上去"姿"不错，但"心"的方面如何呢？"谁栽下了小松树？""风声梦醒看明月"之类，未免雕琢。

又如，"春天到来，所有的草儿都像嫩菜"。有所谓"七草"②，二叶、三叶的嫩芽，从雪地中求之才美艳，倘若不分场合随便乱摘，就很俗气了。

---

① 小野道风：人名，平安王朝中期书法家。
② 七草：指早春的七种菜，古人以为有祛病功效，古代和歌中有不少摘春菜的描写。

二九，问：和歌中的雷同，就是抄袭别人的创意，这是很可怕的事情吧？连歌中有这种事情吗？

先贤有云：这种事情在连歌中应该也是有的吧。一些乡野不学之辈，把昨天的歌句改动一两个字拿到今天来吟咏，没有自己的新鲜东西。而一些由很有修养的人精心吟咏出来的歌句，此后却被别人吟咏，于是就出现了同一歌句而有不同作者的情况，这实在是不应该的。在这方面古人多有鉴戒。有家卿[①]吟咏"小松丛生"，后来雅经卿[②]则有"杂木丛生"，这种雷同对于那时的"歌仙"而言，是很不光彩的。

  暴雨狂风啊，
  你把花儿吹落了，
  花香却更飘洒。

  看到落花的风情，
  竟然忘掉了，
  暴风雨的可怕。

  风吹花落，

---

① 有家卿：藤原有家。
② 雅经卿：藤原雅经。

落花之香四溢，
　　比树上的花更浓郁。

　　梅子的馨香，
　　比梅花本身
　　更为清新宜人。①

以上的作者作品，孰先孰后，很难判断。无论歌句如何巧妙，倘是与前人的构思雷同，都是拾人牙慧而已。

　　此处是都城，
　　却积了这么厚的雪，
　　实在罕见啊！②

　　远离山间的都城，
　　却罕见地，
　　积下了厚厚的雪啊！③

---

① 以上四首，均为"五七五"三十一音的"发句"。
② 此句为发句，作者宗砌。原文："都とて積もるはまれのみ雪哉。"
③ 此句为发句，作者智蕴。原文："山とほき都はまれのみ雪かな。"

以上两首歌,题材相同,如果不是抄袭别人的创意,那就很神奇了。

这类事情,应该予以明察。

三〇,问:和歌中有晦涩的作品,过分修饰雕琢,令人不快。连歌中也有此等事情吗?

这种连歌是常见的,有"心"的晦涩,也有"姿"的晦涩。

> 将树木砍伐,
> 那冷霜之剑,
> 更有山风。①

这首发句很有气势和力度。但第一句五个字,稍有晦涩突兀之处。如果换上"寒气凛冽"之类,会使整首发句更为舒展。而且,用"剑"砍树,也不合情理。

> 见夏草繁茂,
> 回想春天嫩芽,
> 遥想秋季草花。②

---

① 原文:"木をきるや霜のつるぎのさ山風。"出典不详。
② 原文:"夏草や春のおもかげ秋の花。"出典不详。

这首发句,属于"姿"的晦涩,给人以雕琢之感。

三一,问:和歌中有迂阔①之句,是为忌讳,连歌中也有吗?

这样的迂阔之句,在每次连歌会上都可以听到。这是很可怕的事情。如:

> 世上不要起风,
> 普天之下,
> 只需花之风。②

> 假如没有布谷鸟的鸣叫,
> 还以为,
> 这是秋天的夜晚呢!③

此等歌句,就是迂阔之句的典型。

三二,问:在和歌中有所谓的"无中心"④的歌,《万叶

---

① 迂阔:原文"未来记",指和歌、连歌中脱离特定语境的、迂阔、迂远、不自然的词句与构思。
② 原文:"ふかで世に天が下かへ花の風。"出典不详。
③ 原文:"郭公鳴かずば秋の月夜かな。"出典不详。
④ 无中心:原作"无心所著",是指歌句中心不集中、结构散漫。

集》中就有这一类歌。①连歌中也有吗？

　　这种歌多有所闻。凡和歌中体式风姿的分类，连歌多少都不会没有。

　　　　月亮映在水面，
　　　　老鹰，
　　　　离巢而去。②

　　　　花开了，
　　　　天未下雨，
　　　　山中一片澄明。③

像这样的歌，就是"无中心"的。

　　三三，问：和歌中有"亲句"、④"疏句"⑤之分，连歌中也有吗？

---

　　① 《万叶集》第十六卷有"无心所著歌二首"。
　　② 原文："月やどる水のおもだか鳥屋もなし。"出典不详。
　　③ 原文："花や咲く雨なき山にかげはくも。"出典不详。
　　④ 亲句：和歌的第一句到最后的第五句，结构紧密，密不可分，谓"亲句"。
　　⑤ 疏句：和歌中的上一部分（五七五）与下部分（七七）之间结构看似疏松，但却有内在的联系，谓"疏句"。

两者很难区分，所以各句之间接续的亲疏如何，不容易判断。

定家卿说过："和歌中，疏句中多秀歌。"所以应该有亲句、疏句两种句体的分别。

……①

三四，问：和歌是由所谓"篇、序、题、曲、流"五部分构成，②连歌也是如此吗？

先贤有云：此事在连歌中也很重要。假令下句"七七"有"曲"之"心"，那么上句"五七五"就相当于"篇序题"；又，假令上句有"曲"之"心"，那么下句就对应于"篇序题"。③……④

歌道中的"篇、序、题、曲、流"，与汉诗中的"起、承、转、合"相似。……⑤

---

① 以下举疏句、亲句的和歌例句，略而不译。
② 和歌由所谓"篇、序、题、曲、流"五部分构成：此说来源于歌论书《三五记》，其中云："歌有篇、序、题、曲、流五部分，五部分各对应于和歌的五句。"以此来划分一首和歌的结构顺序。
③ 作者在这里实际上将"篇、序、题、曲、流"五部分，分成了"篇序题"与"曲流"两部分，并以此作为连歌的唱和接续的一种内在结构顺序。
④ 以下举例分析，略而不译。
⑤ 以下举例分析，略而不译。

三五，问：和歌中的所谓"六义"，即六种"姿"，连歌中也有吗？

先贤有云：〔连歌〕大体可分六种"心"，每句均含，并在句中有所显现。

风：歌心在讽喻。如：

布谷鸟啊，
你飞得高，
鸣声也无比的高。①

在此句中，以布谷鸟来比喻二条太阁②，借称颂布谷鸟显示讽喻之意，是为"风之句"。

赋：歌心在如实描述③。如：

太阳冉冉升起，
金光四射，
染红一片云霞。④

---

① 原文："名は高く声はうへなし郭公。"作者救济。
② 二条太阁：指二条良基。太阁：摄政、或太政大臣的尊称。
③ 原文为"かぞへ"，数字顺序之意。
④ 原文："いづる日はよもの霞になりにけり。"作者救济。

在此句中，显示出对事物周到细腻的观察，是为"赋之句"。

比：歌心在比拟。如：

> 神宫中，
> 散落的红叶，
> 回到了红尘中。①

在此句中，以"ちり"（散落）来比喻"ちり"（尘埃）②，是为"比之句"。

兴：歌心在联类比物③。如：

> 五月雨啊，
> 山峰上的松风，
> 山涧的流水。④

在此句中，由一个事物联想到了另外的事物，描写栩栩如生，此为"兴之句"。

雅：歌心在平常。如：

---

① 原文："下紅葉ちりにまじはる宮ゐかな。"作者救济。
② 两个词发音相同，一语双关，是日语及日本诗歌中常用的修辞手法。
③ 原文为"たとへ"。
④ 原文："五月雨はみねの松風谷の水。"作者救济。

夏天的草啊，
变成了，
秋天的花。①

此句中直言其物，用词自然本色雅正，是为雅句。
  颂：歌心在祝愿。如：

山茶花开放，
庭院中，
一片芬芳。②

此句含祝愿之意，是为颂句。据《古今集·假名序》的小注，颂歌需有神明之心，此小注后来常被人引用，但各种注释书颇难领会。作者有口传，此处引用本注，并记发句。

  三六，问：和歌史上，历代都有"歌合"③，作者隐去其

---

 ① 原文："夏草も花の秋にはなりにけり。"作者门真。
 ② 原文："花椿みがけるたまの砌かな。"作者成阿。
 ③ 歌合：日本传统的和歌吟咏与比赛的活动，通常将歌人分左右两组，确定歌题后左右各吟一首，由裁判（通常为一人，有时也两人或数人）当场判定优劣。歌合从平安时代兴起，延续至镰仓时代，是日本和歌评论、技艺切磋的主要场合与方式。

名，当场予以评点与褒贬，细微瑕疵也无法掩饰。连歌也有此类活动吗？

说起来，连歌直到如今也没有在此方面有所用心，所以，连那些愚钝的初学者，也自以为是，不知天高地厚。近来，连歌才像和歌那样有了"连歌合"，分左右两组，当场评点褒贬，以决胜负，这样的连歌会已经举办数次。

有高人指点，走上连歌之道才有依靠。

三七，问：在和歌评点的时候，细微之处都有评论，连歌的评点应该如何？

连歌评点的人，对于拙劣的歌句要有所指点，以求得评点者与被评点者之间的相互理解。对于难以理解或文理不通之处，如果不予置评，只予臧否，则没有意义。在和歌评点中，未闻有此种情形。这是和歌中不变的传统。

三八，问：有些人很聪慧，但学歌较晚，该如何？

歌道只需要有闲情逸致才好。年过半百的人，才能看透世事，静心修炼。只有进入老境者，才能咏出别出机杼的歌作。

据说家隆卿①到了五十岁才有了名声。

---

① 家隆：藤原家隆（1157—1237），镰仓初期歌人，《新古今集》编撰者之一，有家集《壬二集》。

宁说①四十岁才志于学，进入文道。

孔子四十岁进入不惑之年。

宗史七十始学，并成为师傅。②

孔子曰：朝闻道，夕死可矣。

三九，问：据孤陋寡闻，近来连歌之道衰微，缺乏修行功夫，人心浮躁，是吗？

确是如此。此种情形触目皆是。心境高远、情意深长之连歌，几近绝迹，徒为口舌之技而已，已经不再有心的修行。在市街巷陌，可以听到千首万句，但偶入此道者，只不过将连歌作敲门砖，日夜忙乱罢了。这岂不是此道的杂法末世③吗？

何事都是在一念即极④之上。能力大抑或能力小，恬静抑或骚动，都是生存常态。佛教以各种方便引导众生，因为像穷子⑤那样的人，不能素直悟道。尊贵者当尊贵，低贱者当低

---

① 出典不详。
② 见《童子教》："宗史七十，初好学，升师傅。"
③ 杂法末世：佛教语，衰世之意。
④ 一念即极：原文如此，佛教语，具体涵义不详。
⑤ 穷子：离家出走的穷困潦倒的富人之子，语见《法华经·信解品》，讲一个富家子弟自幼离家出走流浪，从事贱业，不知自己出身高贵，后来其父找到他，千方百计使他明白自己的高贵身份，并将家产让给了他。

贱，正如"智门"、"悲门"①之有别，歌道修行也由各人的能力大小决定，对此，佛陀、孔子、柿本人麻吕都无能为力。

有道"随众缘生，所受不同"②；又道"同听异闻"③。

连歌之道，从应长年间④盛行于世，为人喜爱。那时的先达是善阿法师，他的门徒有顺觉、信照、救济、良阿等人。此后，从贞治、应安⑤年间开始，救济法师成为连歌之圣。他的门徒有周阿法师、素眼等，绵延不绝。继之，自应永⑥年间，梵灯庵主成为此道旗手。其末流，是真下满广⑦、四条道场⑧相阿等人，其心细腻，言语亲切。

其后，永享⑨年间为世人所知者，应数宗砌法师⑩、智蕴⑪

---

① 智门、悲门：佛教语。追求菩提觉悟者谓"智门"，追求普度众生者为"悲门"。

② 《法华经·药草喻品》语。

③ 同听异闻：佛教语。意即听同样的话，各有各的理解。

④ 应长年间（1311—1312）。

⑤ 贞治（1362—1368）、应安（1368—1375）：日本南北朝时代的北朝的年号。

⑥ 应永（1394—1428）：室町时代的年号。

⑦ 真下满广：又称庆阿，足利幕府之臣。

⑧ 四条道场：指金莲寺。

⑨ 永享（1429—1441）：室町时代年号。

⑩ 宗砌法师（？—1455）：本名高山民部少辅，佛教僧侣，宗祇之前的最著名的连歌师。

⑪ 智蕴（？—1448）：蜷川智蕴，室町时代中期连歌师，著有《新当句集》等。

等人，他们拜师于清岩和尚门下，对和歌亦精通。从那以后，连歌逐渐式微。

如今像清岩和尚那样的名师无处寻觅，此道衰落，可悲可叹。今后无论出现何等贤人，能够拯救衰世呢？即使等到黄河之水变清①，圣贤出世，也是千年一遇，有谁能够等得到那个年头？从前的盛世堪可怀恋。……②

下　卷

四〇，问：再问以上已经问过的问题。关于"六义"、"篇序题曲流"，还是有些不太好懂。

先贤有云，对此不甚明了的人，如何吟出美妙的歌句，又如何对历代和歌集的趣味，还有他人的和歌、连歌，有深刻的理解呢？所以《古今集》序中讲到了六义之事，定家卿的《明月记》也有两处讲到此事。③

听懂别人的歌句，比起自己吟咏出有趣的歌句来，更为困难。因而，比起自己的创作，更应该好好修炼知人之道。

---

① 此为中国典故。
② 以下尚有一段感慨之语，又抄录古人和歌五十首，略而不译。
③ 藤原定家的《明月记》是日记作品，记述了从治承四年（1180）至嘉祯元年（1235）五十六年间的事情。但现存版本中未见此处所说的两处有关文字。

关于"六义"以上曾粗略说过,"篇、序、题、曲、流"作为和歌的五段结构,还需再加强调。

"篇"就像站在那里等人寻问;

"序"就是对人讲清原委;

"题"就是说清题中之意;

"曲"就是表达出其意趣;

"流"就是告别、结束。

此五段结构方法,也适用于连歌,就是在连歌的上句与下句接续唱和中,配合默契,一气呵成。不明白此事的人,很可能会首尾倒置,杂乱无章,接续不畅,突兀生硬,专事一字一句之斟酌。要领会别人的歌句并不容易,下上两句中,必须有契合之点,要将别人吟咏的上一句作为自己的一部分,方可配合无间。

"篇、序、题、曲、流"五点,相当于和歌的"五体"[①],六义相当于和歌的"六根"[②]。若不懂此二者,则对于其他艺道的"序、破、急"[③],对于诸经典的"序正流通"、"因缘"、"譬喻"等,都会惑而不解。古人的和歌中,有"久坚之月"、"杂木山林"、"玉矛之道"、"青丹之咏"、"级照片冈",还有

---

① 五体:头、颈、胸、手、足。
② 六根:佛教语,指人的感受器官,眼、耳、鼻、舌、身、意。
③ 序、破、急:日本古典戏剧"能乐"的情节结构的三段划分,相当于开始、高潮、结束。详见本书"能乐论"的相关部分。

"杂木山林之鸟"、"秋末山顶之鸟"①之类的词，大多音节较长，只不过是表达杂木山鸟、山巅之鸟而已。这叫做"半臂之句"，②使歌句舒缓、美艳。相对的是"隔句"，隔句就像五音不和，是歌道大忌。如"山鸟之月山顶"、"松风叶落风吹衣袖"，如五音不通，故为病。了解这些很重要。

四一，问：从前有人请教歌仙，应该如何咏歌？答曰："枯野的荒草，拂晓的残月。"然否？

这是在难以言喻之处用心，在冷寂之处开悟，凡入境者的和歌，必具有此种风情。说到"枯野的荒草"，必然要用"拂晓的残月"相对，此境界没有修行的人难以企及。

又，据说古人在传授和歌的时候，把以下歌句作为楷模让人熟稔于心——

残月朦朦胧，
红叶映月影，
山下吹来阵阵风。③

---

① 均为"歌枕"，即作为和歌题材的名胜地、风物。
② 半臂之句：指的是和歌中的"五七五七七"中第三句里的"枕词"，起舒缓语气的作用。
③ 原文："ほのぼのと有明の月の月影に紅葉吹き降ろしす山おろしの風。"出典《新古今和歌集》卷六。作者源信明朝臣。

这首和歌表现出了"艳",风格恬静,在面影余情上用心。凡是有志于歌道者,都应以"艳"为目标努力修行。不应只着眼于句之姿及言辞的优美,清心寡欲,人间色欲要淡,在万事万物中深悟人世无常,不忘世间人情,对他人之恩,要以命相报,歌句方可从内心深处涌出。而心地虚伪之辈,其和歌之姿、词虽漂亮,但真诚者仍会听出虚伪,因为其和歌之心不够清纯之故。古人有名的和歌,即使是自赞的和歌,也极少虚饰。特别是上古时代的和歌,歌风锐利,以后世的虚饰者之眼,恐看不出其中的秀逸之美。连定家、家隆都说:古人的歌才叫做"咏歌",而自己只是在"作歌"而已。①

人心取深志,兽者取浅形。

庞居士编竹笊篱,在街上叫卖。②

傅说③本是一介农夫,却进入殷王的梦境中。

张翰④垂钓鲈鱼,因得贤名。

司马相如⑤当年没有衣服穿,身上只有一块兜裆布,却成

---

① 出典《井蛙抄》。

② 庞居士:中国唐代庞蕴。传说他为了修行,和其女儿一起编笊篱维持生活。

③ 傅说:中国殷代人,被殷王梦见,被重用为宰相。

④ 张翰:中国晋代文人,仕于齐王,后厌倦官场,弃官归田垂钓,为人所称颂。

⑤ 司马相如:汉武帝时期文人,擅长诗赋。司马迁《史记》有《司马相如列传》。

了大名。

虽说"君不饰臣不敬",然和歌之道,切不可文饰太过。

四二,问:在所有的歌会上,月、花、雪的吟咏都被视为最重要的,身份低微的人好像不便吟咏这样的题材吧?

先人有云:这种情况现在是有的。从前二条太阁举办的公卿大臣的千句歌会,末座上的周阿法师曾吟咏过三十七种花,作者这样做并不过分。那时候,只看歌句的优劣而不看作者的身份地位。那时在将和歌的歌题加以分配时,没有哪位名家耆宿吟咏月、花、雪。此外,身份高的人也不期望祝福之类的歌句,若以拍马逢迎为目的,必使歌道陷于颓败。

佛法中,有寻章摘句者,有追求大意者,只注意吟咏景物的人,类似于佛教的寻章摘句者。

门外汉拘泥于词句,登堂入室者追求意会。"词"者"教"也,"意"者"理"也。"教"为手段,"理"为目的。

心之外另有法,不能摆脱生死轮回;只有一心觉悟,方可舍弃生死。

只有觉悟"一度一心"者,才能超越生死。

有为报佛,梦中权果,无作三身,觉前实佛。①

---

① 此句直接用汉文写成,此处照录。

个人若不能理解定、慧①之要领并加以表现，则不能入道。

四三，问：粗鄙之人，将那些粗陋不通之句加以修饰，却将"幽远"的"姿"与词抛诸脑后。

先贤有言：万有的"道"都有相通之处，尤其是歌道，要以感情、面影②、余情为宗旨，在难以言喻之处表现"幽玄"与"哀"。

和歌当中有"不明体"③，只吟咏"面影"，是为至极之体。定家卿曾说过："非此人不能为之。"

兼好法师曾写道："眼里只见得月与花。雨夜无眠，来到花叶凋零的树下，想起往事。"④此言诚"艳"之极者。

浔阳江头的声音，入夜后"无声胜有声"⑤，这就是一种感情的表达。关于恋爱的诗句，有"春风桃李花开日，秋露梧桐叶落时"之句，和歌、连歌的恋歌中，有此种风体否？此乃"风"、"比"之句的"姿"。先人有云：一首连歌较之三四首其它的诗歌更加深沉，述怀、恋爱的歌需要发

---

① 定、慧：佛教修行中有戒、定、慧三个阶段。
② 原文"面影"，似可译为"形象"。
③ 《愚秘抄》："所谓不明体，即非此人不能吟也。在原朝臣的和歌即属此体。"
④ 出典吉田兼好《徒然草》第一百三十七段。
⑤ 出典白居易《琵琶行》。

自肺腑。

定家卿有歌云：

> 秋风吹单衣，
> 行云匆匆，
> 掠过行人。①

清岩和尚有歌云：

> 秋日的蜘蛛网
> 比游丝还要脆弱，
> 风中飘浮的芦花犹如轻云。②

这是秀歌，是法身③之体，是无师自通之歌，通常言语难以表现，是巫山神女之姿，是五湖烟水之态，无可言状。

若以色见我，以音声求我，是人行斜道，不能见如来，我觉本不生，出过语言道，诸过得解脱，远离于因缘，知空

---

① 原文："秋の日のうすき衣に風たちて行く人待たぬすゑのしら雲。"出典《玉叶集》卷八。
② 原文："秋の日は糸よりよわきささがにの雲のはたてに荻の上風。"出典《草根集》卷三。
③ 法身之体：指"法"（真理）自身。

等虚空。①

四四，问：一些闭塞不学之人，对规则、禁忌②颇为看重，但对于歌句的优劣则分辨不清，是吗？

规则与禁忌，应是根据歌会的情况而定的。其实规矩本来没有，只为需要而制定。如佛教的戒律就是这样，只是持守戒律并不能悟道，一切正路均在于心。所以，真正悟道的歌人，常常超出规则之外。……③诸道都有三个阶段：种、熟、已达。④已熟者、已达者不必向刚播种者学习。孔子曰："七十而从心所欲，不逾矩。"因此，对规则、禁忌之类也不必过于措意。……⑤

四五，问：在一些歌会上，对前辈的歌句不能理解，因而有所轻视。

无论何种艺道，学习与修炼的方式各有不同，无论看过多少先贤的书，却对于修行不能具备冷暖自知的自觉，都不

---

① 原文为汉文，此处译文照录。出典《金刚般若经》。
② 规则、禁忌：原文"指合、嫌物"。
③ 有关佛学方面的议论，略而不译。
④ 佛教天台宗的观念，认为佛在信众中播下"种"，经过种种修炼而"熟"，最后是"脱"（已达）。
⑤ 以上列举"外秽内净"、"外净内秽"的例子，略而不译。

能达其目的。西行上人①说过："歌道便是禅定修行之道。"的确，进入歌道，也就找到了悟道的方式与途径。

经信卿说过："和歌是隐遁之径，是走向菩提之路。正如实相之理，尽在三十一字之中。"定家卿曾对此言大加推崇。

俊成卿老年时讲道："人生有一大事，就是沉溺于歌道，忘掉当前一切，而耽于遐想。"当他初入此道后，住吉大明神②显身，微笑道："莫要小看歌道！此道必通往生之路。歌道是即身成佛的直路修行。"

篇、序、题、曲、流，由五大要素③构成，显现五佛④、五智⑤、圆明⑥。

"六义"即是六道、六波罗蜜、六大无碍、法身之体。

《古今集》的传授也仿效佛教的灌顶，与密宗所重视的传授没有二致。

---

① 西行上人（1118—1190）：俗名佐藤义清，法名初为圆位，后改为西行，平安朝末期镰仓时代中期著名歌人。著有《山家集》《闻书集》《异本山集》《山家心中集》等，现存短歌两千首。
② 住吉大明神：住吉神社（位于今大阪南部）所祭神，本来是海上守护神，平安时代后转为和歌之神。
③ 五大要素：似指地、水、火、风、空。
④ 五佛：真言宗的大日如来佛及所生的四佛。
⑤ 五智：真言宗所指的五种智慧。
⑥ 圆明：佛教语，圆满、明悟。

原本歌道就是我国的陀罗尼①。若用玄言虚语，那么读经论、修禅定时，也是胡思乱想。

四六，问：中古以降，一些人认为只把自己的那一句做好了就行，而忘掉了连歌需要与别人唱和。此事有否？

歌仙有云：作歌若能好好理解歌题，如何平凡的歌都可以咏出奇特新意。连歌是对前一句的唱和，即使是陈词套语也能咏得奇妙。例如，如果说"大佛在南都②"，三岁的孩童也会知道；一个小沙弥在去北野神社参拜的路上，对路人回话："小僧参拜北野。"也是很有意思的。好好琢磨歌题，才能有好的应对，这是应有的修炼。

……③

五〇，问：歌之十体中，何种"体"为至上？

从前天皇诏敕，和歌之事可向诸位歌仙请教。寂莲法师、有家卿、家隆卿、雅经卿等，皆言以"幽玄体"为至尊。睿

---

① 陀罗尼：佛教语，佛与菩萨的咒语。此处所谓"我国的陀罗尼"，似指纯粹日本的语言艺术之意。下边的一句话——"若用玄言虚语，那么读经论、修禅定时，也是胡思乱想"，似是主张使用日本地道的语言，而不是"玄言虚语"。

② 南都：奈良。

③ 此节举例略而不译。以下第四十七至四十九节，不译。

虑、摄政家、俊成卿、通具卿、定家卿等，则以"有心体"为高贵至极。心地柔和、哀感深邃，发自内心深处的歌即是"我之连歌"。

定家卿有和歌云：

> 春雨呀，
> 打乱了树叶，
> 比晚秋阵雨更添寂寥。①

清岩和尚有歌云：

> 人生呀，
> 正如秋天的日光绵软无力，
> 又像秋晨的花朵正值盛期。②

以上和歌中的头一句，并非直接抒写作者对人生的感叹，而是在秋天的寒意的描写中表现幽玄至极的境界。这就是玄妙，是心地修行之歌。

---

① 原文："春雨よ木の葉みだれしむら時雨それもまぎるるかたはありけり。"出典《风雅集》卷二。

② 原文："身ぞあらぬ秋の日影の日にそへてよわればつよきあさがほの花。"出典《草根集》卷五。

古人云："歌之眼"非人人具有。只有得其"心源"的人才算有"眼"。信奉"二乘"①者，因为没有大疑，故不能大悟。……②

五一，问：无论怎样的擅长"幽玄"的歌人，心地修行一旦懈怠，道则不能至，然否？

心地高远，追求幽玄，最利于歌道修炼。定家卿曾写道："心地浅薄之辈而能获得世人称誉者，自古及今，无一人也。无所用心者，必受二神③之罚。"

道因入道④，年过八十仍潜心秀歌，每月赤足参拜住吉神宫。

登莲法师要向人请教"芒草穗"⑤的问题，不等雨夜天明，披上蓑衣赶到渡口。别人说："未免太着急啦。"他答道："怎能知道一定会活到明天呢？"⑥

太贰高远常年不断向住吉明神祈祷："让我作出一首秀

---

① 二乘：佛教语，谓引导教化众生达到解脱的两种方法途径，一般称"声闻"和"缘觉"，信奉"二乘"者只求自己觉悟。
② 以下一小段略而不译。
③ 二神，似指伊邪那美、伊邪那岐，日本神道教两大神。
④ 道因入道：俗名藤原敦来。此掌故见鸭长明《无名抄》。
⑤ 芒草穗：和歌中的常用词语。
⑥ 出典鸭长明《无名抄》。

歌,然后再招我去,要我的性命吧。"①

智慧第一的舍利弗也是靠信心而得道。

悉达多太子舍弃王位,遁入深山,体悟到世事无常。最终成为三界之导师,光耀法界。

迦叶尊者,曾长年在檀特山修行,是因为胸有大志。

五二,问:一些不学无知之辈,认为除了常见的那些风体之外其余都是歪门邪道。然否?

古人说过,连歌的遣词造句,与通常言语无异。应有各种各样的"心"与"姿"。和歌分为"十体",指的就是歌句的"心"与"姿"的不同。

表达同一件事情,有人以手指月,却是只见手指不见月亮;又有人表达内心情感,却只知道拾古人之牙慧,这些都为先人所不齿。了俊②曾写道:歌"姿"平正的作者,却难以得到"歌仙"的荣誉,但也不能三心二意。浅黄无花纹的素色衣服,不必着五色。

在佛法上,诸宗的"心"与"姿"各有不同。世上不能只有一宗一教。故有儒、释、道三教。

---

① 此掌故亦见鸭长明《无名抄》。太贰高远,即藤原齐敏之子,官至太宰大贰。
② 了俊:人名,生平不详。

诸宗教各有不同，却具有同一本源。

五三，问：在热衷于歌道的歌仙当中，有不少喜欢幽栖闲居的人，在平常的歌会上不见踪影，不为人所知却能博得名声。此事颇费思量。

古之圣贤有云：此等人中，必有真正的歌人。

维摩居士的树下方丈，有文殊大圣前来问候。①

许由在箕山的瘦松下聆听风声，从人间梦境中醒来。②

颜回一箪食、一瓢饮，甘居陋巷。③

孙晨以杂草代席，最后也功成名就。④

介子推最终没有出山，最终在寒食之日死于山火中。⑤

西行上人曾做过乞食，却以其文才流芳世间。

真正的歌仙既不为自己，也不为他人，正如佛教的维摩居士所言。

手不执卷，常度此经，口无言声，遍诵众典。

君子忧道，小人忧贫。

---

① 典故见《维摩经》。
② 此为中国古代典故，出典《蒙求》等。传说许由得知尧欲将帝位让给自己，坚辞，忍遁箕山。
③ 出典《论语·雍也》。
④ 出典《蒙求》，吉田兼好《鸭长明》亦有引用。
⑤ 出典《荆楚岁时记》，《史记》亦有记载。

真正的歌仙，心如静水，可以照月，徜徉于歌林花海。但是，即使是如此优艳的歌人，也会遭人轻侮。

　　甘露变毒药，皆在人舌中。

　　神力不胜业力。

　　鹰虽悍勇，反为小鸟嗤笑。

　　佛陀也曾经受到五千名上慢①的讥笑。

　　又，世上也有不少歌人，生活放荡不羁，行为轻浮，混迹于那些放弃俗心的人当中。销魂蚀骨，当属劣行无疑。心灵戮害，莫此为甚。

　　心地浅薄的人，风流成性；心地纯洁的人，诸道精通，常见于佛道修行者。

　　先贤有云：这样的人，内心可在言语作品中显露无遗。

　　蛇出一寸，便显出大小；人出一言，可表露贤愚。

　　仁者必有勇，勇者必不有仁。②

　　……③

　　五五，问：无论精通何种艺道的人，因身份低下而不为

---

① 上慢：佛教词语，亦作"增上慢"，指未得道却自以为得道者。据《法华经·方便品》载：释迦在说法的时候，五千名僧人自以为已经得道，起身离去。

② 语出《论语·宪问》。

③ 以下第五十四节，略而不译。

世人所知者甚少。道术上难以成就的人，只靠祖传家世很难受到万人尊重，然否？

尧虽贤明，但其子甚愚，舜虽贤明，其父却冥顽不灵。

没有家家，以继为家；没有人人，以智成人。

人能弘道，道不能弘人。

君子不耻下问，①故能达道。

人不贵知相，贵在知心。

黄帝也相信牧童的话。②

德宗听从农夫之谏。

文士也有服从贱教者。③

太公望垂钓于渭水之滨，后乘文王车右。④

吉备大臣是左卫门尉国胜之子，却在中国享有盛名。⑤

大江时栋⑥曾经是追马、割草的孩童。

松室仲算⑦曾是乞食的沙门，后在宗派辩论中成为八宗之顶官。

------

① 出典《论语·公冶长》。
② 出典《庄子·杂篇》。
③ 出典与所指不详。
④ 出典《史记·周本纪》。
⑤ 吉备：吉备真备，日本8世纪奈良时代学者，传播唐文化，官至右大臣。
⑥ 大江时栋：平安时代有名的文人。
⑦ 松室仲算：古代日本高僧，曾在宗派辩论中出名。

阿鼻依正，全处极盛之自心，毗卢身土，不逾下凡之一念。①

五六，问：修炼程度与创作水平原本相当的人，后来却分出优劣，这样的例子多否？

从年轻到进入中老年阶段之前，在很多方面不分轩轾，后来却因修习懈怠与否而显出不同，此种情况在所有领域均为常见。如有懈怠，不出两年三年，水准会显出云泥之差。

从前，隆信、定长两人，咏歌与修习难分伯仲，后来隆信出仕君侧，定长则穿上了僧衣，唤作寂莲法师，自由自在，闲暇颇多，日夜修炼歌道。后来隆信在一场对赛中有所不及，说道："我要快些离开这个世界，或许还能保住一些名声；假如长寿，名声将付诸东流。"此话实在可叹。有苗而不秀者，也有秀而不实者。②用心修炼，是为诸道之最要紧者。

诸道中均有许多人，很早脱颖而出，终于出类拔萃，却不料过早谢世。

颜回、孔鲤都不幸早死。

---

① 此句佛教语，出典《金刚錍论》。其中，"阿鼻"，阿鼻地狱；"依"，依报，即因自身及所处环境得报；"正"：正报，因从前的业力得报。"毗卢"：毗卢舍那，即佛教的大日如来。

② 出典《论语·子罕第九》："苗而不秀者有矣夫，秀而不实者有矣夫。"

甘泉早竭，直木先折。①

再果树枯，重荷船覆。②

即使是好人，如果活得太久，必然自甘颓唐、放纵，此类事多有所见。所以孔子曰："老而不死，贼也。"

兼好法师曾写道："人至多活到四十岁足矣。"此话令长寿者汗颜。

中世时代，有顿阿、庆运两位法师。庆运身世不幸，每每述怀，《新千载集》③收他四首和歌④，他对编者九拜，高兴得泪流满面。顿阿听说自己的歌被收入十余首⑤，说今后自己不再作歌了。顿阿是一位走运的歌人吧。

有道"虎鼠因时而变"，"有用的时候，老鼠也成为老虎，无用时老虎也是老鼠"，不幸者的命运阴晴无定。

庆运法师如生活在今日，他多年的歌句与作品，恐怕都在他那久居的东山藤缠绕的草庵里埋没掉了，那岂不是可悲可叹的事吗？

又，能因法师曾经居住在名为古曾部的地方，他平生的作品也都埋在那里了。大概在他看来，后世的歌人根本不可

---

① 出典《庄子》"直木先伐，甘井先竭"。
② 出典《淮南子》："再实之木根必伤。"
③ 《新千载集》：和歌集，编纂者二条为定，约成书于1359年。
④ 《新千载集》中，庆运的和歌实则一首未收。
⑤ 《新千载集》实收顿阿的和歌四首。

能理解自己的和歌吧。这也是可悲可叹的事。

人间毁誉非善恶，世上用舍在贫福。①

五七，问：世上不乏有能力的人，但思虑深刻的人是否并不多见？

先贤有云：真正深谙歌道的人，极为罕见，从古代起不过一人二人而已，歌道乃"仰之弥高、钻之弥坚"之道。如不经过长年累月的不懈修炼，则难以达到歌道的境界。

千里之行，始于足下；万丈高山，起于微尘。

佛法中所谓的"败坏之无常"②，是从"二乘"的角度感悟身体坏灭，而"念念之无常"③，则是在一切事物的感知中，得到"菩萨大悟"之位。能够做到"念念修行"的歌人实在很少。

执迷不悟者多于牛毛，觉悟者如凤毛麟角。

楚国也只有屈原一人清醒而已。④

尧舜也有缺点。

对于佛陀的正法眼藏、涅槃妙心，只有迦叶一人破颜微笑。

---

① 原文为汉语，日本古典《太平记》卷三十九中有此句。
② 败坏之无常：指人间肉身生死坏灭的无常。
③ 念念之无常：每时每刻都感悟无常。
④ 出典《楚辞》卷七。

单传①、密印②，不立文字之道。

五八，问：进入歌道的人，也有许多兼学其他艺能③者，如何看待此事？

古代圣贤有云：在诸道〔的某一方面〕真正出类拔萃者，不会兼善其他种种艺能。不过，诸道中有相辅相成、相反相克两种情形，有的起好作用，有的则起坏作用。学问、佛道修行、书法，均与歌道是相辅相成；围棋、象棋、双六之类的博弈之类，也有相辅相成之效；丝竹管弦之类，舞蹈、音曲之类也是相辅相成的；踢球、相扑、兵法之类亦如此。歌道、佛法、学问与围棋、双六、相扑，则是相反相克。古人、大国④之人都有独步天下者，只修炼一艺一能，方可进入"道"的境界，赢得一世声名。

五九，问：当今之世，没有人不懂歌道，这是否真的是歌的盛世？

先贤有云：座次混乱，则互有怨言；鱼龙杂处，必生混

---

① 单传：佛教语，一人对一人以心相传。
② 密印：佛教语，以种种手势传教的方式。
③ 艺能：原文"能艺"，指文学艺术的诸种修养。
④ 大国：似指中国。

乱。歌会结束，当尽快散去。只有七步诗才①、八匹骏马②者，才可称为歌道圣贤。

猛兽在山，毒虫不兴；圣贤在世，奸佞不灵。

老鹰安眠，鸟雀满天。

常言道：写事不难，行事难也；行事不难，行好事难也。

佛陀寂灭后，进入杂法、末法之世。堂塔佛像，遍地都是，此乃法灭之时。

世风日下，人心不古。当今之世，歌道徒有其形，可悲可叹。

佛不在，罗汉即是佛；罗汉不在，花和尚大行其道。没有金银的地方，以铅铜为宝。

歌道与佛道，先哲有明确教诲，而心地肤浅之辈不至。能否入道，取决于对先贤教诲之领悟。历代歌集，佳作纷呈，而冥顽不灵者熟视无睹。佛教有言："久发心者，乃能信受。"③

虽眼见，不能持心，如书水镂冰，徒劳无益。

虽有耆婆④、扁鹊之良药，如不养生，其病难治。

---

① 七步诗才：指曹植及其七步诗。
② 八匹骏马：指中国周穆王的八匹骏马。
③ 久发心者，乃能信受：原文汉文，此处照录，出典《砂石集》卷三。
④ 耆婆：传说中的古代印度名医。

无论佛法抑或歌道,心不至之辈,貌似心至。其父虽贤,其子愚鲁,虽得血脉,无以为继。正如只听齐桓公之文章,并不能造出车子。佛也有"随机"、"逗机"之说,随人心不同而施以不同说法。

止止不须说,我法妙难思。①

鸭足虽短,续之则忧;鹤胫虽长,断之则悲。

人云:方便之愚,正;无方便之智,邪。

又,冷泉中纳言为秀卿曾教导说:懒惰好睡的歌人要学习行动,行动太多的人,要学会悠闲舒缓。此庭训实在有益。

圣人无心,以人心为心。圣人无言,以人言为言。但以方便之言引导众生。

和歌、连歌犹如佛之三身,有"法"、"报"、"应"三身。"空"、"假"、"中"三谛②的歌句,能够即时理解的歌句,相当于"法身"之佛,因呈现出"五体"、"六根",故无论何等愚钝者均能领会。用意深刻的歌句,相当于"报身"之佛,见机行事,时隐时现,非智慧善辩之人不能理解。非说理的、格调幽远高雅的歌句,相当于"法身"之佛,智慧、修炼无济于事,但在修行功夫深厚者眼里,则一望可知,合于中道③

---

① 出典《法华经·方便品》。
② 三谛:佛教语,天台宗所阐述的"空谛"、"假谛"、"中谛"三种真理。
③ 中道:佛教语,主张宇宙是"非有非空"的"中道"。

实相之心。

六〇，问：有人认为，佛法修行是为了寻求真佛，歌道修炼是为了明白和歌，真佛是确定的，至高的和歌、连歌都有自己确定的"形姿"。这种想法是愚蠢的吗？

所谓"真正的佛"、"真正的歌"，都没有确定的形姿，只是因时间的不同，因事体的不同、因感情的不同而有不同的表现。应该明白，天地间森罗万象，法身之佛无量无边、形态万千，此谓"等流身佛"。而且，法身之佛，等流身如来，也没有一定的形姿，只有不拘泥于一时一地的作者才能有"正见"。因此，有古人在被问及"佛是怎样的"之类问题的时候，回答曰："庭前柏树子。"又问其弟子：此话怎讲？弟子曰："我师无此话，莫诬我师。"①

森罗万象即法身，是故我礼一切尘。②
……③

六一，问：古人有云：不能具备"十德"的人，难以成为明圣。然否？

---

① 出典《五灯会元·赵州章》。
② 此句原为汉文，照录。
③ 以下关于佛法议论的一段，略而不译。

〔所谓"十德"就是:〕利性、堪能、稽古、修行、道心、手迹、明师、闲人、老年,身程。

具备以上十德者,极为罕见。贤人五百年出一人,圣人一千年出一人,无论是大国还是本朝①,贤人难以遇到。

佛法器七宝:信、戒、惭、忏、多闻、智慧、舍离。

歌道七贼:酗酒、嗜睡、闲谈、享受、不风雅、嘴快、自负。

六二,跋

此两卷之卮言,实乃虚言。真正的歌道正如太虚,无多余亦无缺损。人人各个圆成,求证无待于其他,大道废,有仁义;智慧出,有大伪。

迷前是非者是共非也。觉前有无者有皆无也。②

诸法实相之外,皆魔事也。

诸苦所因贪欲为本,则须破之。

---

① 大国、本朝:分别指中国、日本。
② 原文汉文,照录。

国歌八论

荷田在满[1]

一、歌 源 论

所谓"歌",就是赋予词语以节奏,并能怡情悦性。不过,像《古今集·假名序》中所言:"以人心为种,由万语千言而成。"如此解释和歌,尚不充分。《古事记》和《日本书纪》等古籍中也有相关记事。伊邪那美命和伊邪那岐命二神,互相唱赞曰:"你是个好男子","你是个好女子"。这是将心中所想,径直说出,此为"言",而不是"歌",是因为它没

---

[1] 荷田在满(1706—1751),字持之,统称长野大学,号仁良斋、三峰,江户时代中期学者,江户时代所谓"国学派"的代表人物之一荷田春满(1667—1736)的侄子和养子,自幼跟从春满学习与研究国学,继承发展了春满的思想与理论,并形成了自己的理论系统。《国歌八论》(1742年)之八论,包括歌源论、玩歌论、择词论、避词论、正过论、官家论、古学论、准则论,中心主题是主张和歌与政治、道德无关,推崇和歌的辞藻与语言美,流露出娱乐主义、唯美主义的思想倾向,并把《新古今和歌集》及藤原良经等人作品作为和歌的典范。《国歌八论》发表后引起了激烈论争,宗武、贺茂真渊等人撰文反驳与批判,其论争一直持续了几十年之久。

有节奏，只是随口表达而已。又记载：须佐之男命"见起八色彩云，遂咏歌之。于出云八重垣妻笼，即八色彩云生起之处，建八重垣"。他吟咏的歌，实际上也是随口说出的，之所以明确把这个说成是"咏歌"，大概是因为所说之词已经带有节奏了。又记载：阿迟志贵高日子根神①的妹妹高姬命曾作歌曰："天界年轻的织女，挂在颈项里的玉串，像玉串里的珠子似的，两个山谷一跳就过去，那是阿迟志贵高日子根的神啊。"② 这是为了颂扬阿迟志贵高日子根而吟咏的歌，或许如果不那样大声歌咏，众人就听不见吧。再看看唐国③的诗歌，情况也是同样。所谓"击壤之歌"，史书上没有确切记载，暂时不论。在《尚书》的"益稷"章中，有帝舜与皋陶相互唱和的歌，"六经"中有所记载，那也是顺口吟咏的，这从《尚书》"益稷"章中所载"歌曰"二字，便可以知晓。

如不能放声歌咏，就不能怡情悦性。所谓歌，就是要将声音付之以节奏。因此，无论是在我国还是在唐国，歌就是要放声吟唱。为着便于歌咏而作的词语，就不能与日常用语完全相同，一句的字数也未必固定。但在我国，大体上是以五言与七言的节奏反复交替而成，唐国在古代大体是以四字

---

① 阿迟志贵高日子根：神名，见《古事记》上卷之五。
② 此处借用周启明（作人）译《古事记》（人民文学出版社1963年版）中的译文，见该译本第34页。
③ 唐国：指中国。

为一句,这些都是为了适合于节奏的需要。不过,上述高姬命的歌,在后半部分是六言、九言、十言、四言等参差不齐的句子;"八色彩云"之歌,和神话时代的其他歌比较而言,节奏感差。故而无论是《古事记》还是《日本书纪》,都称上述的歌为"夷风"、"夷曲"①。

至火火出见神②出现的时代,有此神与丰玉姬③的赠答歌。因是赠答,未必是出声歌咏,但那时的赠答,与后世男女恋人书面唱和相赠并不相同。只是作歌吟咏,送给所爱之人,表达心曲而已。如果不是付诸歌咏,只是写出来赠予对方,就可以使用日常用语,将自己的心情加以充分表达,也就不需要使用那些便于歌咏的词语了。不过,丰玉姬在歌中使用"白玉之君"来称赞丈夫,丈夫也使用了"海上之鸟"、"水鸭"这样的词,这都不是日常用词,可见是为了便于吟咏而使用的。此外,《古事记》和《日本书纪》等记载的歌谣,都是这样用来吟唱的。其中,有句子长短整齐的,也有句子长短不齐的。在句子长短较为整齐的歌谣中,也有佶屈聱牙

---

① 夷:在此有粗陋、粗俗的意思。
② 火火出见神:神名,据《古事记》记载,他是"海幸彦"的弟弟"山幸彦",与海神女丰玉姬结婚,因偷窥丰玉姬生产时的情景而触怒丰玉姬,丰玉姬撇下孩子离他而去,但又思念他,便以歌相赠丈夫,丈夫也以歌奉答。
③ 丰玉姬:又写作"丰玉比卖",见以上注释。

的句子；而在句子长短不一的歌谣中，也有琅琅上口的句子。远古时期还不是玩赏辞藻的时代，还不能产生那种充分地状物、表情、达意的歌。如果要论那时的歌谣的优劣，就应该以句子整齐、声音动听的为优，以长短不齐、佶屈聱牙的为劣，但在有关典籍中，却看不到这样的优劣论的标准。《古事记》等典籍只是记述那个时代率心由性，随口吟唱出来的歌谣而已。

然而，唐国比我国文华早开，《诗经》出现以后，逐渐重视辞藻之美，至李唐时代，诗文最盛。唐高祖时代相当于我国的推古天皇时期，而盛唐时代相当于我国的元明天皇、元正天皇时期。我国从大津皇子开始，创作诗赋，此后连绵相继，皆模仿唐诗。那时我国发现唐国从《诗经》之诗渐渐演变为唐诗，受此启发，开始重视华辞美藻，词语表现渐趋优美。要问其中缘由，盖从神武天皇到天智天皇的三十九个朝代，已有一千三百余年，然而，天智天皇在哭母亲齐明天皇驾崩所吟咏的一首和歌曰："君之眼，含着爱恋；我的怀恋，愿君能看见。"这种歌咏方法，与古代没有什么不同。在这三十九个朝代，和歌音律趋于齐整，与后世相差无几，而在遣词造句方面的粗陋，与后世和歌有所不同。这一点，取决于作者的才能，也取决于创作时有无余裕的心境，不可一概而论。《古事记》《日本书纪》中记载的新旧歌谣，几乎都是不加修饰，质朴无华，可以说是古代歌谣共通的特点。

而从天智天皇到醍醐天皇的二十二个朝代，时间不足三百年，歌风却发生了明显变化，出现了像《古今集》那样词与义二者兼美的作品。差别就在于：是单纯地直抒胸臆，还是追求文辞的优美。《万叶集》虽然也收录了从仁德到雄略、皇极、齐明各朝代的和歌，但仅有区区四五首而已，其他的都是从天智到孝谦年间的歌，所以，《万叶集》较之《古事记》《日本书纪》中的歌谣要有文采，而较之《古今集》的和歌，则是质朴的。在《万叶集》二十卷中，如将第一卷与第十九、二十卷作一比较，就会看出风格发生了变化。

　　读《万叶集》会看出，在后期的大伴家持时代，和歌仍然是可以吟唱的，有的是在宴会席上自作的新歌，有的是吟唱古歌。听了吟唱而将歌词记录下来的人，在古歌新歌分不清楚的时候，即注明"古今未详"。倘若那个时候的和歌不是吟唱的，也就不会有吟唱古歌的事情了。而且，《万叶集》中还收录了许多的各地"防人"①的歌，那时与现在不同，如果一味追求华词美藻，那些身份卑贱的人就不会喜欢，所以那些"防人歌"实际上应类似于当今孩童们的俗谣。《万叶集》中的和歌可以吟唱的虽有很多，到了大伴家持的时代，也并非每首和歌都是用以吟唱的，这一点只要看看《万叶集》就可以明了。那些不具备吟唱性的和歌，便注重华词美藻，所

---

① 防人：日本古代的戍边者。

以文字的优劣就显得很重要了。编纂《万叶集》时，只要判明属于和歌者，就原样不动地收入集中，不像后来的《古今集》那样加以严格筛选。只是到了最后的第二十卷，在远江国以下各地的"防人歌"中，才注明水平拙劣的歌不予收录。这些拙劣的歌，肯定是使用了方言俗语，令都市的读者不知所云。到了大伴家持的时代，大伴家持于林王宅的送别宴会上作了一首歌，云："大雪白蒙蒙，而今君欲翻山行，思君如同赌性命。"① 左大臣将此歌最后一句改为"思念息息可相通"。② 由此可见，那时人们就已经注意到了用词推敲，将拙劣的用词改为优美的辞藻了。如上所述，《古事记》与《日本书纪》中的和歌是用来吟唱的，所以并不注重华词美藻，也不在意词语的巧拙，而到了《万叶集》，既有可以吟唱的歌，也有不吟唱的歌，不用来吟唱的歌就注重用词的巧拙，而用来吟唱的歌，其用词巧拙无关紧要。

到了《古今集》，除卷二十的"大歌所"之歌③和"东歌"④之外，其他的和歌都不是用来吟唱的。那时和歌已经达到隆盛时期，从《古今集》序言中可以看出，该和歌集是很讲

---

① 原文："白雪のふりしく山をこえゆかむ君をぞもとないきのをにおもふ。"出典《万叶集》卷十九，总第4281首。
② 原文："いきのをにする。"
③ 大歌所：古代日本宫廷中负责和歌创作、传授的机构。
④ 东歌："东国之歌"的意思，东国，指日本古代的本州岛东部地区。

究用词的巧拙，而专选那些优美的作品编辑成书的。《古今集》以降直至今日，都同样喜好华词美藻，或是看重风姿的幽艳，或是看重意味的深长，或是看重景色的描写，或是看重难题的吟咏，或是看重整首的结构，凡此种种，不一而足。在对和歌用词的优劣巧拙的判断方面，《古今集》以来一以贯之，没有不同。不过，《古今集》后，各时代的歌风有所变化，到了《新古今集》时代，则追求华美的歌风，而《新古今集》之后，又倾向于质朴。这些乃为众所周知，不必赘言。

二、玩 歌 论

和歌，不属于六艺之类，既无益于天下政务，又无益于衣食住行。《古今和歌集序》中言"动天地，感鬼神"者，实际上是不可轻信的妄谈。至于说"可抚慰勇士之心"，略或有之，但其作用怎能与音乐相比！说"可助男女柔情"，假如这样，岂不是教唆男女淫奔吗？实际上这些都不是和歌所具有的功能。惟其风姿幽艳，意味深长，巧妙构思，如景如画，心为之动，于是跃跃欲试，吟咏一首，即可感到心满意足。这就如同绘画者画出美图、博弈者出手制胜，是一样的心情。可见和歌只是个人的消遣与娱乐，所以学习作歌的人必须具有爱歌之心。我日本国虽为万世父母之邦，但文华晚开，借用西土[①]文字，至于礼义、法令、服装、器物等，都是从异邦引进而来。而唯有和歌，用我国自然之音，毫不掺杂汉语。至于冠词[②]、同音转意等，均为西土语言文字所不及。这是我国的纯粹之物，应加倍珍惜。中古以后[③]的宫廷贵族，因天下政务转移于武家，便有了闲暇，才开始雅好和歌，却称之为"我大敷岛之道"[④]，此不仅不知和歌之根本，也是不知"道"为何物的无知妄言，不值一驳。

三、择 词 论

如上所述，和歌是我国的纯粹之物，应加倍珍视。不过，随着时代推移，歌风发生了很大变化，如果对今人之和歌置若罔闻，而坚持使用上古的古语来作歌，那会出现怎样的情况呢？那样的话，古语永远都不会消失，会一直使用至今。我这样说是有道理的。和歌原本是用来吟唱的，从前，成年人肯定是以吟唱和歌来抒情达意的，如今，除非是孩子，没

---

① 西土：指中国。
② 冠词：指日语中的"枕词"。
③ 中古以后：当指镰仓时代以后。
④ 敷岛之道：敷岛，古代地名，在大和国（今奈良县），古代曾有崇明、钦明两代天皇建都于此。所谓和歌乃"敷岛之道"，是说和歌起源于皇宫贵族，故本文作者斥之为"无知妄言"。

有人自己放声吟唱来自娱自乐了。成年人即便有时候吟唱，唱的也都是正统或通俗的歌曲，这当中，有多少是自己作词，然后用一种曲调唱出来，来抒情达意的呢？这种情况恐怕是没有的了。所以，如今的人是将和歌原有的吟唱功能抛弃了，而专门去追求辞藻之美。要追求辞藻之美，就要注意整首歌的风姿，以及每一句之间的密切联系。然而，在古代和歌朴实无华，其中也有不少迂远之词、窘迫之词、不连贯之词。和歌中这些词是妨碍"幽艳"之美的。所以，天智、持统天皇时代以降，这样的词逐渐减少，用词趋向于优雅。

例如，《万叶集》第一卷有署名"中皇命"的歌，云："在宇智的，广阔原野，策马并进，清晨踏入，那深草的荒野。"① 这首歌并没有多少情感内容，用词也不太美。头两句"在宇智的，广阔原野"，用词还不算太差，现在也可以这样用，不过，到了第四、五句，语调就显得窘迫了。第四句使用了不必要的枕词，给人以拖沓的感觉，这足以说明古人和歌的拙劣。"策马并进"这个词到后世也不用了，而是说"策驹并进"，意思虽相同，但"马"字是平声，后接"并进"有不连贯之感。"驹"是上声，听起来连贯，所以才有了这样的改变。"清晨踏入"一句，两词之间不连贯。"那深草的荒野"

---

① 原文："玉きはるうちの大野に馬なめて朝ふますらんその草ふけ野。"

一句，语气也不贯通，而且加上了一个无用的"那"字，更不用说句末缺乏"て"、"に"、"を"、"は"之类的助词了。最后一句写得这样，更使整首歌丧失了美感。

再举一个例子，就是《万叶集》同一卷额田王①的歌，云："秋天原野中，割草葺屋顶。曾住过的，宇治都城，令人心生无限之怀恋。"② 这首歌也不是富有"余情"的歌，因此并不优美。第一、二句"秋天原野中，割草葺屋顶"写得不坏，如今仍然可以这样写，但第三句"曾经住过的"，用词太散，后世则会说成"曾有安身处"，意思虽然一样，但听觉的美感不同。"令人心生无限之怀恋"一句，本来应是七个字音，却增加为九个。显得过于拖沓冗长。而且，这句词究竟怀恋的是宇治呢，还是草庵？也是表述不清。总之，整首和歌用词迂远。倘若今天对以上两首歌中的那些迂远、窘迫、细碎的用词加以剔除和修改的话，就可以写成："野草满荒原，宇治旷野中，踏着朝露奔马欢。"另一首可以改为："秋天原野中，割草葺屋顶，曾在宇治结庵住，难舍怀旧情。"不过，这样的表达已经是中古以后的风体了。不这样表现，就不能保持和歌的"幽艳"之美，而要追求用词的优美，就要

---

① 额田王：《万叶集》初期宫廷女歌人，《万叶集》收其和歌十二首。
② 原文："秋の野のみ草かりふき宿れりし うじの都のかりいほしぞ思ふ。"

除去上古时代的那些不加修饰的质直之词。

四、避词论

如上所述，如果要使整首和歌具有幽艳之美，就有回避那些不加修饰的质直之词，包括迂远、窘迫、细碎的词。倘若不是那种迂远、窘迫、细碎的词，即使是上古的，当然也可以使用。相反，即便是《古今集》以降仍在使用的词，如果听上去不美，也须回避。例如，"べらなり"①、"しかはあれど"②之类。和歌必须使用华词美藻，有的词语，日常生活中不使用，但在和歌中未必不能使用，这不是法令、制度所规定好的。和歌应该怎样吟咏，不应该怎样吟咏，哪些词不可用，诸如此类的法律规章并不存在。所以，使用什么词语、怎样吟咏，别人不能干涉。但是，和歌的本质是华词美藻，需要追求"幽艳"之美，因此，对于词语必须有所取舍。这一切都要由不同的作者来判断。只是，初学者很容易随意选择，或选择不当，因而应该向前辈学习、请教如何选择正确的用词。我这样说，并不意味着前人的选词就没有失误而现代人要对古人亦步亦趋。

---

① べらなり：表示推量的复合助动词，纪贯之时代的和歌中常用。
② しかはあれど：具有转折意味的副助词，《古今集》有极少用例。

而且，即便不是迂远、窘迫、细碎的词，有些词当今和歌仍然需要回避。例如，第一句五字音使用"八色云升起"，这是"出云"的枕词，是很幽艳的。但这首词是素盏鸣尊的《初云八重垣》之歌，广为人知，而且是作为神的作品令人景仰，这样的词理应回避，初句不宜使用，从敬神的意义上讲，也是应该避开的。但这种词若用于第三句，应该是可以的。用在第三句，不会产生与别的作品雷同的感觉。有人认为，与"八色彩云起"在初句应回避一样，"衣袖入水"，在初句中也应该回避。如此，纪贯之的"衣袖入水中，掬出一捧水"①果真是那样值得称道的作品吗？其实不然。之所以出现上述的看法，是因为有人臧否不当所造成的，因而不足为训。此外，和歌界有一派人物，列出了一些禁忌之词，例如，"云霞迷朦"、"行云暧靆"之类不能使用的词有十几个。这种所谓的"制词"，始作俑者为何人，已经不得而知了。而且，对这些"制词"以外的词则没有限制，也令人不知所由。"云霞迷朦"、"行云暧靆"之类的词，曾是一个时期最流行的和歌中的用词，在很多情况下，被一些和歌作者刻意使用于第四句，力图别出新意。但如果现在还使用相关的词语，会有抄袭掠美之嫌了。不使用这样的词，可显出歌风高洁，在这种情况下不使用也好。在所谓"制词"的十几个词语中，还

---

① 纪贯之的这首和歌载于《古今集》卷一·春上·第二首。

有"雨之夕暮"、"雪之夕暮"等,这样的词如果不被使用于一首和歌的关键处,应该是可用的。避而不用,不知其道理何在。另一方面,即便是十几个"制词"之外的词,如果是一首新作中已经使用且特别出彩的词,别人也应该避免使用。例如,近世逍遥院①的"染红暴风雨"一句就属此类。

以上关于词的使用选择,是后世歌人应该注意的。

五、正 过② 论

如上所述,现在和歌创作的用词,并不是所有时代用过的词都可以使用。从上古到中古的用词,除去那些迂远、窘迫、细碎的词,都可以使用,汉语与俗语中词当然也是一样,除迂远、窘迫、细碎的词之外,都可以使用。这样说,似乎和歌不难吟咏,实则并不容易。之所以这样说,是因为若非高手名家,一首和歌中在用词上无可挑剔者极少见到。要纠正这些难以避免的过失,并非一定要以谁为祖,以谁为宗,而是要依据和服从"当然之理"。

……③

---

① 逍遥院:三条西实隆(?—1537)的号。
② 正过:即纠正过错、纠错之意。
③ 中间一段以具体和歌为例,分析用词的当与不当。涉及许多无法翻译的词语,故略而不译。

以上对和歌用词对错的列举与分析，均遵从"当然之理"。如果有悖于"当然之理"，即便是人麻吕、山部赤人所交口称赞者，纪友则、纪贯之击掌感叹者，都不能予以肯定。反过来说，如果不悖"当然之理"，即便是人麻吕、山部赤人所嘲笑者，纪友则、纪贯之摇头否定者，也应该予以肯定。论定和歌的优劣高低，一定要遵从"当然之理"，此乃当务之急。

六、官 家 论

然而，如今的公卿贵族对"当然之理"却全然不顾，妄论和歌声调的缓急问题，只是一味提倡声调舒缓的和歌，将声调舒缓的和歌视为上品。声调舒缓的和歌多有柔弱之感，而刚强的和歌其声调则显得急迫，优秀的作品总是刚强而又舒缓。如果说优秀的和歌难作，那么比起刚强而急迫的和歌，毋宁说柔弱而舒缓风格的和歌要写好更为困难。

究竟是谁最先一味提倡舒缓的调子呢？环顾现在的公卿贵族歌人，也只有区区两三人偶尔能作出刚强有力、用词恰当的和歌。其他人则以埋头吟咏那些调子舒缓的和歌为能事。看看他们的作品，风情淡薄，风格柔弱，如同飘摇的柳枝。吟咏那样的歌有什么意思呢？以我之不才，那样的和歌拿起笔来，一口气写出几百首，谅无问题。而那些以舒缓为能事的人，一看到刚劲有力的作品，就说"那是下等人的东西，不算是歌"，或者说："那是俳谐，不是和歌。"而有人听到那帮公卿贵族的批评之词，意识不到自己受批评是因为自己比批评者高明的缘故，反而以为自己的作品不及那些公卿贵族，对他们的批评从来不抱怀疑。你把真正的和歌说成"不是和歌"，那你所根据的"当然之理"是什么呢？不说出个道理来，却妄自以贵族的眼光，一律斥之为"下等人的东西"，这就是当今那些贵族老爷的态度。

所谓贵族与下等人原本是根据职业的不同而划分出来的。中古以前的朝廷百官，在职期间，其职务是在殿上服务的"侍从"、"内记"等，他们虽不是高官，但都有"登殿"的资格。官位高于这些人的各地方长官，虽然位高，但没有特殊许可一般不允许登殿。所以说，登殿的人未必是身份很高的人，而不登殿的人也未必就比他们身份低。举例来说，其区别就如同现在在武士大名家里服务的人，有人主管主人的日常生活，有人在外处理政务。因此之故，粟田大臣在衡公[①]身份虽高，但申请了六次，才被准许登殿。据人们爱读的《禁秘抄》[②]所记载，有的人在官至中纳言的时候才被准许，源重光卿[③]在任"参议"以后才被准许登殿。然而，到了末世，登

---

① 粟田大臣在衡公：人名。
② 《禁秘抄》：顺德院撰写，记载皇宫诸事。
③ 源重光卿：人名，醍醐天皇的皇子代明亲王之子。

殿人的后代中一定要有登殿人，这样的人就被称为"堂上之家"，而不能登殿的人家则永远不能登殿，这样的人家被称为"地下之家"。而"堂上之家"看待"地下之家"，比平民看待贱民还要歧视。"堂上之家"的子弟即便没有官位，也把"地下之家"的官位至"三位"以上的人视作家臣。在"堂上之家"眼里，"地下之家"的人就不能算是人。他们持这样的看法根据是什么呢？真是岂有此理！

　　与此相关，有人对和歌的起源无知，认为和歌是"堂上"的专擅，而"地下"的人则不可能懂得。如上所说，"堂上"与"地下"的区别是后来发生的，即便这种身份区别从古就有，那么在和歌方面被后世奉为鼻祖的柿本人麻吕、山部赤人，他们的身份如何呢？查考《万叶集》，人麻吕没有官称，大概是石见地方的"掾"、"目"、"史生"之类的下等小吏吧。在记载人麻吕时，不用"卒"字，而用"死"字，可知他的官阶属于六位以下。至于山部赤人，《万叶集》也没有写他的官位，如果是五位以上的话，就会在正史上有所记载。即使是因为年代太过古老，有关记载失传，那么按《续日本纪》[①]的体例，四位以上的人去世时的年月都有记录，而有关山部赤人的记载却没有，即便是官至五位，也没有达到四位。因

　　[①] 《续日本纪》:《日本书纪》的续书，平安时代的敕撰史书，是记载奈良时代的重要史籍。

此可以说，柿本人麻吕、山部赤人，两人都是下级官吏，或者没有官位。另外，《古今集》的编纂者中有"甲斐少目"①凡河内躬衡、"右卫门府生"②壬生忠岑，他们两人岂不都是身份低微的人吗？凭什么说"地下之家"就不懂和歌呢？！

此外，和歌与俳谐的区别，在于其表现的内容与感情方面，而不在于用词。这一点，看看《古今和歌集》的"俳谐歌"就会明白。而那帮公卿贵族对俳谐歌没有多少了解，他们一看见风格刚劲的作品，就因与他们的拙劣的和歌不相似，便蔑称为"俳谐"。

七、古 学 论

要吟咏和歌，对古代和歌没有了解是不可能的。完全不了解古代和歌，就好比面壁而立，眼界最为受限。了解与学习古代和歌，叫做"歌学"。我国自从科举考试③制度衰落以来，和歌创作兴盛，和歌集编纂大兴，而国史编纂断绝。所以，从前嗜好和歌的人，一般很少有人兼有汉学修养。所谓

---

① 甲斐少目：官称。
② 右卫门府生：官称。
③ 原文"及第"，指科举考试，公元8世纪前在唐朝的影响下，日本一度实施通过考试选拔官吏的制度，并在《大宝律令》中颁布，由"式部省"实施。

"歌学"在内容上也都是一些细枝末节的东西,而对和歌的根本问题不加注意。

在和歌集中,没有比《万叶集》更古老的了,所以不学《万叶集》就不能称作"歌学"。《万叶集》中最后的和歌是天平宝字三年(759)正月一日,由此可以推知《万叶集》编纂成书的年代,编纂者是大伴家持,这在《万叶集》中也有明确记载。然而,《古今集》卷十八却有一首和歌及题解,题解云"贞观时代,天皇问《万叶集》作于何时,咏此奉答。文屋有吉",此歌云:"晚秋阵雨十月降,方有楢①叶名,歌集编纂皇宫中。"根据这一记载可知,那时的清和天皇也没有读过《万叶集》。即使读过,那他对《万叶集》的作者也没有弄明白,他也许以为直到天平宝字年间的和歌,都是后人追加的。文屋有吉回答"方有楢叶名,歌集编纂皇宫中",也只是笼统的回答而已。在奈良建立平城京,从元明天皇到光仁天皇,共持续了七个朝代,究竟《万叶集》的编纂是其中的哪个朝代呢?在纪贯之与纪淑望写的《古今集》序中,将平城京与平城天皇时代混淆起来,认为《万叶集》是平城天皇时代编纂成书的。但在《古今集》的"假名序"中,竟将人麻吕、赤人也看成是平城天皇时代的人,这岂不是天大的误解

---

① 楢:日语读音"なら",与当时的奈良时代的都城奈良的读音相同,为双关语。

吗？不仅如此，卷首注明是"短歌"，却在后面编上了长歌；①明明在序言中声明，所编辑的是《万叶集》所未收的和歌，却又编入了不少《万叶集》中的作品。在以上指出的问题中，只有"假名序"中将人麻吕、赤人看作平城天皇时代的人，与《古今集》的"真名序"的表述不一致，或许，这与在人麻吕的名字上面冠以"正三位"的官阶一样，也是后人添加上去的吧。只是，将《万叶集》看作是平城天皇时期编纂成书的，卷首题为"短歌"编的却是"长歌"，这样的错误是无法否认的。由此可以推测，纪贯之实际上也许没有读过《万叶集》，或者虽然是读了，但却没有读懂。此事实在不可思议。

后来，到了后鸟羽天皇、土御门天皇时代，出现了藤原定家那样一个人。从那以后直到如今，不知何种缘故，人们都将定家卿奉为和歌圣人而崇信有加。然而实际上，定家卿并不见得懂歌学。为什么这样说呢？因为只要看看他所写的和歌及其他著述，就可知他对古代和歌的意思并不理解，对于古语的含义也有误解，有关的例证很多，不能一一列举。

在我国国语发音的标记中，"お"和"を"，"え"和"ゑ"，"い"和"ゐ"等同音字，写法不同，而且，句子中和句末的"は"与"わ"也不相同。同样，"ひ"与"い"、"ゐ"不同，"ふ"与"う"、"い"和"ゐ"不同，"へ"与

---

① 见《古今集》的卷十九的卷首，现代版本已予以改正。

"え"、"ゑ"不同，"ほ"与"お"、"を"也不同。它们在不同的具体词语中，分别使用。相关的词在《古事记》《日本书纪》和《万叶集》中各有几十个，没有一个是可以混用的。现在我们所说的"假名用法"古人用得很正确。《古今集》是用假名写的，或许有抄写者不经意抄错的，如今难以考证其对错真伪了。但即便如此，在《古今集》中，将假名用法搞错了的和歌一首也没有。定家卿要是读过《万叶集》，在假名用法上不可能不注意。然而他所写的文章中，假名用法的错误比比皆是。其中，最扎眼的，如"梅"（うめ）写作（むめ），将"馬"（うま）写作"むま"。在他的和歌中，也经常将出现假名用法上的错误。然而，后世许多人崇拜定家卿，将他用错的假名用法作为标准。有人虽然知道《古事记》《日本书纪》《万叶集》等典籍中的假名用法与定家卿的用法不同，却以为从前假名用法不固定，假名用法是从定家卿开始的。这样莫名其妙地崇信定家卿，实在是大错特错了。不知道假名用法，在理解古歌、古语时必定出错。我们必须明白那位定家卿并不懂歌学。而且，后世托名藤原定家随意杜撰的东西也很多，而人们不辨真伪，数百年来对定家一味崇信，只要是定家的著作，就认为比国史、比《万叶集》更可信，长期坚信不疑，丝毫不加反省。歌学走向歧途，原因正在于此。

时光推移，到了近世，《古今集》的传授之学又出现了。要理解文献典籍，就要以各种书籍材料相互参照，相互发明，舍此别无他途。何况《古今集》是一部和歌选集，和歌当然有言外之意，不必深究，所以一直到中古以后，在歌学中也没有什么专门传授《古今集》的学问。这门学问大概是东常缘①虚构出来，由宗祇法师弘扬开来的。自称亲炙《古今集》的宗祇所写的解释《古今集》的书，还有此后继承其衣钵的细川幽斋②的《伊势物语阙疑抄》，还有《百人一首抄》《咏歌大概抄》等，从头到尾，实在一无可取之处。只要看看这些书，就会明显看出这些人知识贫乏，盲从盲信，在此无须一一戳破。需要搞明白的，就是这些传授《古今集》的人是何等的无知。由于这样的原因，如今一些有识之士，虽然是《古今集》传授的嫡系传人，但都自动脱离出来了。最近的例子就是近卫家熙公③和野宫定俊卿④等。还有一位是我同宗族的先辈筑后守荷田信次，曾是后阳成天皇⑤的皇宫侍卫。天皇对信次喜欢和歌感到高兴，亲笔为他修改的和歌多达数百首，那些原稿至今还保存在我的同宗出羽守信舍的家中，因为有这样的便利，我才得以了解有关《古今集》传授之事。由于

---

① 东常缘（1401—约1484）：室町时代的武士、歌人。
② 细川藤孝（1534—1610）：号幽斋，安土桃山时代武士、歌人，著有《伊势物语阙疑抄》《百人一首抄》《咏歌大概抄》等。
③ 近卫家熙公（1667—1736）：号予乐院，官至太政大臣，精通歌道、茶道、书道。
④ 野宫定俊卿（？—1757）：官至二位权大纳言。
⑤ 后阳成天皇（1571—1617）：日本第一百零七代天皇。

事情涉及今人，为慎重起见，恕不费词。

从近世到当代，虽有博学多识者，也有广泛记诵各代敕撰和歌集以及诸家和歌集的人，但遗憾的是，他们没有用功研读、参照古代文献，不知何为歌学的源流根本，对定家卿的崇信，如同近代学者崇信宋代儒生一样，一生都不能走出定家卿的旧辙。因此，从中古到现在，歌学没有成为真正的学问。历代之中，只有藤原清辅朝臣和显昭法师①的著作中尚有可取之处。但尚不能说这两人已经进入歌学之堂奥了。所幸到了近年，摄津国大阪的僧人契冲②对《万叶集》《古今集》以下的若干歌书做了研究，其观点与学说，虽有十分之一二尚待商榷，但大部分都广泛参阅古代文献，很多长期存在的疑惑被他澄清。还有一个人是我的养父春满③。他自幼喜爱古学，此后终于在许多方面有创见与发明，足以正众人之视听。其观点与契冲也有许多是不谋而合的，两者可以相互补充。这两人的歌学建树，不敢说后无来者，但在中古以来直到现在的歌学研究者中，可谓无与伦比。不过，接触这两人观点

---

① 显昭法师（约1130—1210）：僧人，歌人。

② 契冲（1640—1701）：江户时代"国学"的开创人物，他在《万叶代匠记》《古今余材抄》《源注拾遗》等著作中，试图将歌学从"古今集传授"的佛教、阴阳之道的解释中摆脱出来，强调日本古典的独特价值。

③ 春满：荷田春满（1667—1736），江户时代国学家、歌人，他受契冲的影响，力图建立"皇道"复古之学。在《古事记》《日本书记》《万叶集》研究方面著述甚丰。

的人士当中,有人心悦诚服,有人则不以为然。若有三人,就有两人目之为异端邪说。然而,如今是太平盛世,文化发达,相信不出数年,必有过半的学者会了解两人的思想精华,并以抄写、传播契冲的著作为乐,从而打破对定家卿的盲目崇信,歌学也会由此走向正道。这岂不是令人高兴的事情吗?!

八、准则论

要问从《古今集》至今,哪个时期和歌最是精华,谁人的作品堪称和歌的楷模与准则,那些相信"堂上"贵族之言的人们,会认为当今的和歌可谓文质彬彬、无以复加了。这样的看法只是由于他们认为那些"堂上"歌人的作品不及今人,并不能说明当今就有多么杰出的歌人,因而,今人不能成为和歌的楷模准则。又有人以《古今集》华实兼备,可作永恒模范。然而,鄙意则以为,《古今集》及其时代的和歌,仍然是偏于"实"多而"花"少。

关于《新古今集》①,学者多认为它"花"多而"实"少

---

① 《新古今集》:镰仓时代初期编成的和歌集,由源通具、藤原有家、藤原定家、藤原家隆、藤原雅经五人编选,由后鸟羽天皇亲自审定而成,于元久二年(1205)成书。收西行、慈圆、良经、俊成、定家、有家、后鸟羽院、式子内亲王、寂莲等人的和歌一千九百多首,以余情妖艳的唯美主义风格,形成了与《万叶集》《古今集》并立的歌风。

而不予重视。然而，文学本来就是华词美藻，因一个作品的艺术表现太美了就嫌弃它，这是不懂文学的表现。我认为，在和歌史上，鼎盛时代是以《新古今集》为标志的。不过，对此不同歌人的看法尽可不同，我并不想将自己的观点强加于人。

在对古今和歌进行批评赏析的时候，我也同样运用上述观点。例如，人麻吕和赤人的歌，在他们那个时代，艺术上是出类拔萃的，但与后世比较而言，还是过于朴实，不能成为当今的准则楷模。纪贯之是绝代大家，但仍然接近上古时代，质胜于文。如今假如完全学习纪贯之的歌风，仍不能臻于完美。只有后京极摄政藤原良经的和歌，每首皆锦绣，字字皆珠玉，抒情则动人心旌，写景则新人耳目，用词婉转，而又感人至深，堪称语言艺术的精粹。然而，世人在推崇藤原定家之余，却常常忽略藤原良经和歌的绝妙，内心里往往将良经的和歌置于定家之下。然而实际上，定家卿的和歌有哪一首堪称绝唱？又有哪一首无与伦比？而且在和歌比赛中，他也每每败下阵来。以我之见，后鸟羽院、藤原家隆卿等人的水平要远在定家之上。

不过，话说回来，歌人角度立场不同，看法不可强求一致，只能是各有观点、各持己见罢了。至于和歌创作的风骨①问题，也不可对别人妄加干涉。就是在定家卿的时代，俊

---

① 风骨：原文直接写作"风骨"，似与"风格"同义。

成卿闲适从容，家隆卿对第四句最用心斟酌，西行法师流畅无碍，三人的歌风大异其趣。然而，他们三人作为出色的歌人，至今仍为人们所景仰。不能因为肯定了俊成，就否定家隆和西行；也不能因为赞赏家隆的歌风，就贬低俊成和西行。在赞赏西行的场合，也应遵循同样的道理。因此，风骨因人而异，不能以自己的喜好而强加于人，否则，就如同好酒豪饮者硬要不沾酒的人喝酒一样。

歌意考

贺茂真渊①

一

呜呼,上古时代,人心率真而又单纯。因为内心率真,故行动单纯,因行动单纯,故语言表现不复杂。心中有所感

---

① 贺茂真渊(1697—1769):江户中期的国学家、歌人。日本江户时代复古国学的确立者,与荷田春满、本居宣长、平田笃胤并称为国学四大家。贺茂真渊歌道理论主要体现在"五意考"上,即《歌意考》《书意考》《国意考》《语意考》和《文意考》,其中心内容是将日本本土文化称为"国意",儒、佛等外来文化称为"汉意",认为"汉意"不符合日本的政道与现实,而日本固有的"歌道"(和歌之道)虽看似无用,反而可以成为治道之理。所以,他反对拘泥于儒教的义理,强调根植于天地自然的日本固有的"古道",亦即"神皇之道",并认为长期以来,外来的儒、佛之道遮蔽、歪曲了古道,因而必须排斥,而回归纯粹的日本的古道。为此他推崇《万叶集》中的上古和歌,认为学习万叶古歌,不仅可掌握歌道,而且还会学到"真心",而万叶歌的"真心",正是天地自然的真心,即"大和魂",从而将日本的"歌学"从"汉意",从朱子学的儒教的劝善惩恶的观念中解放出来。这些观点标志着日本的传统歌学,由儒释道兼收的开放的传统歌道,开始走向日本的"国学"之道。这些观点,为此后的本居宣长所继承光大。

动，便形诸言语吟唱，称之为"歌"。歌唱只是为了直接表达内心的感情，而表达感情的语言也是日常用语，久而久之，随着感情的发展起伏，就有了音调节奏。古代人的歌仅仅是为了表达心情而已，所以古人没有歌人、非歌人之区分。

随着文明进步，皇统延续，经过了千百年，唐土与天竺的思想观念，交相混杂，传到我国，与我国的语言与思想混合在一起，以致混乱不堪。单纯率真的日本人之心也趋向邪恶，日本语也变得杂乱起来。到了最近的末世，和歌之心与词，与平常之心与日常用词，完全分裂了。所谓和歌，就是故意将日常朴素之心加以复杂化，使用一些矫揉造作的语言，放弃了古代的淳朴，使和歌变得言不由衷。和歌仿佛是蒙尘的镜子，又好像是混在垃圾中的花朵，浑浊而又污秽，后世人以这样的心情来吟咏和歌，哪有纯洁可言？人们悲叹和歌的堕落，但又徒呼奈何。然而，这并不是说和歌已经不可救药了。现在的问题是，人们已经将古代日本诸神制作的八尺镜①一样明净的日本人之心，以及五十猛神②栽培的花木一样美丽的日本语，抛诸脑后，而对蒙尘之镜、玷污之花木，习焉不察，麻木不仁。

---

① 八尺镜：巨大的神镜，出典《日本书纪》神代上第七段。传说是日本皇室的三宝之一。

② 五十猛神：出典《日本书纪》神代上第八段。是素盏呜尊之子，持树种从天而降，绿化大地。

仔细想想，我们生存的天地一如往昔，鸟兽草木与古代没有两样，而为什么人偏偏要变化呢？这是不合常理的。人这种动物，容易在你争我斗中，精神堕落，社会风气变坏。如果有人站出来极力喝止，或许有可能恢复古代人的清纯。倘若有心复归古代人的清纯，每日清心自省，浸淫于古典，追寻古人的韵味与美，咏歌作文，那与古人不同的堕落之心，则可在亲近古典的过程中，复归那明镜般的明净；言语用词也能摆脱繁复，而复归于山花般的纯洁。万事以祖宗为宗，在不断改朝换代的中国尚且如此，而在我万世一系的日本国，岂能不恢复皇神开辟的上古之风，而堕落于世风日下的当世呢？那些认为和歌只能顺从当世之风的人，完全是私心作怪。

现代距古代虽已遥远，但皇神之风毕竟未绝，而追慕上古之风者也不在少数。然而我们今天阅读古代典籍，因时代久远，读解不得其法，又因古代典籍内容博大精深，其内容不能充分领会，正如云霞遮蔽了空中之春月，模糊朦胧；又如秋风吹拂树木，枝叶散乱。后世之人不求甚解，误读多多，又以外来的儒教思想牵强比附，以至忘掉了我国文化的根本之所在。

而在这千变万化之中，只有古代的和歌，抒写上千年前先人之胸臆，其心、其词，与日月共存，经久不变，吟咏花朵，赞美红叶，古今同然。如能追慕那文华灿烂的藤原朝与奈良时代的歌风，抛弃堕落的后世歌风，持之以恒，不懈努力，必定能使古代歌风浸淫于心。要体会古代歌人的心之纯洁、词之雅正，必定会对古人一尘不染的阳刚之心产生共鸣。然后再去披阅种种古代典籍，就会感觉途中虽有迷惑，但毕竟翻山越岭返回了故里，又如远渡重洋终于达到了目的地一样。人所生存的这个世界，本来在人之前就已存在了，因而不能过于人为化，不可过于违拗自然，应该顺从大自然的法则，像古代人那样心安理得将一切交给神灵。体现这种心情的，就是古代和歌，只要我们向古人学习，就会咏出自己的歌。

二

在我孩童时代，母亲大人跟前放着许多古代典籍。其中，有《香具山》之歌："古事太久远，遥望古老天具山，古今心同然。"[1] 有《亲母赠子歌》："旅人野外歇脚，如若天降寒霜，鹤群啊，请将你的羽毛，盖到我的孩子身上。"[2] 有女王思念在伊势行幸的夫君时作歌："寒夜风呼啸，夫君已睡否？独眠夜难熬。"[3] 有从筑紫进京，与女人作别时所咏之歌："自视男

---

[1] 出典《万叶集》卷七，第1096首。
[2] 出典《万叶集》卷九，第1791首。
[3] 出典《万叶集》卷一，第59首。

子汉,站在水城边,却不禁泪流满面。"① 有《无题》:"暗恋无人知,内心多痛苦,末摘花的红鼻子②早晚要见人。"③《物语》:"一起生活时,不知恋爱的滋味,分别了以后,才知道爱情的可贵。"④《旅》:"印南海卷起千层浪,大和的群山,隐没在远方。"⑤ "淡路的野岛崎,伊人打好的衣带,在海风中飘起。"⑥ 等等很多古代和歌。我读这些和歌的时候,记得母亲曾对我说:"你现在是学习如何作歌,我对和歌所知不多,但以我的外行人的看法,觉得现在人们吟咏的那些歌,歌心何在,实在叫人弄不清楚。倒是这些古书上的古歌特别感人,出声吟诵非常优美动听。这到底是为什么呢?"当时我虽然不能完全理解母亲的感受,但也觉得困惑:今人为什么要把后世名家的那些讲究技巧的和歌奉为楷模?因而不能回答母亲的问题。此时父亲说道:"你母亲那样的疑问谁都会有。从前就有贤达之人告诫说:要学习和歌,就要向古人学。"这话当时我不能完全领悟,只是回答"明白了"。后来,父母又反

---

① 出典《万叶集》卷六,第968首。
② 末摘花:《源氏物语》中女性人物之一,长着难看的红鼻子,在黑暗中与光源氏发生肉体关系时,源氏未看见她的红鼻子,后被发现而遭耻笑。
③ 出典《古今和歌集》卷十一,作者佚名。
④ 出典《六帖》之五。
⑤ 出典《万叶集》卷三,第203首。作者柿本人麻吕。
⑥ 出典《万叶集》卷三,第251首,作者柿本人麻吕。

复说过类似的话。那时我想,父母这样说,也许是因为他们不懂和歌吧。然而随着日月推移,特别是父母过世之后,我在读书、作歌的时候,每每想起父母的话,阅读各种古籍并向人请教,随着理解力慢慢增强,我逐渐深深体会到,只有古代人才是我们学习模仿的榜样,意识到自己曾被那些聪明前辈所误导,在错误的道路上走了太久!对和歌尚处在无知状态的人们,应该有一个正确的学习途径。像父母那样不吟咏和歌的人,也分清了古代朴素的和歌,与后世那些玩弄技巧的和歌之不同,如今进入歌道者,更要回归古代,从迷惘中摆脱出来。

学习任何东西,若一开始途径不当,就会有一系列问题。没有正确的学习方向与目标,学习任何东西,都会失掉大和魂①。即便偶尔接触一些好的学习方法,也难以导入古代的清纯世界。这就好比是登山,在草木丛生的山路上前行,汗流浃背、气喘吁吁,终于登上山顶,此时俯瞰群山,山下的村村落落尽收眼底,登山的疲劳一扫而光,感到自己拥有了广阔的天地。然而仍不满足,就想何不乘风驾云,遨游天空呢?于是跃跃欲试,想像获得了仙人的飞天之术,不由地独自得意大笑起来。然而,即便乘风驾云,也终归要落到地上。

---

① 大和魂:原文"やまと魂",指日本精神,日本灵魂,与"汉才"(中国文化修养)相对而言。

一旦从山顶回到了山下,又会感到如梦方醒。此时再来读古书、吟古歌,就会意识到以前的眼界不足,同时又像从山顶回到山下,心情特别踏实。只有在这种心境中,才能体会到古人精神世界的清纯高贵,从而对天照大神以来万世一系的传统肃然起敬,并且能充分理解古代社会长治久安的奥秘。在与中国等各国的精通古代文化的人士交谈时,就会说我们日本也同样有着质朴纯正的古代文化传统。

然而,因我余年不多,不能有太多的时间积累更多的体验,不免遗憾。应该从年轻的时候就意识到这些道理,浸淫于古籍与古代和歌,在自己的创作中向古人学习,那样就一定能把握古代精神的精髓。

三

《万叶集》现有二十卷,从第一、二卷就可以明显看出,它是由橘诸兄①大臣编辑而成,是毫无疑问的。第二卷误写、误训很多,而第十一、十二、十三、十四各卷,又似乎是以上各卷的续编。原因在于,第一、二卷的作者很明确,而且具有宫廷风格;第十一、十二、十三卷大都是作者不详的古

---

① 橘诸兄(684—757):曾任右大臣、正一位左大臣。关于《万叶集》的编纂者,有种种不同看法,此为一说。

歌，而且是带有都市风格的作品，《万叶集》有的地方将这些歌统称为"古歌集"，所以令人感觉是另外的人所编纂，但实际上编者不可能像一、二卷那样只编辑那些有明确作者的作品。第十三卷中，有许多是时代久远而又带有都市风格的长歌，所以把这些作品放在了第三卷，又把第十一、十二卷的有关作品放在了第四、五卷。第十四卷是"东歌"，是地方色彩很浓的作品，这与中国古代《诗经》中的"国风"具有同样的性质。本来和歌是内心情感的表达，尊贵的统治者要了解臣民的情绪，只是收集宫廷风格的作品是不行的，所以，就把一些"东歌"附在了若干卷的卷末。今传《万叶集》第二十卷中的"东歌"是大伴家持收集整理的。第十四卷中的"东歌"比第二十卷中的古文字更古老，肯定是在第十四卷以上各卷基础上增加的。第三卷以后有很多是大伴家持主编的歌集，第五卷是山上忆良编的歌集。第七卷和第十卷编辑方法相同，也是由同一个人编辑而成的。

可见，《万叶集》各卷的编辑因人而异，少有编辑精细者。有的歌内容淫秽，有的整首缺乏连贯性，有的作品上句尚可而下句拙劣等等。所以，如今要把《万叶集》作为楷模，就不能全盘接受，而要加以精选。而精选很难，任何人都不可能轻易做好。应该将那些音韵流畅、意思明确、风格优雅的"心"与"词"兼备的作品选出来。那些佶屈聱牙的歌是不能选的。在《万叶集》的总共四千三百多首和歌中，要选择音韵铿锵的作品，数量不在少数。如果没有精选的意识，认为二十卷中的所有作品都一样，都可作为"万叶风"向后人传授，那是不适当的。意识到这个问题，并将《万叶集》中的心词兼备的作品加以精选的，是镰仓的右大臣①。右大臣实朝公在《万叶集》精选中，将《万叶集》划分为"初、中、末"三个时期，是很值得参考的。

对于女性的和歌也应该加以注意。在《古今集》中，著名"作者不详"的歌，包含了与《万叶集》相续的奈良时代直至平安朝初期的歌人的作品。将这些佚名歌人的作品，与延喜时代的作品仔细比较一下，就会发现其题材的范围很广，所表达的心情风雅舒缓，具有与《万叶集》一脉相承的性质，而且声韵流畅，余情不绝，与女性的性格气质很是吻合。在古代，男人粗犷勇猛，和歌也同样具有这种男性风格，然而及至《古今集》的时代，男人也开始习染了女性的歌风，男性与女性的区别不复存在了。如此，女性只学习《古今集》似乎就可以了。只是《古今集》时代，和歌正由高峰而下行，人的理智活动变得复杂，词语也失去了真实素朴而开始玩弄辞藻，和歌的魅力自然减弱，歌中所表现的心情也令人感到

---

① 镰仓右大臣：指的是源实朝（1192—1219），镰仓幕府第三代大将军，曾在朝廷中任内大臣、右大臣等职，喜好和歌，尤其推崇《万叶集》的歌风，曾拜藤原定家为师。

人心不古。所以,应该通过学习《万叶集》而来体会古代人高雅素直的精神世界,然后再学习《古今集》及其以下的和歌。然而人们不明此理,却从《古今集》开始学起,导致后世歌人中,通过学习《古今集》的歌风而在创作上有所成就者,殆无所见,而领悟《古今集》的精髓的歌人也同样鲜有其人。无论何事,从下向上看,总是模糊不明,难见全貌,倘若登高远眺,俯瞰四周,在高山之巅,天下尽收眼底,一览无余。人间之心亦复如是,在底层百姓看来,高高在上的为政者莫测高深,而为政者却能较为容易地体察下层百姓之心。明白了这一道理,在求学的过程中应该从古代向晚近,顺序下行。对此中国人也有类似的说法。

    明和初年①,贺茂真渊,以秃老之笔写就

---

① 明和初年:即1764年,时年作者六十八岁。

石上私淑言

本居宣长[①]

六十一

问:"歌之道"这个词上古就有吗?

答曰:要弄清"歌之道"这个词,首先就要弄清"美知"(みち)这个词的意思。"美知"就是"御路"(みち),其中的"知"字是词根,如今的"山路"、"野路"、"舟路"、"通路"等其"路"字都读作"知"(ち)字。在"知"之前加上

[①] 本居宣长(1730～1801):江户中期"国学"家,生于伊势松坂富裕商人之家,宣长自幼好学,二十三岁到京都学医,主攻汉方(中医学),又从医生兼儒学家堀景山学习儒学,又受国学家契冲的影响,立志研究日本古典。他继承和发展了契冲的古代文献学与贺茂真渊的古道学,集"国学"派的复古主义与日本文化优越论思想之大成,通过丰富多彩的学术研究,努力阐释日本文化传统、强调日本文学的独特性,为此不惜贬低和贬损外来的汉文化、佛教文化,主张"排除汉意,立大和魂",追求日本文化的自强自立。具体表现在日本古典文学研究中,就是极力排斥儒教与佛教的劝善惩恶的道德主义文艺观,宣扬日本文学中的皇道主义、情趣主义、情绪主义乃至神秘主义,他的学术思想集中反映了江户时代"国学"的文化民族主义倾向。这一倾向集中体现在其和歌研究的代表作《石上私淑言》中。

"美"字便说成"美知"。《古事记》中有"味御路"(うましみち),《日本书纪》中有"可怜御路"(うましみち),都是神代的古语,可见"知"(ち)与"美知"(みち)意思相同,皆为"道路"之意。它在上古时代完全没有其他的意思。

然而,汉字传来之后,"道"(どう)字不仅仅是"道路"之意,如"道德"、"道义"、"天道"、"人道"、"道心"、"道理"等,"道"字成为一字多义之字。在日本,"美知"这个词在任何场合都读作"美知"(みち),后来自然而然地,"美知"这个词也带上了"道"字的含义,这种情况亦多见于其他词汇。"道"字有各种各样的含义,但"美知"一词原本只有"道路"的意思,别无他意。

然而后世学者不明就里,以"道德"之"道"(どう)字,来理解"美知"这个词的词义,导致牵强附会,理有不通,因此必须正本清源。"神道"乃我国之大道,上古时代并非将"神道"称为"道",汉字传来后才使用中国的"道"字加以命名。从天照大神一脉相传的日本皇统及天皇御座也称作"神道"(かみのみち)。后来,我国大大小小各种各样的事物皆照此称之为"道",乃至各种"杂艺"也称之"道"。

"咏歌"称之为"歌之道",后来音读为"歌道"(かどう)。《续日本后纪》卷十九有"斯道"一词,指的就是和歌。《古今和歌集·真名序》也有"斯道"、"吾道",而《古今和歌集·假名序》并没有在相关的地方写作"道",由此可见,到那时为止,"道"字在日本并非一般的常用词。

六十二

问:"诗"与"歌"(うた)情趣相同否?

答曰:我虽不太懂"诗",但管窥古代典籍,可知"诗"与"歌"情趣相同。披览风雅三百篇①,"词"虽为汉语,但情趣与我国的"和歌"毫无二致。人心之动,息息相通,此为自然之理。但随着世事推移,无论人心抑或风俗,均各有变迁,及至后世,我国与中国的差异越来越大,"汉诗"与"和歌"也迥异其趣。

六十三

问:二者何以迥异其趣?愿闻其详。

答曰:首先,中国之"诗"在《诗经》时代尚有淳朴之风,多有感物兴叹之篇,但中国人天生喜欢自命圣贤,区区小事也要谈善论恶,诸事百端以我为是。周代中叶以降,随着岁月推移,此种风气越演越烈。"诗"也出自此心,人情物

---

① 风雅三百篇:指中国的《诗经》。

哀之本荡然无存，所咏之词皆堕入生硬说教，因而《诗经》之"诗"与后世之诗相比，其情趣迥然有别。诚然，会有人说："诗"的古今之别不唯在"词"，其"意"自古及今并无差别。对此说我不敢苟同，实际是"意"随"词"变，今非昔比。

而我国的"和歌"从上古时代至今变化甚大，但我国的人心却不像中国那样自命圣贤，一直保留着温柔和顺之风。直至今日，和歌仍然发自肺腑，与汉诗的装腔作势判然有别。和歌只是感物兴叹，当今之世虽有追新求变之风，遣词造句古今有别，但人心情趣方面，神代与当世并无不同，与汉诗之剧烈变迁不可同日而语。

六十四

问：有人说中国汉诗吟咏性情以温柔敦厚为宗，及至后世，受经学浸淫，遂染装腔作势之弊，此说然否？

答曰：此说然也。所谓"经学"之类，在中国无孔不入、洋洋盈耳，人们举手投足均受其束缚，无论何事均以善恶相论，而丝毫不知人情风雅之趣。与经学相比，诗人之情趣远为优雅。然以中国汉诗与日本和歌相比，汉诗虽有风雅，但为中国风俗习气所染，不免自命圣贤、装腔作势，偶尔有感物兴叹之趣，仍不免显得刻意而为。

六十五

问：汉诗庄重严整，表达明快，用词雅正，男儿必学；而和歌则表现虚幻无常之情，为妇女儿童所赏玩，并非正统严肃之物，此言当否？

答曰：此言甚是。不过若论正统严肃之物，则非经学莫属。"诗"原本并非表现重大严肃之事，请看《诗经》，只是直抒胸臆，并无后世那样的装腔作势，这才是诗的本质。许多人对诗有误解，以经学之旨论诗。而我日本人也有受中国风气之影响者，将诗与道德作同一观，遂与诗之本意格格不入，也与孔子编定《诗经》之原意有所不符。

诗原本是吟咏性情之物，其遣词造句如同妇女儿童之语。《孔子家语》有云"诗之失愚"[1]，以此可知诗之特点。尽管中国人自命圣贤，酷爱说教，但诗也以直抒胸臆诚实无伪者为上，所以孔子也将《诗经》列为"六经"之一。

然而后世论"诗"却忘记了"诗"之根本，唯以才气论诗，作自命圣贤状，连不可伪饰之性情也加以伪饰，看似堂而皇之，却不能表现真情实感，皆为装潢门面之作。此等诗无论如何华美端庄，何益之有？徒增聒噪而已。

---

[1] 出典《孔子家语·问玉篇》，意即《诗经》的缺点是使人愚。

六十六

问：头头是道、装腔作势者，均属伪饰，而人的真实感情却是软弱无靠的，这是什么道理？

答曰：一般而论，人无论怎样坚强，探其内心世界，则与女童无异，大都是软弱无靠、屡蠃无力的。中国人其实也是如此。因该国不是日本这样的神国，从远古时代始，坏人居多。暴虐无道之事不绝如缕，动辄祸国殃民，世道多有不稳。为了治国安邦，他们绞尽脑汁、想尽了千方百计，试图寻找良策，于是催生出一批批谋略之士，上行下效，以至无论何事，都作一本正经、深谋远虑之状，费尽心机，杜撰玄虚理论，对区区小事，也论其善恶好坏。流风所及，使该国上下人人自命圣贤，而将内心软弱无靠的真情实感，深藏不露，以流露儿女情长之心为耻。更何况赋诗作文，只写堂而皇之的一面，使他人完全不见其内心本有的软弱无助之感。这是治国安邦之道所致，乃虚伪矫饰之情，而非真情实感。

据《史记》记载：

> 箕子朝周，过故殷墟，感宫室毁坏生禾黍，箕子伤之。欲哭则不可，欲泣为其近妇人。乃作麦秀之诗，以

歌咏之。①

云云。由此可见，箕子那样的人在情有不堪的时候，刚要表达真情，又立刻警醒："不可近妇人。"但这种坚强只是装出来的，其内心则像女人一样，直想痛哭流涕以表达真情实感。此事例足以帮助我们理解中国人的心理。

凡事都装腔作势、遇事则告诫自己"不可近妇人"，看上去煞有介事，实则并非真情流露。然而中国人无论所言、所做之事，都以此为佳，时时刻刻提醒自己这样不可、那样不能，却忘记了如何表达真情实感、如何躬行反省，总以为一旦表现出软弱无靠的女人气就丢人现眼。而实际上，这样的人内心世界同样也是软弱无靠的，此为人之常情。平日里说话装腔作势、做事也装腔作势，而一旦遇到沉痛之事，仍不免女人般的悲伤无告，往往方寸大乱，不能自已。这才是真正的人情，谁都不能免俗。表面看上去似乎不随流俗，万事通脱自在、淡然处世、潇洒自如，或作大彻大悟状，实则刻意而为。别人看上去也以为然，结果于自己、于他人都无诚实可言，这岂不是失去了做人之真心吗？可悲的时候不表现其悲，忧愁的时候不表露其愁，岂不是木石之人吗？这种人连虫鸟之类都不如，实在可悲可鄙，如何值得效法？！

---

① 出典《史记·宋微子世家》。

六十七

问：世间可悲之事，莫过于丧子之痛。但此时父亲还能节制悲情，情绪尚未失控，而母亲则往往不能自已，嚎啕不止。这种情形岂不说明了软弱无力乃是妇女儿童所特有的吗？

答曰：所言甚是。作父亲的尽量保持冷静克制，不失其男子气，但这只是外表所保持的体面而已，实乃是压抑悲痛之情，故作镇定。母亲则顾不上体面，号啕大哭，外人看上去确实软弱可怜，但这却是不加掩饰的真情流露。

故作镇定，强忍悲痛与悲情不能自禁，两者表面看来极不相同，但内心深处父亲、母亲的悲哀并无深浅之别，很难说何者为贤、何者为愚。所谓诗歌乃愁思郁结时吟咏而出，假如像箕子那样强忍悲痛，欲表达感情却又顾忌"不可近妇人"，极力保持外表体面，则悲痛郁积胸中，更难宣泄。诗即是直抒胸臆、驱愁解忧者，所以诗必带女人之气。假若作威风凛凛之状，那怎能排遣心中欲号啕大哭之悲伤？诗不可像其他书籍那样一味装潢门面，无论善恶，只管将心中所思所想径直写出，假如动不动就顾忌这样"不可"、那样"近妇人"，则完全违背了诗之本意。只有感物兴叹、表现孤苦无告的和歌，才真正契合诗歌的本质。

六十八

问：随着时世推移，中国之诗与中国之人心一样，变得越来越贤明精妙，日本人在后世也变得越来越进步与聪明，为什么只有和歌仍然如远古而万代不变，惟感物兴叹而不染慷慨豪壮之男子气？

答曰：我国乃天照大神之御国，伟大而美好，远远优于他国。人心、技艺、言语皆直率优雅，天下无事、国泰民安，不像外国那样混乱争斗，不可或止。然而，自从中国书籍东传日本之后，日本人读中国诗并学习之，看到书中之中国人万事贤明、深思熟虑，日本人也以此为佳，遂感佩之，一味追慕模仿。至奈良时代，万事均仿效唐朝。但只有和歌与当时万事有所不同，其旨意言辞皆与我国神代以来自然产生的情趣相合。这是什么原因呢？

那时的日本人追慕中国人的贤明老道，并作汉诗模仿之，于是许多人将和歌弃之不顾。对此，《古今和歌集·真名序》有云："自大津皇子之初作诗赋、词人才人、慕风继尘、移彼汉家之字、化我日域之俗。民业一改、和歌渐衰。"说的就是那时的事情。所谓"和歌渐衰"是指因当时风气一切模仿唐朝，咏歌者少之又少。

和歌是神代以来自然产生的独特的语言艺术，不夹杂任何外来的东西，假如模仿中国式的自命圣贤、老道圆滑之风，则必污染和歌。而和歌却与那时很多人的时尚保持距离，所以咏歌者不会太多，遂导致和歌衰微，诚为可悲可叹之事。然而如今想来，又是可喜可慰之事。因为，如果那时的人们也像爱好汉诗一样爱好和歌，那就势必会将来自中国的"意"与"词"杂入和歌之中。果真如此，和歌必然发生改变，不免会变为中国风格的和歌。正因为那时和歌未能成为时尚，所以虽有所衰微，却能保持着神代日本人之心。

及至后世，学习中国之风愈演愈烈，只有和歌仍然保持神代的意与词，丝毫未受外来风气污染，这岂不是可喜可贺的事情吗？究其原因，就在于和歌不像中国诗歌那样意在说教、用词繁冗、喋喋不休、污人耳目。即便和歌偶尔夹杂有汉字汉音，也并不妨碍听觉之美。这是因为我国自古以来心地率直，词正语雅，妙不胜收。现在看来，假如人们万事皆以中国为宗，那简直就是末世之思。

世人一般认为，和歌之道乃我日本大道。但堪可称为"大道"的是"神道"，因历代学者受中国书之迷惑，以儒学的生硬说教解释我"神道"，遂至牵强附会、强词夺理。于是，大御神之光遭到掩蔽，率直优雅的神国之心也岌岌乎丧失殆尽，岂不可悲可叹！但另一方面，在歌道中却未失神代之心，则又殊为可喜。

六十九

问：在和歌中，一直以来就有学习中国之诗心而吟咏者，特别是白居易的诗常被采用，怎么能说和歌中丝毫未受外来影响呢？

答曰：对此问题不能做片面的理解，不能一提到外国就认为必定与我国不同。总体上，大千世界相似相通者不乏其例，与我国完全相同之事也不乏其例。特别是歌与诗原本性质相同，尽管中国和日本风俗文化各异，但在数不胜数的中国诗歌中，怎么会没有一些篇什与日本和歌之情趣不期而然呢？因而，在后世诗中有不少与和歌趣旨无异者，将这些汉诗加以取材利用，正如当今和歌从古代和歌中加以取材利用一样，不能因此断言日本和歌的趣旨有变，只能说丝毫没有变化。因而必须将相同、相异之处加以仔细考辨。

七十

问：即使不特意学习中国，随着时世推移，和歌也会逐渐发生变化。为什么却说和歌一直保留神代之心而没有变化呢？

答曰：如上文所述，和歌随着时世推移并非没有变化，但这也只是用词的变化，和歌之心从神代至今完全相同，所以要分清"变"与"不变"。关于"变"的方面，以下将予详述。① 现在先说为什么不变。如上所述，我国人心温良柔和，所咏之歌也是纤细柔弱，绝没有中国那样的自命圣贤、故作高深。神代就有的这种和歌之心，至今仍保持未变。

诚然，奈良时代一味模仿唐朝，万事讲求贤明，所以那时的人们对和歌也不太爱好。但那时的歌人之心也仍然是纤弱柔和，未失歌心之根本，并传诸后世。这样一来，模仿唐诗而写诗的日本人也作和歌，和歌与汉诗两不相扰。和歌并未受汉诗影响而改变其心，也未受世风影响而改变其本。

七十一

问：和歌中的恋歌为什么特别多？

答曰：恋歌最早见于《古事记》和《日本书纪》所载上古时代之歌，历代歌集中恋歌也特别多。《万叶集》中的"相闻"②歌就是恋歌。《万叶集》将所有和歌分为杂歌、相闻、挽歌三部分，卷八、卷十等分出"四季杂歌"、"四季相闻"，其他皆称之为"杂歌"。可见"歌"以恋爱为第一。要问个中

---

① 见本书第八十七问。
② 相闻：汉语词，意即相互问候，是《万叶集》和歌中的一个部类。

缘由，恋爱乃是一切感情中最动人的感情，恋情也是人最为难耐之情，所以在感物兴叹的和歌中，以恋歌为最多。

七十二

或问：一般而言，相比于恋情，世人最根本的愿望是追求荣华富贵，并常常达到走火入魔的程度，和歌为何不对此加以吟咏？

答曰："情"和"欲"是有区别的。首先，人心之所想均是"情"，在所思所想中最想得到的那一部分叫做"欲"，两者互为依存。一般而论，"欲"是"情"的一种。如若加以区别，对人加以怜爱，或者对人寄予思念、担忧之类，谓之"情"。出于"情"者即涉及"欲"，而出乎"欲"者也涉及"情"，两者难以截然区分。但无论如何，歌是出乎"情"之物。因出于"情"，则易感物兴叹，"物哀"之情尤深。至于"欲"，则是一味想要获得某物，并无细腻婉曲之感。仅仅有"欲"，则面对风花雪月、鸟木虫鱼也很难深有感动，遑论泣下。

那种获取财富的愿望就是"欲"，它与"物哀"无关，所以不能以此咏歌。"美色之情"原本也出乎"欲"，但与"情"深深相连，此事一切生物概莫能免，何况人乎？人是"知物哀"之物，对情欲刻骨铭心、不堪其苦，此外世间一切事物，都使人触而生情，于是付诸歌咏。虽说如此，关于"情"，如上文所述，及至后世，人皆以柔肠纤弱为耻，常常加以掩饰，因而看起来，"情"比"欲"为浅。不过只有和歌不失上代之心，将人心如实加以表现，也决不以心地柔弱为耻。及至后世，欲咏出优雅美丽之歌，必得以"知物哀"为本，于是"欲"的方面似乎隐而不见，"欲"也难以付诸歌咏。

偶尔也有歌吟咏"欲"，例如《万叶集》卷三赞酒歌之类。汉诗中以"欲"为题者很多，而和歌则不喜此种题材，对此全然不感兴趣，勉强付诸歌咏也无甚可观。这是因为"欲"是不洁之思，无关乎"物哀"之情。然而在外国①却耻于表现"物哀"之情，将不洁之"欲"加以堂而皇之的表现，奈之若何？

七十三

问：上代和歌中吟咏饮食、财宝之类的和歌虽很罕见，但也不能说没有出乎于"欲"的和歌吧？

答曰：正如"吹毛求疵"这个成语所说的那样，在争论中必有此等恶劣之人，就是对别人的说法无理非难，一叶障目，不见森林，以偏概全，指鹿为马，强词夺理。如果何事都失之片面，偶尔见到一两个例外就视为主流，那如何能够判断

---

① 外国：实指中国。

事物的本质呢？牛固然有黄牛，然而牛不可以有黑牛吗？

七十四

问：在中国书籍中，恋爱被《礼记》称为"人之大欲"，中国人也非常重视夫妇之情。怜爱妻子、思念丈夫，实属天理人情。然而和歌所吟咏的恋爱并非在夫妇之间，有的人对深闺中的女人想入非非，有的身在家中却对他人之妻心荡神驰，这些都是不伦之恋。和歌中为什么把这些作为值得称道的事情加以吟咏呢？

答曰：如上文所述，沉溺于恋情为人情之所难免，为恋情而魂不守舍、心旌动摇者，无论贤愚，均属常见，且多有出轨之事。若身为国君，则导致国破家亡；若为常人，则身败名裂，为后世人所讥评，此等事自古及今数不胜数。谁都知道此事不可为之，对离经叛道的恋爱也深以为戒，然而人非圣贤，不只是恋爱，在日常生活中一举一动、一念一想均合情合理，固然可贵。但在种种恶事当中，情爱一事虽极力克制压抑，但也难以奏效，所以常常不由自主，情难自禁，虽然明知有悖伦理，但也越轨而为，此等事例为世间多见。何况在不为外人所知的内心世界中，谁又没有意中的情人？即便表面道貌岸然、严于律他的人，其内心深处也不可能没有情欲之念。尤其是陷于不伦之恋的时候，自己明知不可为之，但心里却又跃跃欲试，终至郁郁寡欢、难以排遣，而理性则对此无能为力。于是此时便会咏出感物兴叹之歌。职是之故，恋歌于道德多有不合，这是自然而然之理。

总而言之，"歌"是"物哀"之物，无论好事坏事，都将内心所想和盘托出，至于这是坏事、那是坏事之类，都不会事先加以选择判断。禁绝作恶是治国安邦者的必从之道，对离经叛道的恋爱也应深戒之。不过话虽如此，和歌却与这种道德训诫毫无关系，它只以"物哀"为宗旨，而与道德无关，所以和歌对道德上的善恶不加甄别，也不做任何判断。当然，这也并不是视恶为善、颠倒是非，而只是以吟咏出"物哀"之歌为至善。

一切物语文学对此都有很深的理解体味，并以此作为创作宗旨，"歌道之心"也体现在《源氏物语》中。笔者在论述《源氏物语》时援引各卷原文，举出例句加以分析，读者可资参考①。

七十五

问：在中国，无论是"诗"还是其他书籍，都很少写到好色之事，但我国的书籍读物中，恋情之事写得最多，上下

---

① 见作者的《紫文要领》和《源氏物语玉小栉》两书。

无分、伦常颠倒，且不以为恶。能不能因此而断言我国的风俗是色情和轻浮的？

答曰：好色之事，不论古今，不分中国还是日本，彼此相同。翻阅中国历代书籍，就可以知道淫猥之事多有记载，然而如上所述，那个国家有一种习惯，就是无论何事，都喋喋不休地以善恶论，自命圣贤的学者大量撰文，对好色之事口诛笔伐，不依不饶。于是"诗"自然就被这种国家风俗所左右，只喜欢抒发大丈夫之豪言壮语，而视柔情蜜意为可恶可耻，避而不言。这只是故作姿态，粉饰外表，并非人心之真实。而后世读者不明就里，误以为那些诗文中所言即为真情实态，以为中国人极少沉迷于色，这样看未免太愚蠢了。

而我日本人万事率心由性，通脱自在，不自命圣贤，所以对人之善恶不愿说三道四，只是原样写实，其中和歌、物语等，均以"物哀"为主旨，将好色者的种种样相和心态径直写出。但另一方面，在我国模仿中国史书而写的历代国史当中，全然看不出我国的特点，也看不出与唐土有何不同。以为只有我国人沉迷于色，是未读国史，只读和歌、物语的人所具有的偏见而已。如若不信，请读中国史书中的《魏志》，其中不是明明写着"其风俗不淫"[①]吗？不只是恋情方面，在一切方面，中国都有很多不好的东西。中国之所以有

---

① 出典《三国志·魏志·东夷传》。

很多清规戒律，正是因为那个国家一些人品质恶劣。自古以来，我国对人之言行不加褒贬，只是顺其自然，然而恶人恶行倒也未见增多，岂不是因为我国是神国的缘故吗？

七十六

问：出家和尚决不能陷入恋情，但歌道对此却予以宽容，历代和歌集多有和尚的恋歌，如今和尚吟咏恋歌更是无所顾忌，这是为什么？

答曰：淫欲为佛教之大戒，和尚应深以为戒，此事为众所周知。即使在当今，如有和尚陷入此道，也当引以为耻。然而此事是好是坏，只能由儒教与佛教加以评判，和歌与佛教完全是不同之道，不能以儒佛之教来判定此事是否合于道德，也不能对此事加以善恶判断。和歌只以"物哀"为宗，它所关注的只是如何将心中所思所想吟咏出来。和尚离群索居进入佛道，本应严守教律，而不能有丝毫离经叛道之事。纵有蠢蠢欲动之情，也应强加忍耐，谨言慎行。但虽说如此，和尚也是人，与俗人的感情并无根本不同，绝不是佛陀菩萨在人间的化身。如果和尚未能开悟得道，则内心深处不可能清静如水，世间污浊残留于心乃属当然之理，怎么能要求他们戒绝色欲之念呢？这原本是人情物理使然。既然心有所思，就不必引为耻，也不应受到他人指责。如有出轨犯戒之误，也不过是堕入凡夫俗子之列，亦属无可奈何。因而佛教虽对恋情予以严戒，但实际上每个人都难以摆脱诱惑。不过也有人认为，既然出家为僧，就应该像佛一样六根清净，于是乎道貌岸然、装模作样。这样，于己于人都失于诚实，岂不也是一种深重罪孽吗？

对此道理，现可举例加以说明。

一位德高望重的高僧伫立于盛开吐艳的花树下面，不由赞叹花之美丽，此时又遇上一位擦肩而过的美女，他却目不斜视地走过。想来红花与美女原本都是这个世界的美好事物，作为和尚，对此都不应有所心动，特别是不能对此有所执著。但和尚为鲜花所吸引却不被视为罪孽，而一旦为女色所吸引必是来世成佛的障碍，于是就应该对美女视而不见，这位和尚因而便得到世人称赞尊崇。然而他的内心世界果真如此吗？可以肯定这只是伪装。因为鲜艳的花朵与漂亮的女人相比，其美感远不能及美女，打动人心的程度也不及美女。女人的美色有无限魅力，对男人之心的诱惑与冲击也最深刻。为美感有限的花朵所吸引，却对美感无限的女色无动于衷，这就好比对百两黄金心有所动，而对千两黄金却视而不见一样，天底下哪有此等事情？

见到美女而心无所动，那简直就成佛了。否则，就连虫鸟都不如，形同木石。作为活人，和尚不可娶妻，其情欲遭到压抑，久而久之心情郁闷，不得排遣，所以他们比俗人更喜欢吟咏恋歌。那位志贺寺的上人握住了御息所[①]美女的手，并吟诵《玉帚之歌》。[②] 这个故事生动地表现了那位和尚的内心世界，郁积在心中的妄念也因这首和歌而得以宣泄，这与忏悔之心也是相通的吧。即便不相通，歌还是歌，与忏悔也没有必然联系。

七十七

问：你认为和歌以"物哀"为宗旨，不合儒佛之教，是日本独有之道，这一说法令人难以理解。因为《古今和歌集·假名序》有云："当今之世，喜好华美，人心尚虚，不求由花得果，但求虚饰之歌、梦幻之言。和歌之道，遂堕落于好色之家，犹如树木隐于高墙之内，不得见外人。和歌不能登堂入室，不如草芥。"又云："古代天皇，每逢春华之朝，秋花之夜，召集侍臣，吟咏和歌……披肝沥胆，皇帝由是知臣之贤愚也。"《古今集·真名序》在谈到上古和歌时，云：

[①] 御息所：日本天皇的行宫，有众多女官陪侍。"御息所"也用以代称"女御"、"更衣"等女官名。

[②] 出典《太平记》第三十七章《志贺寺上人的故事》。说的是年逾八十的志贺寺上人偶尔看见御息所（皇后宫）的一位美人，便失魂落魄，不辞辛劳来到京城御息所，寻找此女，立于庭前求见。御息所美女很可怜他，便伸过手让他抓握。和尚对她吟咏了一首《玉帚之歌》，妄执之心遂得以排遣。

"未为耳目之玩，徒为教诫之端。"又云："贤愚之性，于是相分，所以随民之欲择士之才也。"又，纪贯之在《新撰和歌集》序中写道："厚人伦成孝敬，上以风化下，下以讽刺上，虽诚假文于绮靡之下，然复取义于教戒之中者也。"对这些说法应如何解释？

答曰：我国原本没有文字，也不著书作文。文字书籍从中国传来后，日本人才学会著书撰文。由于是从外国学习而来，写成文字时对日本原有的义与词必然多有舍弃，而俯就于汉文的表达，后世产生的假名文字其言与义都来自日本所固有者，但在奈良时代，假名文字还未成熟，凡是书写均用汉文，其表达方式也全都学习模仿中国，这是自然而然的事。特别是和歌，它与汉诗本来趣旨无异，于是《古今和歌集·真名序》和《新撰和歌集序》等便借用中国的诗论来论述和歌，于是方枘圆凿、龃龉不合。

因为它们是敕撰和歌集之序，所编和歌集是为了献给朝廷的，于是就声称和歌有利于朝政，并很方便地从中国的诗论中援引诗的"功用论"，强调和歌应有助于朝政。又因为那时的天皇普遍喜好汉诗汉文，于是序言作者就感叹和歌衰微，指出和歌已堕落为妇女儿童之玩具，以此提醒朝廷要重视和歌。这种意图不止在《真名序》中非常明显，在《假名序》当中也有表现。假如只是说和歌以"物哀"为宗，只表达内心感情，那就显得浅显轻飘，对朝政一无所用。

七十八

问:为什么说《古今和歌集·真名序》与《新撰和歌集序》对和歌的议论不当呢?既然不当,纪贯之为什么还要这么写呢?

答曰:首先,上述的《新撰和歌集》序文中的用语用词完全是从中国《毛诗序》当中学来的。《古今和歌集·真名序》也以中国诗论为圭臬,完全没有考虑日本古代和歌的情况,而只是认定和歌与汉诗都具有相同的性质。但正如我在上文所反复强调的,和歌与汉诗原本并无不同,但到了两者后来分途发展,差别越来越大。这是由两国的风俗文化的不同所造成的。

中国人有一种毛病,就是万事自命圣贤、好为人师,甚至将古诗也作为教化的工具,新出现的诗人、诗作也都循规蹈矩,难出教训之窠臼。而我日本国乃皇神之国,风俗纯朴、风雅,绝不将和歌作为辅助朝政之术,或用于讽上化下之途。虽然偶尔也有托物讽喻之作,那也与中国之诗完全不同,只将自己心中所知所感加以吟咏,此外绝无他意。

一般人不免觉得,对于任何事倘若都说得那样简单浅显,听上去不过如此尔尔,并无深意,则难以给予重视。但仔细思考事理、设身处地地想象古人之心,才能悟得事物的真谛。

翻阅《古事记》《日本纪》《万叶集》，完全看不到以和歌作为教训工具的痕迹，最多的是古代的恋歌。所谓"徒为教诫之端"之说，查考古歌，可知完全不符实情。我们不能不顾事实，仅仅相信那几篇序文的说法，何况那些序文只是空谈道理、牵强附会。

《古今和歌集·真名序》有云："古天子每良辰美景，诏侍臣预宴筵者，献和歌。"这种情形偶尔会有，但绝不是常态。从奈良时代起，天皇在那种场合召来文人奉诵唐诗，这种记载可见于有关正史，献的是汉诗而非和歌，以求歌舞升平。至于所谓"贤愚之性，于是相分"、"所以择士之才也"云云，纯属子虚乌有。在中国，从唐代始就规定以诗取士，于是上述序文就以唐朝为准，说日本古代也以和歌判别贤愚。实际上，以歌择士在日本完全不存在，可知上述序文只是借用汉诗套用和歌而已。

说诗有助于朝政，显然是希望朝廷重视和歌并用以辅政，但这只是说说而已，与事实完全不符。看看"高振神妙之思，独步古今之间"[1]的柿本人麻吕的歌，再看看所谓"近代存古风人"[2]的"六歌仙"[3]的歌，都丝毫没有教训的痕迹，只以

---

[1] 出典《古今和歌集·真名序》。
[2] 出典同上。
[3] 六歌仙：指六位最著名的歌人，包括在原业平、僧正遍昭、喜撰法师、大伴黑主、文屋康秀、小野小町。

"物哀"为宗旨，并多写恋歌。特别是其中的在原业平朝臣，其所作所为及其和歌，如何能够教诲世人呢？①须知，所谓"所以择士之才"云云，只是说其人其歌可以显示古代之风，而不是在论定他的和歌。又，所谓"好色之家，以此为花鸟之使"②，似乎表明对这种情况不以为然，但另一方面，该歌集所选和歌为何又以恋歌居多呢？

因此，以上序文所论不足为信，对和歌的历史现状、歌道本质的论述，均有偏颇，多有不当，对此必须有清醒认识。这些序文借古人之言表达一己之见，强聒不舍，实不足为训。

七十九

问：若这样说，和歌只是表达个人的所思所想，于世道有何裨益？

答曰：任何事物都有其"体"、"用"两种区分，这就是汉语中所说的"体"与"用"之分。正如前文所反复强调的那样，歌之"体"只是吟咏"物哀"，此外别无其他。至于说歌有何"用"，可谓用处甚多。

---

① 传说在原业平行为放荡不羁、风流好色。
② 出典《古今和歌集·真名序》。

谈到歌之"用",首先要指出的,就是它可以将心中郁积之事自然宣泄出来,并由此得到抚慰,这是歌的第一"用"。对此,《古今和歌集·假名序》有云:

> 不待人力,斗转星移,鬼神无形,亦有哀怨,男女柔情,可慰赳赳武夫,此乃歌也。

这就是和歌的一大功用。对此,《古今和歌集·真名序》亦云:

> 动天地,感鬼神,化人伦,和夫妇,莫宜于和歌。

这段话与中国的《毛诗序》所谓"动天地、感鬼神,莫近于诗"的说法虽同出一辙,但用来论述和歌也很合适。只是和歌比汉诗更有利于表达"物哀",这种例子从古至今甚多,举不胜举。

从"感鬼神"到表现人之"哀",和歌的功用十分广泛。

首先,天地间的所有事情无论好坏都出自于神。灾难发生时,人们不分上下卑贱,都要设法安慰暴怒的神之御心,使神归于安静平和,也就是自然而然地让神感到人之"哀"。和歌能让人感到"哀",当然也同样能让神感知"哀"。

关于让人感知"哀"这一和歌之"用",对于统治者而言,首先是使其洞察世间众多黎民百姓之情,让其感知"物哀"。一般而言,统治者对被统治的下层百姓之情往往疏于了解,那些精明而有权势的人因万事顺遂,没有失败与痛苦经历,因而对他人较少体察,对贫贱者的遭遇也很难加以体恤。

对此,翻阅日本和中国的相关文献,便可大概了解。但如果自己没有切身体验,仅靠间接了解,就难有刻骨铭心之体会。和歌就是将自己的喜怒哀乐、自然咏出,而打动人心,聆听或阅读这样的和歌时,即使没有亲身体验,也会设身处地加以推察,何人发生了何事,何人有何种想法,何为喜,何为悲,如此之类,便可知晓。天下的人情就像一面明镜展现无遗,并自然令人生起"物哀"之感。就会意识到,为了世人,应该避恶从善。这就是和歌使人"知物哀"的缘故。

不仅是对这样的统治者,而且对于世间常人之间的交流交往而言,不知物哀的人,万事也不会体察他人,心肠铁硬,缺乏爱心,无论何事都不知情趣,对富人、穷人抑或老人、年轻人、男人、女人之心,均浑然不察。正如俗话所说的"父母之心子不知",或"有了孩子方知父母之恩"。

藤原兼辅有一首和歌云:

天下父母心,

心忧女儿夜难寝，
　　　惶惶如丧魂。①

据说藤原俊成在大限将至的时候，向范光朝臣提出请求，希望将自己的儿子藤原定家晋升为中将，于是作歌曰：

　　　凄然风潇潇，
　　　命如露水暂未消，
　　　只盼爱子步步高。②

听了这首歌，即使没有孩子的人，也能感知父母之心吧。

　　其他万事，道理都与此相同。世人各有自己的身份与立场，将自己的所思所想付诸和歌，使读者、听者有歌之心，这就是歌之大；只有对人情有深刻的感知，才能为事为人弃恶从善，这就是"知物哀"之大用。感人心而"知物哀"，自然就会设身处地以人正己，以人律己。听了上述的那两首和

---

　　① 出典《大和物语》第四十五段，或《后撰集》第十五卷，总第1103首。写的是藤原兼辅中纳言将女儿嫁入后宫，但对女儿能否得到天皇宠爱非常担心，遂向天皇奉吟此歌。原文："人の親の心は闇にあらねども子を思ふ道にまどひぬるかな。"
　　② 出典《新古今和歌集》卷十八，总第1822首。原文："をざさはら風待つ露の消えやらでこの一ふしを思ひおくかな。"

歌，可以感知父母爱子之情，感知父母之恩，也就自然祛除了不孝之心。此外其他诸事可准此理。总之，歌使人"知物哀"，益处多多。

八十

问：《古今和歌集序》有云："但见上古之歌，多存古质之语，未为耳目之玩，徒为教诫之端。"① 又云："专用作朝廷之政。"② 这些话说得都很对，您为何不赞同这样的论点呢？这岂不是随口臧否古人吗？都是古代先贤之言，无论怎样都应坚信不疑。古代的歌仙和类似歌仙的人所说的话，难道也有错吗？

答曰：关于上古时代的和歌专用于辅政或用作教诫，这样的记载完全不见于古代文献，古代和歌也绝不是为此而吟咏的。正如我在上文反复强调的那样，和歌的根本只是吟咏"物哀"，此外别无他用。至于和歌所具有的各种功用，那只是其本体之用，对"体"与"用"应该加以区分。

上述的《古今和歌集序》对这一点完全不知，把和歌说

---

① 出典《古今和歌集·真名序》。
② 此言不见《古今和歌集》真名、假名两序，是本居宣长根据两序有关文字所做的概括。

成是"人之教诫"、"国之辅政"之物，以此来概括上古时代的和歌，这是完全错误的。《古今和歌集序》将辅佑朝廷之政作为和歌宗旨，是从中国诗论中的有关论述中借用而来的。这在当时虽然无可厚非，但是以此来论述和歌的本质，很值得商榷，不能轻信之。

对所有古代先贤所说的话都应该加以思考辨别，不可盲从。要想一想这话的根据何在？是否持之有故？如果明明看出破绽，却以批评前贤有失厚道从而有所顾忌，替古人文过饰非、强词夺理，这种作法固然常见，实际上是只尊重前贤却不顾歌道之本，即使前贤的话有悖歌道之心，也视而不见，只在前贤脸上贴金，这就大错特错了，不仅于歌道毫无助益，也与古代前贤之所望背道而驰。

作为学者，与其重"名"，更应重"道"，见到错误之事，应大胆改而正之，使之不悖道心，这才是前贤所希望的。如果像有些歌人那样，对有悖歌道之论视而不见，只求不悖前贤，却与前贤之根本精神相违背。

至于认为古代歌仙所说的话不会有错，这实在是愚蠢之见。人麻吕、纪贯之等人不是神佛，不可能字字珠玑、句句正确。对此后文将予详论。①

---

① 后文并无相关论述，大概是此书为未完之作之故。

八十一

问：较之和歌，汉诗更能诉说世间道理、阐发事物本质，更能动人心、感鬼神、知物哀，但为什么您却说和歌优于汉诗呢？

答曰：有人这样说，是对诗歌的根本之意不甚了了的缘故。在中国，"诗"这种东西与日本的"歌"本质上完全相通，"诗"与"歌"都不能直接阐述世间道理与事物本质。正如我在上文所述，中国人喜欢自命圣贤，喜欢煞有介事，汉诗也受此影响，与其他书籍一样喜欢讲大道理，喜欢教训人，并时常以"诗"服务于政治。这一切都是故意使"诗"合乎物理，看上去头头是道，实际上却不能深深打动人心，更不能侈谈"感鬼神"。

可以举个例子来说明这个问题。

有两个完全无罪的人被捆绑并将被斩首，旁观者见此都很气愤，一个劲儿大喊："不要乱杀人！"并想夺下屠刀。其中一个人站出来对刽子手说："你不能草菅人命！"对其耐心讲理，旁征博引，试图将其说服。刽子手听罢也显出稍有认同之状，但却没有改弦更张，最终还是要斩。这时其中一个被捕者却显出一副满不在乎、从容赴死的样子，说："万事都是命中注定的，我这样死去，毫不足惜，只是对你这样惨杀无辜，我感到非常悲哀。我不明白。你这样杀人，会感到很幸福吗？"刽子手听罢更为生气，遂将他斩首。另一个被捕者则显出无限痛苦的样子，一个劲儿地抱头痛哭、泣泪涟涟，反复地说："求求您饶我一命，放过我吧！"此情此话，即使是铁石心肠，也会为之动容，于是刽子手对他放下了屠刀。

这个例子可以帮助我们认识"诗"与"歌"的不同。那些旁观者大喊："不要乱杀人！"这就好像是中国书籍中直接地教导人去恶行善一样；那个人站出来，对刽子手讲不能乱杀人的道理，就像汉诗通常所做的那样；那个听了这番道理也有所认同的刽子手，却认为这只是一般大道理而未受感动，没有放弃杀人之心。那位在被杀前大义凛然地站出来，道出豪言壮语的人，就好像是在作汉诗。他自己丝毫没有流露出悲哀之状，只是怒斥刽子手，并试图以此说服刽子手放下屠刀，但由于未能诉诸刽子手的感情，反而使之勃然大怒，适得其反。中国人的所作所为，与这一位被杀者都非常类似。只有最后那个人怀着无限悲痛之情，反复地说："求求您饶我一命，放过我吧！"这就好像是日本的"歌"，看上去软弱窝囊、虚弱无力，什么大道理也不讲。实际上，人在被杀死之前，谁都会有这样的感情。对这种悲痛之情不隐瞒、不掩饰，如实表达出来，看到此情此景，无论是何等铁石心肠的人也会心生怜悯，受到感动。将上文所列举的藤原兼辅的那首和歌联系起来看，对此会有更深的理解。

所谓"诗"，只是托物言情，讲述对父母尽孝的道理，听者虽以为然,但没有诉诸感情,难以触及内心深处。凡事若刻意为之,煞有介事,大讲道理,立意说教,反而难以打动人心,即使在道理上有所认同,情感上也很难被感动。

日本的和歌,正如上文所列举的例歌一样,并不讲述父母的恩情如何如何深、子女应如何如何尽孝道的大道理,只是将爱子之情自然而然径直咏出,使人可怜天下父母之心。不用讲孝道之理,即可直接感知父母恩情之深,从而悟得尽孝之理,由于从内心自然悟得,所以能够诉诸感情深处。由此可见,和歌较之汉诗,更能动人情、感鬼神。

八十二

问:要体察世人之心,探知事物本质,不必自己亲自作歌,只吟咏古歌就可以吗?

答曰:古人听到别人的歌都能心领神会,而至近世,只听别人的歌而自己不咏歌者,则很难对歌心有所体悟,仅仅得其皮毛而已。只注意词的用法之类,对于"物哀"之情就不能深刻理解。有时虽只是一两个字词之别,其情趣则迥然有异。粗略看去浑然不察,只有自己亲自咏歌才能窥得和歌的精微之处。

另一方面,如果自己不咏歌,只学习古代和歌的遣词造句,靠学问来读解古人之心,这样的人虽有学问,但难以深刻理解古代和歌之意。只有自己咏歌，读古歌时才能设身处地、感同身受。所有的歌均出自人的内心深处，看似平平常常的只言片语，有时也会隐含着无限的"物哀"之情，仅做字面的、肤浅的理解，怎能窥得和歌之深心呢？

八十三

问：当今之世，在咏歌的人中不解情趣者甚多，而不会咏歌而善解情趣者却也不少，所以有教养的人未必一定作歌。和歌作为一种可有可无的消遣，果真有那么大的用处吗？

答曰：随着时世推移，和歌和琴笛之玩、诸般游戏等被作同一观，被视为陈旧过时、稀奇古怪之物，人们都不愿作和歌，并予以舍弃，及至当今，对和歌有兴趣者越来越少。实际上，和歌和诸般游戏是很有不同的。

所有的生物都有歌咏的本能，而人思虑最深，在纷繁复杂的人间世界中，诸事百端，感物兴叹，时时不绝，所见所闻，必有所感。上古时代不必说，平安时代以降，咏歌者虽有高低优劣之别，但无论地位高低都以各自的身份赋物咏歌。这并非特意学习而得，而是从神代以来自然形成的风气，即使懵懂无知的婴孩也都以有节奏的啼哭声表达感情。而且不仅是人，那些有感觉能力的鸟兽虫鱼之属也时时发出美声，唱出自己的歌。作为人，却对歌道浑然不知，岂不是可耻的事情吗？

有人认为，即使不会咏歌也无关紧要。这种说法与不知物哀之趣的岩石草木有何不同？春日朝霞升腾，岁末雪映黄昏，世间何事没有情趣？面对花香鸟鸣却视而不见、充耳不闻，没有片言只语的感叹，岂不是很遗憾吗？面对大千世界，或为之喜，或为之悲，无论巧拙，只是将心中所思所想加以表达，在这尘世当中，还有什么比这更难能可贵吗？

不仅如此，正如上文所述，和歌有种种"用"，值得人们学习掌握，何况那些身负治国安邦重任者，不会咏歌则不堪其任，即使其他诸事都做得很好，若不作歌，则一生一世无以留名，死后万事皆空。因而，在外国，也把为文之道作为万世不朽之盛事。文之道，虽隔千秋万代，亦可世世相传，后人读之如见其人，与之同喜共悲。和歌之为"用"莫大于此。

八十四

问：和歌的宗旨是吟咏性情，而当今之世，许多和歌无病呻吟，雕琢词句，陷于伪饰，华而不实。这是否说明和歌已经成为无用之物呢？

答曰：和歌的宗旨只是将心中之"物哀"表现出来，而不仅在遣词造句。词必有文采，咏必有感情，方可称之为歌。这并非是故弄机巧，在情有不堪时吟咏出的词句自然就有文采,而靠这种有文采的美丽词句,胸中深情即可充分表达。听了这样的和歌,无论是神还是人都会被打动。晚近以来,有些人为了咏出让人感动的好歌,便对和歌之心与和歌之词都加以修饰美化,于是就出现了较多的"伪饰",最终发展到有词无心,有口无心。

随着时世推移,现在的人情、词语都发生了很多变化。虽说和歌只是将心中所思所想加以表达,但要将现在的人心用现代词语加以表达,那就会使和歌成为当下卑女和儿童所唱的那种小曲、流行歌之类的东西,这样就将失去了和歌应有的品格。这样的歌,即使表达了真实的感情,也不会有动人之美。因此可以说,以后世粗俗的"心"与"词",就难以咏出好歌,所以应该学习古人高雅的"心"与"词"。古人的"心"与"词"与当今多有不同,模仿古人看起来不免伪饰,但和歌原本是心正词雅之道,后世歌人向古人学习,当属自然之理。

八十五

问:咏歌就要以"物哀"感动神与人。然而人们只喜欢华辞美藻,而神则愿聆听人心之实(まこと)①,只以华辞美

---

① 日本人一般认为,神之道在于"实"或"诚"(まこと),神只接受人心之"实"。

藻表现"物哀",我完全不可理解。

答曰:中国人思考问题有一个习惯,就是喜欢对渺不可见的抽象事物讲一番应该这样、不该那样之类的大道理,以一己之心推测世间万物,对所见所闻都要讲出一番道理来,认为所有的事情都符合自己设定的道理,天地之间、万事万物概莫能外,而对于那些与道理稍有不合的事物,便加以怀疑,认为它不应存在。而我国也有人看惯了中国的书,很钦佩中国人的这种思维方法,并加以学习与模仿,以至于后来不学无术者也耳濡目染,认为世间一切事物都应符合如此这般的道理,把中国人的这一观念视为与天地共存的、牢不可破的真理。而认为日本的神只接受"诚实"(まこと),这一看法也完全是中国式的思维方法所致,很多人以为这是理所当然,实则大错特错。

实际上,天地之理绝非人的浅心所能囊括,无论多么智慧深广的贤人,都带有人心所难免的局限。古代中国圣人绞尽脑汁所思考的事情,后人难以超越,以至被人奉为金科玉律而坚信不疑,其实却完全不合实际,世上有很多事情都是他们的大道理所不能涵盖的。日本从神代以来就有各种各样不可思议的灵异之事,用中国的书籍难以解释,后世之人也将信将疑,于是按一己之心牵强附会,试图加以合理解释,结果更令人莫名其妙,并且也从根本上背离了神道。

日本的神不同于外国的佛和圣人,不能拿世间常理对日本之神加以臆测，不能拿常人之心来窥测神之御心，妄加善恶判断。天下所有事物都出自神之御心，出自神的创造，因而必然与人的想法有所不同，也与中国书籍中所讲的大道理多有不合。所幸我国天皇完全不为那种大道理所束缚，并不自命圣贤对人加以训诫，一切都以神之御心为准则，以此统治万姓黎民。天下黎民也将天皇御心作为自心，靡然从之，这就叫作"神道"。所以，"歌道"也必须抛弃中国书籍中所讲的那些大道理，以"神道"为宗旨来思考问题。

八十六

问：用当今的"心"与"词"吟咏和歌，听起来有亲切之感，也能引起今人的"物哀"之情，而古代的"心"与"词"虽然美而文雅，但却因时代久远，今人多有不懂。如何看待此事？

答曰：使人感知"物哀"是和歌的本质，为了通俗易懂而选择"心"与"词"，反而有悖歌道之心，因此追求"心"与"词"的端丽文雅才是和歌之"德"。如果不问"词"的好坏，只管通俗易懂，即使能使人"知物哀"，也不合和歌之"德"。普通的词语虽通俗易懂，但与和歌用词颇有不同，对此应加以仔细辨别。

要使和歌之词端丽文雅，就必须学习古代和歌。后世和歌的"心"与"词"多失于浅陋，拿当代之浅陋与古代之文雅两者相比，即便是无学无识的穷乡僻壤之人，即便听上去未必全懂，也仍然会感知到文雅之美，稍有修养的人，如何会以浅陋之词为美呢？

八十七

问：这样说的话，"词"的方面应该向古人学习，但要说"心"的方面也要向古人学习，则不敢苟同。因为语言随时代而变，或许可以说古词文雅、今词浅俗，但古今之心则没有根本不同，吟咏当今之心有什么不好呢？古人之心和今人之心难道有根本的不同吗？

答曰：一般而论，无论古人今人、外国和我国，无论尊卑上下，人心没有根本的不同，而是大致相通。然而随着时代变化，地方风俗各异，各人经历有别，从事的职业不同，其"心"也有种种差别。拿古代与现代相比，无论何事都有许多明显的差异。

当然，"心"固然也有不变的一面。具体而言，每个人和别人均有不同，即便是亲兄弟，性格心理也不会完全相同。而随着时世变迁，环境也多有改变，今人将所思所想咏为和歌，与古人的歌比较来看都显得卑俗浅近，甚至像是完全不同的东西。对于两者的差别，我们必须有足够的认识。对于和歌作者来说，认识今人之心与古人之心的不同是第一要务，认为古人之心与今人之心相同是非常错误的。要想吟咏优秀的和歌，不仅在"词"的方面，而且在"心"的方面，不学古人之雅是难以想象的。

由于古今人心多有不同，时代风俗多有变迁，所以今人如要进入歌道，就必须坚持不懈地潜心研读古代和歌集和物语文学，努力体味古人之"心"，诚恳追慕古人，才能逐渐学得古人之心，久而久之，就会以古人为友，与其亲密无间。咏歌时，古人的文雅情趣自然会从胸中涌出，原本完全不解风雅的人，也会寄情于风花雪月而感知人情物哀。这样吟咏的和歌就能完全脱去伪饰，只有心"诚"（まこと）而已。

这就是和歌之"德"，以此"德"可以改变当今浅陋之心，可以化为古代端丽文雅之情。学习古人看上去似乎不免伪饰，但最终却是为了走上诚实（まこと）之道。用词文雅，适当修饰，与歌道之心完全契合，咏歌之人要浸淫于古人的"心"与"词"，努力学习古人的文雅情趣，而如今有些人将径直吟咏所思所感视为歌之"诚"（まこと），实则不合歌道之"心"。"心"与"词"卑俗无法动鬼神、感人心，何用之有？

《新学》异见

香川景树[1]

一

《新学》[2]云:"古代的歌以'调'为根本,这是因为它是用来歌唱的。"

---

[1] 香川景树(1768—1843):江户时代后期歌人,他在创作和理论上推崇柔美的"古今调",反对贺茂真渊、本居宣长、平田笃胤等"古学派"的复古主义,体现了由传统向近代转型时期的某些特点。他的名文《〈新学〉异见》写于1812年,是对贺茂真渊《新学》一书的批判。该文将《新学》的初章(相当于绪论部分)拆分为十四段,逐段剖析批驳,从而申明自己的歌学见解。强调和歌是时代的产物,是不同时代的人的感情的自然而然的率直表现,具有不可重复与不可模仿性,不同的时代有不同的时代的和歌,因而现代人不必模仿古代和歌;《万叶集》的阳刚歌风与《古今集》的阴柔歌风,都是时代使然,各有千秋,不能厚此薄彼。
《歌学提要》(1843)是香川景树的弟子内山真弓(1786—1852)根据自己及其他同学的听课笔记整理而成的歌论文章,将香川景树及"桂园派"关于和歌的主要理论观点分为十八个方面,做了系统的概括与表述,强调了和歌出自"诚实",和歌是"感物兴哀",主张使用日常语言表达所思所想,反对拟古歌风。

[2] 《新学》:贺茂真渊的"国学"入门性著作。

景树按：古代和歌的"调"与"情"是和谐统一的，原因无非在于古代人的单纯的"真心"。发于"真心"的歌与天地同调，恰如风行太空，触物而鸣。以"真心"触发事物，必能得其"调"。这可以以云与水作比喻，云一旦生成并在空中飘游，一朵朵云彩看上去像是低垂的花朵，而横飘的云彩则像是妇人的围巾，重合在一起则如同崇山峻岭；而水一旦流动，水面就起波纹，汇成深潭则呈碧蓝色，明净如镜，而激流涌动时则激起串串白色浪花。云与水就是这样千变万化，然而这些并非是有意为之，云只是随风吹而动，水只是随地势而流，而呈现种种样相。和歌也是如此。短的歌称为短歌，长的歌称为长歌，所见所闻，无非反映万事万物本来之性状而已。情就是客观事物的反应，如此而发生的和歌，自然而然就有了"调"。如人工刻意为之，是不可能创造出无与伦比的韵律来的。天地之间，不出于"诚"的美的事物并不存在，只有本于"诚"，才能有"纯美"的事物产生。因此可以说，古代和歌的"调"是自然具备的。认为"调"是有意识地创作出来的，那就大错特错了。《新学》与我的看法，似是差之毫厘，实则谬以千里。

关于古代和歌的所谓"歌"，是拉长声调加以朗诵的意思，决不等同于现在所说的音乐节奏。将声音加大加重而一吐为快，似乎就是"歌"的本义。在公堂上诉讼的那个"诉"字，意思也是将心中的委屈倾诉出来，原本也是"长叹"的意思。将鸡叫称为"歌唱",也是因为鸡将其鸣声拉长了的缘故。还有,因某事而闹得满城风雨,也可说成"歌起四方"①,也是"歌"的古义的遗留。因此,有意识地以大声、长声,将自己的感情与感叹表达出来,就可以称之为"歌"。到了后世,人们习惯于只将有意识地歌唱称之为"歌",认为所谓"歌"一定要有音律节奏,实际这不是"歌"之原意,而是其派生来的意义。像那样配上曲调偶尔"歌"一次,也决不是"歌"的原意。在古代,人们眼有所见,耳有所闻,心有所动,便放"歌",但那种"歌"并非都要配上动听的旋律。因而后世的"咏"字,或许就相当于古代的"歌"的意思吧。当然,古代也使用"咏"字,而《新学》却断言古代的"歌"都是用来歌唱的,那就必然陷入了对"歌"字的误解。

二

《新学》云:"所谓'调',概而言之,就是将舒畅、明快、清新、或者朦胧晦暗等各种感觉与感情加以音乐化,再冠之以崇高纯正之心,而且崇高中又有优雅,纯正中又含有雄壮。"

景树按: 所谓"概而言之,就是将舒畅、明快、清新……"云云,指的实际上就是各种各样的"调",都是从

---

① 歌起四方:原文:"世にうたはる",没有对应的汉语成语。

四季的变迁，天地间的生命律动所产生的；另一方面，所谓"冠之以崇高纯正之心"，应该是指古代人的淳朴天真之心。关于这个问题，我将在文章最后论及。

三

《新学》云："基于上述道理，作为万物之父母的天地，生出春夏秋冬四季，因而天地间的一切事物都因四季而有所不同，一切都对应于四季之分，而出声歌唱的'歌'也不例外。而且，春夏之交，秋冬之交，又含在四季推移中。而歌之'调'也对应于四季交替，而产生了丰富变化。"

景树按： 这一段话是以天地的运行为依据，来解释歌之"调"的产生。这与我在有关文章中的看法似乎有所接近，但他只是满足于表层的逻辑，而不是基于自我体验的由衷之言，而且前后的观点并不统一。一切高谈阔论，如果只是泛泛而论而无实际内容，那就如同望风捕影，只能让初学的读者感到困惑。这样的空论有什么可靠性呢？为了避免贻误读者，我只有将自己的看法说出来。

四

《新学》云："要得知古代的状况，如今我们可以从古代和歌的'调'中加以了解。从'调'中可以看出，古代的大和国①是男性化的，那时女人也带有男人气质，因而《万叶集》的歌风是男性的歌风。而此后的山城国②则是女性化的地方，男人也带有女性化特点。因而《古今集》的和歌属于纤细的女性化的歌风。"

景树按：说大和国的歌风是男性化的，山城国的歌风是女性化的，不唯耸人听闻，而且似乎颇有些道理，而为一些读者所认同。然而，倘若此说果真可靠，那么到了后世，大和国也仍然应该是男性化的，而即使是在古代，山城国也应该是女性化的。然而实际上，在古代，无论是大和国还是山城国都是男性化的，到了后世两地又都变成女性化的。这是什么缘故呢？按《新学》的逻辑，这岂不是咄咄怪事吗？而且还有一个问题，把强力坚韧作为男性的特征，把温柔纤弱作为女性的特征，也是不能令人信服的。这只是因时代的变迁所产生的变化。《万叶集》时代以质朴强健为时代特色，《古今集》时代则重文采、偏轻柔，这都是时代变化使然，而不能仅仅局限在大和国或山城国一两个地方而下结论。文雅而又追求"文华"，自然形成了都市风气；而强健质朴的倾向，自然形成了乡村的风气。那时人们不加任何伪饰，本色

---

① 大和国：日本古代地域名称，今奈良县境内，日本古代文明的发祥地之一，后亦以"大和"代指日本。

② 山城国：古代地域名称，五畿内之一，今京都府南部一代。

天然。因而，"文"与"质"总是自然地表现出来，并非刻意的选择。因此可以说，是时代造成了不同的歌风与特色。强健的时代歌风就显出强健，而其中女性的歌仍有女性风格；温柔纤弱的时代就显出温柔纤弱，而其中男性的歌却有男性的特点。两者的差异是一目了然的。因此，在对古今歌风进行比较论述的时候，以男性女性来作比喻，只能令人困惑，是不可取的。对这个问题以下还要触及。

五

《新学》云："《古今集》在对六歌仙进行评价的时候，是将悠闲和清爽的风格作为标准的。"

景树按：这段话是指《古今集·假名序》中"僧正遍昭也，歌姿雅正，而'诚'有所不足"一语而言的。然而《古今集·假名序》的这一评价是对"六歌仙"的整体比较而言的，批评僧正遍昭在"诚"的方面所欠缺，另一方面又肯定了他的歌姿之雅正。《假名序》作者并不是将僧正遍昭一个人的歌风单独抽出并作为普遍的标准。因此，这并不意味着对僧正遍昭之外的五位歌仙的歌风不予首肯。其他五位歌仙当然都有自己独特的歌风，只是《假名序》中特别就僧正遍昭的"歌姿"加以评论而已。只要读一读僧正遍昭的歌，就明白这样评论是有其道理的。僧正遍昭的歌风清爽，但并不给人以悠闲之感。

笼统地说古代的歌风是刚强的，后世的歌风是悠闲的，是不全面不准确的。不过，说古代的歌是刚强的，后代的歌是清爽的，从一个角度看也不无道理，但《新学》在这方面的看法缺乏根据，应予以辨正。

六

《新学》云："《古今集·假名序》将刚硬视为土俗气。"

景树按：这句话是指《假名序》中"文屋康秀之歌，用词巧妙，而歌姿与内容不甚协调，如商人身穿绫罗绸缎"一句而言，又指"大友黑主之和歌带土俗气"而言。《新学》认定《古今集·假名序》对文屋康秀的歌风有所贬低，其实不然。《假名序》中的评论，只是说康秀的用词过于华丽，"心"与"实"不甚相符，却没有贬低的意思。至于用"商人"一词来比喻康秀，则是《古今集·真名序》中所谓"其体近俗"看法的承袭。《假名序》所贬低的，只有大友黑主的歌。黑主的歌在缺乏实感方面与遍昭有所相似，但整体风格上却有很大不同，确实带有明显的"土俗气"。《新学》将"土俗气"与"刚硬"合为一谈，虽不是完全不得要领，但将康秀的重视修饰与黑主相提并论，则是完全没有道理的。《新学》的看法，并不是从歌人的全部作品得出的结论，而是与前人的评论亦步亦趋。

毕竟古代是万事质朴自然，从后世平安王朝繁盛荣华的立场去看，古代天皇从行为到宫殿的建造，都带有土俗气。所以，古代的歌带有土俗气是理所当然的，虽然在艺术表现上还有许多粗鄙之处，却不能说古代和歌的内容没有价值。所谓"粗鄙"也是基于后人的价值观做出的评论，却不是古人的错。古代"歌仙"的作品也常有粗鄙之作，但那是时代使然。大友黑主的歌在文化进步的后代看来是粗鄙的，但与其他古代歌人合于时世的作品却有差异，同样是"粗鄙"，两者的风格也大不相同，只要将黑主的歌与他人的歌放在一起吟咏，就会感觉判然有别。打比方说，古代和歌的粗鄙的表现手法是说冬天冷，这是季节的实感，是真实的感受；而黑主的和歌的粗鄙则表现在夏天过后就说"冷"，这与那个时代的普遍的感受与表现是不协调的。但在说"冷"这一点上，与别人是一样的。我们应该区别两者趣味的差异。

七

　　《新学》云："不能以自己的地域性时代的歌风作为理想的歌风，而去衡量整个古代的和歌。"[1]

---

　　[1]　这是贺茂真渊在《新学》中的一段话，是对《古今集·假名序》的批判，认为《假名序》的作者用自己出生地山城国的女性化的和歌风格，来衡量大和国男性风格的和歌。香川景树在下文中认为这是对《假名序》的曲解。

景树按：不认可自己所处时代的歌风，就能将所有时代的歌风都视为应有的歌风吗？说什么"不能以自己的地域性时代的歌风作为理想的歌风，而去衡量整个古代的和歌"。实际上，《古今集·假名序》中有云："神治时代，和歌音律未定，歌风质朴，所言至今已难解矣。"在评介后来的歌人时，《假名序》说："柿本人麻吕者，为和歌之仙也。"又说："有名为山部赤人者，歌道精湛，妙不可言。"还说："除此之外，历朝历代，优秀歌人层出不穷。"这讲得岂不很清楚了吗？特别是将人麻吕与赤人视为歌仙，表现出了对于古代歌人的深深的崇敬。

八

《新学》云："事物因四季不同而有种种变化。然而如果像《古今集·假名序》那样来判断的话，则只有令人想起春季的温和感的歌风才是可取的，而具有夏季、冬季的歌风就应抛弃，那就只有变成女性化的歌风，而厌弃男性化的歌风了。"

景树按：和歌的内容与形式表现因作者不同而有种种差异，是理所当然的。所以，《古今集·假名序》中对人麻吕、赤人等六人的各自的不同特点加以评点，指出其长短优劣，难道不应该吗？而且，《古今集》中有"俳谐歌"这一特异门类，也有"大歌所"之歌这一类带有古风的作品。奈良朝的作品收录的显然也相当不少。可见,《古今集》并没有只选那些温和风格的作品。

整部《古今集》与《万叶集》的不同,只在于它体现了当时的时代潮流与特点,而这与编纂者歌人的意愿并没有关系。只以对遍昭一个人的评价为根据,而断言《古今集》不取缺乏清爽感的歌风,那完全是对《古今集》的无知。而且,独尊所谓"刚硬"体,就无异于只选取凛冽的冬季风格的作品,而抛弃春秋季节之风格的作品,只要男性风格而抛弃女性风格。而另一方面却又主张季节不同而歌风各异,这就自相矛盾了。

九

《新学》云:"古代天皇相继在大和国建都,那时天皇外表上威严可畏,而实际上却宽厚仁和。天下大治,国泰民安,人民尊崇天皇,民心朴素率真,此风代代相继。自从迁都山城国后,天皇的权威逐渐削弱,人民也只知曲承奉迎,心地不再质朴。人们不禁要问:原因究竟何在?我认为其原因在于:大和时代的男性风格丧失了,而变成了女性化的感受性的东西,而且由于中国文化的流行,人民对于皇上不再敬畏,心地也不再质朴直率。由此,春天的温和,夏天的酷热,秋天的骤变,冬天的寂寥,种种的丰富性没有了,一切事情都不再充分完满。"

景树按：这一段所论述的，是天皇乃至政治的问题，对此加以评论自然要有所顾虑。当然，对于政治上的是非，我等完全懵懂无知，只是就有关和歌问题的疑点略加评说，议论只限于和歌。

一般而言，无论政治还是和歌，古今没有本质上的变化。由于种种原因，后代比前代更好些，这样的情形不是没有；相反地古代比后代的好，这样的事物也不少见，这都是历史发展中的必然现象。从大处着眼，可以看到有些事物自古至今没有变化，而有些事物后代比上代要好；从近处细看，往往看不到事物有古今不变的一面，只觉得眼前的事物都比不上从前。

一〇

《新学》云："《古今集》问世后，人们认为柔和是和歌的本质，而鄙视男性风格的刚强的和歌，这是一个很大的错误。"

景树按：所谓"男性的刚强"，大概指本色天然、阳刚质朴的风格而言吧？鄙视天然质朴的东西，也是合乎常理的，为什么说这就错了呢？将质朴的东西用男性风格作比喻，将柔和的东西用女性风格作比喻，搞成男尊女卑，只会引起逻辑上的混乱并误导初学者。使用通常的刚与柔、文与质这样的对立的范畴，还不能充分加以区别，于是就以男性、女性来作比喻，认为这样可以把话说透了。然而，如果暂且不用男女来比喻，而用别的事物作比喻的话，那就可以说，公卿贵族的正式的衣冠束带是柔弱的、可以鄙视的，而配以刀枪和盔甲的武士的姿态是刚强的、尊贵的。请问天下有这样的道理吗？

一二

《新学》云："要以男性阳刚之心来读《万叶集》，而且在作歌时要模仿《万叶集》并努力与之相似，久而久之，和歌的'调'与'心'就会得似于《万叶集》了。"

景树按：这简直是奇谈怪论！和歌，是在感情的表达中自然成"调"，这当中没有理性介入的余地，怎能老想着得似于古歌呢？老想着得似于古歌而作出来的和歌，是矫揉造作的东西。而且即便想得似于古歌，实际上也不可能。自以为得似于古歌了，那完全是一厢情愿的幻觉。毕竟，和歌之调，是从天地律动当中产生出来并变化着的，逐渐形成属于某个时代的歌风。另一方面，每个人的性情不同也决定了歌风不同，这与每人的长相各有不同是一个道理。虽然每人的歌风有所不同，但每人都不可能脱离时代的总体风格。以纺织品来比喻的话，个人的个性及其歌风是纵线，而时代风潮是横线，然后基于天地律动的节奏旋律而作成织物。有时织出锦绣，有时织出粗布，纺织方法有所不同，但都属于那个时代的样式，无论是锦绣还是粗布，都是由时代之手所织成的。所以，时代的歌风不是以个人的意志为转移的。自以为可以得似于上一个时代的歌风，实则不可能。而将和歌的创作，与读和歌而了解时事推移，与陶冶性情等混为一谈，也是彻头彻尾的误会。

倘若某一地方的时代风气是女性化的，那个地方的和歌也自然是温柔摇曳的女性风格，这是那个时代的真实的表现。硬要别人学习男性风格，要别人模仿《万叶集》，就是教人违背真实、不要诚实。这是很可怕的。如果按这样的诱导而作歌，那么久而久之，不知不觉间就会堕入观念的、虚幻的世界而失去真心，最后必然罹患狂疾，作出来的和歌必然如同鸟兽之语，让人莫名其妙。本来所谓"歌"，就是让人一听就懂，不能令人费心思忖，不能使人困惑难解。当今的和歌，应该使用当今的语言、当今的调子。只是由于歌人秉性不同，而自然而然地具有"万叶风"、"古今风"、或其它种种歌风。但这一切，都不会超出时代的歌风，它们表现的不是"万叶风"、"古今风"，而是时代的风格。现代歌风的特色，等到下一个时代歌风变化之后再加回顾，会看得更加清楚。

一二

《新学》云："应该努力模仿《万叶集》，但《万叶集》中选材很精的卷并不多，大多数卷只是各家作品的合集，也有不少拙劣的歌及拙劣的用词。所以，在学习模仿的时候必须选择其中的优秀之作。从中选优并不容易，可以根据上述的'调'来选择。还有上句好而下句差的歌，那就只学上句而舍弃下句。在去粗取精方面最拿手的，是镰仓的右大臣实朝公①。要多看多钻研他的作品。"

景树按：我在上文中已强调，歌只是自己心情的表现，此外别无其他。没有谁的歌可以作为榜样以供模仿，镰仓右大臣的和歌对于有志于和歌的人没有阅读的必要，更不用说模仿了。阅读古歌并应加以尊重的，是古人的真情实感，是对人情世态的表现，是对治乱兴亡的反映。读古歌而解其意，不待他人教诲而自能修心养性，自己作歌的时候，也能学习古歌中所反映的古人的率直真诚之心。然而，如果像镰仓右大臣那样全盘承袭古歌之调，袭用古歌用词的话，那么后人读之，有人可能会赞赏其得似《万叶集》，也有人会鄙之为矫揉造作，伪情欺世。鄙视之，无可厚非；赞赏之，则弊害无

---

① 镰仓的右大臣实朝公：指源实朝（1192—1219）。

穷。这是需要加以注意的。那些写汉诗的日本人,脱离自己所生活的时代风土与语言,而专事模仿中国风。而模仿古歌,则与这些诗人的方式方法一样,岂不是大错特错吗?!

一三

《新学》云:"……虽说如此,《古今集》也值得读。该书主要是女性化的风格,其中也有不少佚名的作者及其作品,属于奈良时代的,也有的是后人稍加改动而成。进入平安王朝时代后,迁都以后三代天皇的时期,仍然保留着上代的风习,和歌中也有一半属于古风。所以,《古今集》中那些佚名作者的作品中,优秀作品较多。此后的时代,和歌讲求修辞技巧,表现也更为复杂细腻,这样的和歌应该剔除。编纂这个集子的时候,编者对作品就有所选择,但现在要回归古代学习古人,就需要进一步加以选择。"

景树按:《古今集》的和歌表达复杂细腻,是时代的必然。决不像这位"古学家"想象的那样,是有意识地故意将和歌写得那样复杂细腻。而且,和歌表现内容的复杂也是必然的,也绝不是像一些和歌专门家的那样故弄机巧。在《古今集》中,细腻和复杂的表现都是真心之表现。至于有意识地学习古歌、返回古代,正如我已经说过的,《古今集》中是绝对没有的。因此,不能在《古今集》中选择一部分而去掉一部分,《古今集》只是表现了它那个时代的感情。在和歌中扭曲自己的感情,而一味露骨地追求和模仿古调,是绝对不可想象的。

一四

《新学》云:"以上的东西学完了以后,可以再读《后撰集》《拾遗集》《古今六帖》,还有一些古物语书。由此而上溯到古代,读《古事记》《日本书纪》,还有《续日本纪》的《宣命》《延喜式》的祝词等,这些文献典籍都读完,那不只是会写和歌,自然而然地连古代的散文文体也掌握了。"

景树按: 这一段所列举的各种典籍,对于有志于学的人,都是应该涉猎的。但把这些作为现代和歌创作的指导书,则是完全无用的,这一点我已经说过。

散文以表达思想为本,和歌以抒发感情为要。如果将散文比作花儿,那么和歌就是花香。花可以描摹,而芳香则无可言喻。我们必须清楚两者的差别。散文也是时代的产物,古今有所不同。所谓"宣命"①、"祝词"②之类,还有各朝代的

---

① 宣命:古代天皇用日语写成的诏书。
② 祝词:日本古代祭神文辞,主要是直接口诵,也有一部分保留在文献中流传下来。

和歌集的题词、后来的物语或者日记、纪行之类的，通读之后，其时代特色自然就会明白。既然我们知道古代的文化有古代的特色，却要在现代复活它；既然我们认识到现代有现代的文化，却要学习古代，而古今的文章都以条理明晰为要，使用自己都难以理解的古词古语来表达现代的思想，结果只能是圆枘方凿，令人不知所云。所以，不能舍弃现代文体而追求古代文体，这样做既没有先例，也没有破例的理由。散文与和歌不同，需要表达理智的思考，其文体是因时、因事而自然形成的。散文文体需要学习，学习就需要得要领。脱离现代而模仿古代文体是不可行的。对此我在论述和歌问题时已经多有涉及，可参照。

本来，我应该从头到尾将《新学》加以全面批判，但思忖再三，觉得《新学》后面各章所论问题皆属细枝末节，十分烦琐，因而不予置评，只选取其概论性质的首章加以评析，其余可依此推知。

歌学提要

香川景树

一、总　论

大凡人心，感物必有声。感动之时，其声永。其永之声，则为歌。后世有人认为只有具备节奏者才是真正的歌，这是本末倒置的看法。

歌之为歌，惟在嗟叹。极而言之，"啊"、"呀"之类感叹，不能不谓之歌。虽说没有修饰、没有文义，但闻者所感，却在其声。

如今所谓"调"者，并不是人为制造出来的"调"，而是自然发出之声。同样是"啊"、"呀"之声，别人听来可分辨出是喜悦之声，还是悲哀之声，姑且将此称为"调"。歌者与听者相互感应，专在此"调"，而不在其"理"。懂得这一点之后，则可明白莺鸣蛙语其实也是歌。不过，由莺鸣蛙语进一步类推，认为风声水音亦算是歌，那就混淆了生物与非生物的界限。歌只是吟咏性情，倘若将此非情之声而谓之歌，则任何声响都可以称为歌了。想来，所谓"调"者，乃是植根天地，贯通古今，横亘四海，统摄异类之物。随时世推移，语言逐年有变，而且贵贱有隔，雅俗有异，没有定则。后世有人以为缀之以词者，才称其为"调"，乃本末倒置，其实大谬不然。

世上谁不思考？谁不言语？思者言者，一时一刻没有停息。其思之极，其言之限，无穷无尽，不可计数，诚为可叹，不可思议。

芸芸众生，孕于天地，生于世间，譬如朝露，倏忽即消。而身居高位者，不少人以为歌乃高堂大殿之物，此乃大错特错。须知咏歌之事，只以大和言语，遵循自然，种花得花，一旦学得，欲罢不能，不可或止。连那些古代海上渔夫、山中伐木之民皆能咏歌，吟歌有何难哉！

有人以为，和歌难以动天地、感鬼神。这是很愚蠢的想法。其实此道理是人人都应明白：引譬设喻，讲大道理，有时反而不能言志达意；而吟咏男女之情、抚慰武士之心，则人皆乐闻。人心可感，鬼神岂能无动于衷？应诚情①而发，何物不可感动？

和歌非玩物，乃被玩之物。而公卿大夫，却视和歌为玩物，遂导致歌道渐衰，岂不可悲？

饮食、男女、言语，乃天下之三大事。饮食绝则性命丧，

---

① 诚情：原文即为"誠情"，意为"情之诚"或"诚之情"。

男女断则人伦丧,言语无则万事不通。而和歌的言语最为精微,以此可感天地、动鬼神,何况忘忧叹、拂愁绪、慰心灵!有人因和歌而得以免罪、死里逃生,有人因和歌而平步青云,如此之类,并不少见。和歌之功,岂不大哉!

历朝历代虽皆有敕撰和歌集,但初学之辈,应该从《古今集》读至《千载集》,其余不必耽读。《万叶集》也应潜心研读,但当以《古今集》为主。假如对各种和歌集的特色做一比喻,则《古今集》之歌是自然之花,《新古今集》之歌是剪枝去叶之花,《草庵集》等或许就与纸花无异了。只要认真辨析,就会看出其间的差别。纸花不论如何艳丽,都不免人工造作,唯形与色尚有可观,因并非出自天然,便没有馨香。其他诸事,道理相同,况且和歌本来就是天人同一,芳香相通者。

和歌与功名利禄无涉,只是令人心游神仙之域。有人认为,倘若以"义"求之,和歌与性理[①]较远;有人则强调和歌要有"稚心"。诚然,和歌如实表现人心之"诚实",则一如赤子小儿。但俊惠法师[②]关于"歌要有稚心"的论述,则有强调过分之嫌,许多人受其迷惑。倘若一定要和歌表现"稚心",则不免强求他人,都来表现"稚心"也会陷于雷同。舍

---

① 性理:原文为"性",指抽象的性理。
② 俊惠法师(1113—?):源俊赖之子,歌人,著有《林叶和歌集》。

弃稚气之词，当有可观之处，但对"真心"的表现则又有所不足。

和歌有所谓"禁制之词"①，那都是后世一些人的私自杜撰，古代完全没有。

无论多么微细的小事，也应如实表现。我将我的所思所想，用我自己的语言表达出来，为何要看他人脸色？又怎能妨害到他人？认为和歌只是做给别人看的，这种想法完全错误。和歌只是抚慰忧伤，叙说感慨，排遣寂寞。因此它应该远离功名利禄之念，只管抒情言怀，其意深，其情切，方能感鬼神。何况人间哀叹，缘何不能抒发表达？

对那些"都都"（つつ）、"哉"（かな）②之类的词是否需要弃用，需要有所分别，不可过于拘泥。此事当另作详论。

歌有主题词，例如柿本的"朦胧明石浦"、在原中将的"春寒之夜无月亮"、纪贯之的"风吹樱花散"等，都是主题词。这些主题词如果是无心而咏，将更为索然寡味。对此藤原定家③也有所论及。

---

① 禁制之词：原文"制词"，指和歌中为避免与前人重复等原因而回避使用的一些词语。
② つつ、かな：分别是日语中接续助词和叹词。
③ 藤原定家：原文称为"京极皇门"。定家在其《咏歌大观》中有所论述。

有人将古人秀歌中使用的一些词语大量地列为禁制之词，则是定家卿所始料未及的。① 后世则有人认为"禁制之词"的规定出自朝廷，其实不然。这种看法比起将和歌视为劝善惩恶之道，背离和歌更远。制定什么"禁制之词"、确立什么"某某家风"、某某格式，杜撰一些莫明其妙的法度规则，蛊惑世人，岂不令人悲哀吗？

　　也有人将咏歌视为一种技艺，这完全是糊涂的看法。天地开辟，神人化生，不能无性情。一任性情发动，而自然付诸咏歌，所以此道不曾有一时废绝，且与技艺不可同日而语。所谓技艺，无论何种技艺，或留住其声，或学习其法，或模仿其形，均以似其师为宗旨。和歌则不然，一任心之所往，无法无式。何况模拟古歌，学古人面目、追先师之风，则很快就会沦为赝物。若取其词，则被谤为小偷；若夺其意，则罪过尤重；若掠其句，则被斥为强盗。倘若一味专心遣词，则容易落入语言技巧，如同纸花；倘若语言不加文饰，则难以感人，失去了和歌的功能，和歌也就没有什么可学的了。因此之故，才艺达人、博学之士，都以学习和歌为难事。不过，去除名利之念，唯以性情之"诚"为宗进入和歌之道，何愁不能登堂入室！

　　古代俗语，即为今世之古语；今之俗语，也将是后世之

---

① 列出"禁制之词"，是藤原定家死后，藤原为谦等人之所为。

古语。古语可学，但不可说；俗语可以说，但不可学。然而近世兴起所谓"万叶风"，喜欢使用世人听不懂的词语，实则是一种乖僻的行为。《万叶集》的和歌、宣命、祝词等，当时的人听起来毫无障碍。因为那是当时的俗语。今日之歌，千年之后，亦复如此。而现在却有人厚古薄今，主张使用古代语言，实际上，古代语音之清浊尚且不辨，加之时世推移，语言流变，今人如何能够使用古语？试图取古调、用古言、返回上古时代，岂不是可悲可笑吗？

　　模仿千年古人，虽然不奢不费，但后患却大。纵然可以返古，却背离今世，意欲何为？历朝历代敕撰和歌集，有多少雷同？斗转星移，风俗变迁，皆非人力所能干预。如要返古，就如同堵塞流水，能够留住何物？结果必然是洪水四溢，愈加浑浊，泛滥不可止，永世不得清流。

　　以古语为雅，而以日常用语为俗，轻蔑而不屑用，正如人嫌弃自己的身体，自己的身体虽讨厌之而不能舍，日常用语虽不屑之而不能不用，身处现实生活中不能无歌。倘若遁世于深山幽谷，修炼寂然无为之功，无欲无念，或出家而放浪形骸之外，要和歌有何用处？《古今集序》早就说过："人生在世，不能无为，诸事繁杂，心有所思，眼有所见，耳有所闻，必有所言。"又说："荣枯盛衰交替"，"或以南竹自况，诉人间苦楚；或以吉野河作比，感叹爱情虚幻"。倘若离群索居，舍弃身体，如何能够感而哀之？身处日常生活而使用日常俗语，犹如虽嫌弃身体而使用身体。文章与和歌，雅俗原本在于音调不在言语，神代之歌是神代之日常用语。《万叶集》与《古今集》之歌，是自大泊濑宫①至延喜时代之日常用语。而只以古语为雅而不取俗语，岂不幼稚可笑吗？今之俗语，千年之后，当为雅语无疑。只要能表现"诚实"之心，何种语言不雅？当然，故意以粗鲁之言表达"诚实"，则不足为训。此事另当别论。

　　出自诚实而为歌，即是天地之调，如空中吹拂之风，就物而为其声，触物而成其调。触物而感动，即发于声。感动与音调之间，间不容发，惟有直抒胸臆。如此出乎自然之调，虽未经用心，反而巧妙天成，如有神功鬼斧，其调奇妙，无与伦比。天地之间，没有比出于这种"诚"更真实更精微的东西了，也没有比这种"诚"更纯美的事物了。从这"诚实"的深处发出的音调，不待人力而动天地，不假性理而感人伦、泣鬼神。试看当今，世间所谓之歌者，弄花吟月，微末之情，动辄夸大为至悲至欢，此种情形古代和歌中常见，此乃过分使用雅言，又刻意耸人耳目所使然。如此，则少有不失"诚之心"者。吟咏和歌而不能感物而哀，亦奚何为？

---

① 大泊濑宫：指雄略天皇时代。

二、雅　俗

雅俗在于音调，而不在于用词。鄙弃日常俗语，只以古语为雅，不足为训。所谓雅言，岂不就是古代的俗语吗？何必要弃今而求古呢？

和歌只是吟咏性情，别无其他。离开自己所身处的现实生活，就失去了"诚实"。那种"心求高远、词求华美"的想法，是大错特错的。

调有雅调，也有俗调。在雅调中也有程度之别。最雅的调具有最好的感兴效果，最好的感兴效果是最动人的效果，而不在于处心积虑追求"幽玄"。这一点非笔墨所能尽述，请读《古今集》，对此可有领悟。

三、伪　饰

和歌只是表现所见、所闻、所思。思有长短，思之短者吟短歌，思之长者吟长歌。或粗豪、或优美，千姿百态，各有其调。听者或忧或喜。倘若刻意新人耳目，则其调必乱。所谓"思无邪"，就是指此而言。

然而如今的歌人，却将无聊之事加以伪饰，使用古语，求新奇险怪之比喻，做种种修饰润色，却因此而失去了动人之"哀"①和"诚实"之心，毕竟只如纸花而已。

更有甚者，还有不少人模仿古歌的语调，盗用其意境，窃取其用词，却显示出富有新意的样子。这可以暂时欺骗初学者，如何能够蒙混方家法眼？请三思之！

四、精　粗

和歌是日常用语的精微化，在日常用语之外求和歌用语，无异于缘木求鱼。所以不必挖空心思立其意、千方百计寻其词。

和歌吟咏，贵在感兴，不应让人听上去莫名其妙。有人喜欢使用今世无人能懂、皓首穷经者尚不得解的词语，洋洋自得地认为这才是和歌，实则浅薄无聊之甚。他们认为和歌只是讲道理给别人听，却忘记了感天动地才是和歌的妙用。无论何种艺道，过分处心积虑、刻意为之，必然缺乏感人之力。

然而，和歌也不是浅陋直白之物，其间的高低优劣，判然可辨。虽说以区区有限的词语，难以表达深意，但和歌具有"精微纯一"的特点，可使不可言喻的深意包含在语调中，无论神灵还是凡人，听之必受感动。"粗"者与精微者相反，

---

① 哀：原文"あはれ"。

自不待论。

又，如今的一些歌人，对"调"不甚措意，而在辞穷的时候，却随便使用"枕词"，或者将"けふ"写成"けふし"①，或将"いつか"写成"いつしか"②，此种例子举不胜举。这种随意的粗劣做法，如何使人感物兴哀③呢？虽然是同义词，但有一个音节的增减，其"调"及其表现的内容，都会大有不同，何况还有简繁的差别呢！词语简繁的不同，语气就有不同，语气不同，在表意上就难免会有差异。简繁会造成表意的差异，今人多有不知。这可以说是"粗"的表现。具体当另文详论。

五、强　弱

人心随外在事物而有所变化，和歌的风格也千变万化。然而，强就是强，弱就是弱，华丽就是华丽，伤心就是伤心。情感、文脉必须前后相通，强弱、缓急更不能相互混淆。无论是吟花还是嘲月，感物兴哀都有深浅之别。因有深浅之别，

---

① "けふ"、"けふし"都是"今日"的意思，有时和歌为了凑足音节，可以从中选择。
② "いつか"、"いつしか"都是"何时"的意思。
③ 哀：原文"あはれ"。

则吟咏出来的和歌有"亲"与"疏"之差①。正如撞钟,因力度大小不同,而音响大小也不同。

又,如今一些歌人先口头吟咏,再写成文字。写成文字是为了阅读,阅读的时候就有意义的理解,就关涉到义理。而关涉到义理,便脱离了"调";脱离了"调",则缺乏"感哀"②,也就失去了吟歌的妙用。这是由于对"调"的重要性有所忽视的缘故。

不仅如此,有人对强弱之句也分辨不清,将此句换上彼句,就如同在华贵的官服里头穿上寻常的布衣一样,或者像是在漂亮的礼服上面套上平民百姓的服装。不伦不类,莫此为甚!

六、意 向

咏歌追求某种"意向"③,是多余的事。优秀的古歌哪有什么"意向"?藤原显辅卿的"秋风吹浮云",什么意向也没有,只是吟咏了日常的景象而已。这首歌已经距今七百余年,

---

① "亲"与"疏"是日本传统的歌论用语。有"亲句"、"疏句"之说,指的是和歌中五句之间的联系与衔接的紧密程度。

② 感哀:原文"感哀"。

③ 意向:原文"趣向",指的是在吟咏和歌中刻意表现某种主题或意义。

面对明月，我们仍会自然而然地想起这首和歌来，难道不是不可思议的事情吗？现在我们只是举出这一首提请读者注意。这首歌所吟咏的情景谁都知道，谁都能说，但一旦说出往往觉得无甚趣味，于是就不想这样说，而是要追求更深一层的寓意，因此也渐渐离开了和歌的意境，却自以为只有这样咏出和歌才是和歌，殊不知反倒失去了和歌的本体。实际上，只要直面实物、实景，将心中所思所感如实吟咏出来，那就自然有了音调、有了节奏。看看如今那些自以为是的歌人的作品，只以追求意向或义理为主旨，正如庭院中被人剪枝修叶的树木，失去了自然之美、自然风姿。莫说感人，就连让人听懂都很困难。

所以，老师①常教导我们："和歌不在说理，而在音调。没有义理说教的歌才有赏玩的价值。与歌无关的理不值一说。"有"调"才有歌，没有"调"就不成其为歌。极而言之，"调"就是歌。老师还教导说："无义理可寻者，音调；有义理可寻者，物理。"这里强调的是和歌中音调的重要性。因此必须放弃"意向"的穿凿，只以诚实之心吟咏。

喜欢使用双关语②也会使和歌品位降低，格调下降，有碍于感物兴哀，因此不应该有意追求使用双关语。初学者常常

---

① 老师：指香川景树。
② 双关语：原文"云懸"（いひかけ），又叫做"掛詞"。

不顾心与景色的契合，只为了新人耳目，而使用双关语，结果吟咏的和歌前后龃龉不合，音调不整。这是因为不知和歌的真谛，只想玩弄技巧所致。须知咏歌只需使用日常语言，将所思所感表达出来，别无其他。将"云"与"岚"作为双关语、或将"逢"与"浪"作为双关语，将"不知"读作"白浪"、"白菊"等之类，故意追求听觉游戏，实不可取。话虽如此，双关语使用得巧妙的例子也不是没有，不能一概否定。只是需要自然而然，出自"诚实"，有助于音调搭配并有美感效果。所谓"歌有匠气则非歌，事有造作则拙劣"，只有舍弃关于和歌的僵硬观念，尔后才能咏歌。

七、实　景

所见所闻，或喜或悲，对某事某物有所触动，则立刻感而兴哀，将最初一念吟咏出来。这便是和歌。而倘若舍本逐末，则会陷于说理，了无兴味。

所谓实景，就是将见闻如实吟出。例如，墙头外梅花枝上黄莺鸣啭，有两三个人见闻此情此景，除了吟咏"墙头梅枝鸣黄莺"之外，难道就没有其他的感受了吗？听到黄莺的鸣叫，或者欣赏其动人的歌喉，或者感慨时光推移，或者游子思念故乡荒宅，等等之类，可以引发千百种不同的感动。这就好比千人不同面，而人性有所相通。所以老师教导说："看到花与月,只将吟咏花与月的实景泛泛吟叹,则不足与之论歌。"

然而说起实景,许多歌人便认为就是将所见所闻如实吟咏出来,或者将所思所想径直吟咏出来,其实这是不够的。还应该将随之而来的"实情"不加伪饰地表现出来,这样才是好的和歌。

八、题 咏[①]

题咏如学剑法,若平时不练习,则临阵迎敌难用真剑。但许多人不知此理,视同席上玩物,实在幼稚之极。

要练好题咏,就是即时、即景吟咏出来的和歌,一定能够使人感动。从前没有什么题咏,然而歌之优劣如何判断?古代人一有所感,便如实道出,无伪无饰,乃是自然嗟叹之音调,则能动天地、泣鬼神。至《万叶集》《古今集》,时世推移,风俗变迁,均出自本然。而如今却被和歌的既定概念所束缚,又为技巧技法所限制,便失去了和歌的本义。徒以婉曲华美之词缀而成句,难免流于伪饰,不能吐露诚实之心,自然也无法动人。

题咏的练习,不在于说尽道理,也不在于使用古言、古调,只应合于"诚实"之调。这与磨炼剑术之功,掌握其千

---

① 题咏:即按照事先出好的题目吟咏。

变万化之妙用，是同一个道理。因而，题咏的要旨在于题咏之"诚实"。要了解这一点，应好好研读《古今集》。《古今集》中所书"咏某"、"观物咏之"者，都是实事、实景。和歌比赛中奉题而作的歌，因不是即时的所见所闻，往往流于空想，言不由衷。而即使观花望月，触景生情，其"调"也有不同。何况当今题咏，春曙之时却写悲乎朝露、采摘红叶，秋日黄昏却叹朝霞、写头上插花，如此之类，都是情境颠倒、矫情欺世。诚然，不在赏月看花的时候，也并非不能吟花弄月，主要应该弄清题咏之意。题咏不是吟咏实物实景，而凭想象来揣度题意加以吟咏，则往往情景相乖、音调不合。观世间题咏之歌，大都失于本体，如同木偶穿红戴绿，语句虽然勉强得通，却常常词不达意、难尽其妙。

事理多端，而和歌只有区区三十一字，常常欲言而不能、言辞窘迫。或词语出错，自造臃句，丧失和歌之调，故不能感人。加之不分过去、现在与未来，不辨远近、巨细之差别，只将题咏视为席上玩物，而未入真实之境，只是玩弄辞藻而已。纵使精心为之，慎无差池，但要有自我创意则殊为困难。何况居山野却要咏沧海波涛，身为僧徒却要吟俗世恋情，位处卑贱而要写富贵之景呢！虽然如此，若各自尽力为之，也并非不能表现出此景此趣。

无论如何，欲要切题，就不能拘泥于题咏之文字本身，而要将景与情互相融合。风花雪月自不待言，即令人事、杂物等一切事物，都要将真景浮于眼前，使身心投诸山野、海滨，或为圣朝之德化而舞蹈，或玩味释教之寂寞，或体会男女恋慕之心，心无旁骛，聚精会神，即景即声即情，将自己的真实感慨表达出来。

虽说是题咏之歌，也要与天地同感，令鬼神哀哭，使人间叹息。若"感"与"调"之间有哪怕是丝毫的玩弄技巧的成分，则无论使用怎样精妙之辞，亦难以令人感动，就不能进入和歌应有之境。

归根到底，和歌无非是以此词述思，难乎易乎？说易，则非博学多识者难为之；说难，则幼稚孩童可为。和歌真乃奇中之奇者，其妙实不可言喻，真不愧言灵①之国，语言之妙用如此！

九、赠　答

和歌赠答时，一定要搞清对方和歌的真意，无论是高兴还是哀伤，都应努力与对方的心情相呼应。对此，可参照《古今集》与《伊势物语》中的赠答之歌。

后世赠答歌使用的"词玉"、"词花"之类的词，都是赠

---

① 言灵（ことだま）：是日本古代的一种信仰，相信语言中有神灵存在，语言可以带来灵验。

答时夸奖对方和歌的常用词。正如平常与人交谈时，夸奖别人声音好听、讲话清楚明白等之类。如果不能理解对方，则不免失礼。特别是当自己的歌被夸奖而返答时，如果对对方当时的情境、心情缺乏理解判断，那岂不招人嗤笑！

一〇、名　胜

吟咏名胜，假如没有亲眼所见，则缺乏临场感。即使以古人的和歌作参考，也不能让海涛拍岸的墨吉之松①耸立在小山丘上，而写猪名野②船上小睡，但那里实际上连渡槽的影子也没有。即便是沧海桑田的巨变，也不能和古代的事实相悖。

原本和歌并没有固定要吟咏的名胜，从前吟咏什么风景名胜都比较随意，后来却有了具体的规定。如今各地何处都有风景名胜，不管何处都可以吟咏于和歌，不应强行规定。

吟咏自己未曾游历过的名胜，往往就会出错。例如大贰三位③有吟咏"有马山"的一首和歌。④那首和歌依据的应是

---

① 墨吉之松：摄津国（今大阪府与兵库县交界处）的名胜。
② 猪名野：指兵库县伊丹市到尼崎市之间猪名川一带，是古来名胜之地，和歌中常把"猪名野"作为"歌枕"来吟咏。
③ 大贰三位：平安时代女歌人，紫式部的女儿，著有歌集《大贰三位集》。
④ 有马山：摄津国的名胜，这首和歌出典《后拾遗集》卷十三，原文："ありま山猪名の笹原かぜ吹けばいでそよ人を忘れやはする。"

《万叶集》中的"来到猪名野,有间山上起夕雾,何处可投宿"①一首,但是她却将这首歌理解错了,"猪名野"与"有马山"相隔约有五里之远。在大贰三位写的那首和歌中,因"有马山"中没有"猪名野",整首和歌就不成立了。还有"大原"与"小盐山","春日野"与"飞火野"等地,都被一些歌人吟咏为"大原的小盐山"、"春日野的飞火野"了。须知"猪名野"与"有马山"并不是连在一起的地名,和歌中此类错误很多见。而今天我们写错了的和歌,传至千年以后,必然迷惑后人,因而此事应该注意。

一一、本 歌 取

"本歌"这个词,在平安时代就有所见,到镰仓时代则多见。在那时候,假如对古歌不了解,那么吟咏出来的歌别人就不好懂,所以那时的歌人并不是故意要从古歌中取材。所谓"本歌取",就如同行路借马,而不是没有马就不能行路,而是行路借助于马,是以我为主,我来行路。若没有马就不能行路,是马行路。古今人情虽有不变,但完全重复的情景也不存在。大体相同的情景可以借古人的词句来表达,这就

---

① 出典《万叶集》卷七,第1140首。原文:"しなが鳥猪名野を来ればありま山夕霧立ちぬ宿はなくして。"

仿佛是借马行路。行路借助于马，与没有马就不能行路，看上去似乎差不多，虽貌似相同，而实有不同。

一二、假 名

假名的使用从古代就有其法则，是因为语言本身就有法则。正如和歌之道的法则出自人的性情一样。古代的假名使用本来是正确的，但从平安朝以后，开始有了改变与混乱。一本托名藤原定家的伪书[①]，使得假名的使用更加混乱。

古往今来，日语中古今未变的东西就是假名。不能借口从俗从众，而将今天错误使用的假名继续使用下去。假名与言语，有动、静之分，言语如风雷，假名如霜雪。风雷有声无迹，霜雪无声有迹；言语活泼多变，假名相对稳定不变。如果强行加以改变，则徒劳无益。只有在假名中，才能看到古风的遗存。

上古语言，至奈良时代一变，奈良时代的言语在迁都平安京后又一变。在日日月月的些微的变化中，最终大变。而古代的语言与今天京都一带的语言却有相吻合之处。后世语言上的改变应是返本舍末，总有一天要适可而止。

---

① 行阿著关于假名文字使用问题的书，行阿在序言中称：自己的祖父源亲行的假名使用法曾得到了藤原定家的校阅认可。

特别重要的是，熟悉了古代的假名，对于了解古代语言十分有益。如果我们现在的语言记载与千年之前、千年之后都没有不同，那就可以在数千年以后的未来，继续得以探讨远古的神代。

至于五十音图的妙用，将另文别论。

一三、天仁遠波

天仁远波①（てにをは）这几个助词，无论贤者还是愚人，都会轻易使用，即便交谈十天，也不会出一次错。然而一旦到了和歌中，却动辄被指出错。这实际上是不顾表达的诚实，专门玩弄技巧、自欺欺人的做法。倘以日常语言加以诚实表达，何错之有？然而到了晚近，和歌吟咏时要对"天仁远波"之类加以特别的学习，甚至还写出了关于这方面的煞有介事的书籍，冗长啰嗦、废话连篇，只不过是吓唬那些初学者而已。这就好比对会钓鱼的人说："这是鱼竿，你知道吗？对于钓鱼来说，鱼竿是不可少的。"然后再拿一支鱼竿做示范说明。这就如同教猴子如何爬树一样。

一般而论，将"曾"（そ）说为"流"（る），"古曾"（こ

---

① 天仁远波：这四个字是用汉字标记的日本字母即"万叶假名"，亦即"てにをは"，指的是起语法作用的助词、助动词等虚词。

そ）缩略为"礼"（れ），这是"天仁远波"中小小的常识。即便用错也不会影响意思的表达，实际上绝不是什么复杂的问题。举例来说，说"折花"，与"折叠纸花"听起来可谓有云泥冰炭之别。关于"曾"（そ）与"古曾"（こそ）的差别，例如将"花ぞちりけれ"说成"花こそちりけれ"①，听起来绝不会将"花凋零"的意思搞错。为这种烦琐的清规戒律所束缚，却忘掉了更重要的东西，吟咏出来的和歌缺少文采而不堪入耳，岂不是愚蠢吗？"天仁远波"之类，凡是人都使用，日日夜夜废寝忘食不停地说话，也丝毫不会出错。所以老师强调："'天仁远波'是不需学习的东西。"这种说法听上去似是过激之词，但却是很有道理的，因为会说话的人都会用它。

一四、枕　词

枕词是为了"调"的优化而设置的，然而却有人称之为"冠词"②，认为"枕词"是为了冠于其他词语之上而设计的，这种看法错误而且愚蠢，因为他们不知枕词之妙用。《古今集·序》所列举的和歌以及收入该集中的和歌，枕词的使用

---

① "花ぞちりけれ"与"花こそちりけれ"的不同，只是分别使用了助词"曾"（ぞ）和助词"古曾"（こそ），意思一样，都是"花凋零"。

② 同时代国学家荷田春满最早使用"冠词"，后来贺茂真渊写出了专著《冠词考》。

都很多,但那都是为了优化音调,这一点需要认真仔细地加以玩味。

不仅是和歌,后世的许多文章也大量使用枕词,以至于滥用,给人的感觉就好像是连在一起的玉石都有其棱角而互有抵牾一样。"调"与"词"之间不相和谐,若如此,不少情况下不使用枕词当会更好。更有甚者,文脉不通、词不达意,更会妨碍音调,令人痛惜!例如,使用"久方[①]之月"这个枕词,与使用"大空之月"道理上是一样的,但如果一定要说"大空之月"而不能说"久方之月",那就可能造成音调的不畅。至于专门追求词语的修饰,那就更不足道了。就好比是一个陆地行走的人,却要刻意修饰船桨,实为无用的长物,这个道理是那些不知枕词之作用的人所不能领会的。

一五、序 词[②]

序词并不只是与"调"有关,而是有助于表达感兴。以衣服做比喻,和歌中序词就好比穿在身上的衣服,要根据穿衣者的身份地位而染制剪裁。而序词之下的那一句却是和歌

[①] 久方:遥远、许久之意,在和歌中常作为"月"的修饰词,并用作枕词。

[②] 序词:原文作"序歌",意即有序词的和歌,鉴于该节主要是讲和歌的"序词",故译为"序词"。

的主体部分，正如人的身体本身。身体是无法改动的，而衣服又不可缺少，但必须根据地位的尊卑、礼仪场合的需要、寒暑的季节、生命健康的要求等，加以制作，这并不容易。序词就好比是人的衣服。

人无论贵贱，人情却是相通的，但喜怒哀乐却有多种多样。在和歌中，无论感物兴哀、悲伤、欢娱抑或动人可爱，其相应的音调都要靠序词来调整。就好比峨冠博带则贵，身披盔甲则猛，穿礼服戴礼帽则美，是同样的道理。

另一方面，一首和歌连要说什么都不清楚，却只在序词上面下功夫，必然令人莫名其妙，却又怪别人听不懂。序词下面的一句所说的与序词重复，于是表意不明，这是不可取的。这就仿佛是将身体等同于衣服，是很不应该的。

一六、歌 论 书

重视古歌的阅读，是因为古歌出自真心，细腻地表现了世态人情，可以从中学习古人的坦诚率真。学习古歌，并不是要作为今天吟咏和歌的一种途径手段。如想根据古代的歌心来吟咏，就会落入古代和歌的窠臼。像"秋田畔的草棚"[①]

[①] "秋田畔的草棚"（秋の田のかりほの庵）出典《后撰集》，又见《小仓百人一首》，作者天智天皇。原文："秋の田のかりほの庵の苫をあらみ我が衣手は露にぬれつつ。"

那首歌,实际上是盗用了古歌。这是暗中偷梁换柱,岂是有廉耻之心的人所能为?

歌论书①这类书籍,在古代并没有广泛流行于世间。因为这样的书少,所以和歌才吟咏得好。可见作歌并不靠阅读歌论书,应该好好学习那些没有歌论书之前吟咏的和歌。

大凡读书得来的东西,都是观念上的。不过这也不能一概而论。如果是出自真诚的书,那么无论是中国书还是日本书,都有有益的。老师就曾说过:"《论语》乃歌学第一书。"

一七、和歌专用词

和歌专用词②这种东西本来就不存在,历代和歌只是以日常语言表达人心之诚实而已。"都都"(つつ)、"哉"(かな)、"良武"(らむ)等之类更不是什么和歌专用词,都是表达感慨的叹词。吟歌者只是将自己当时的所思所想自然表达出来而已。现在所谓的和歌用词,实际上都是古代的日常用语,后世咏歌者,以为那些词是特殊词,实则不然。

有人认为词不华美就不是和歌,不能使用日常用语咏歌,

---

① 歌论书:古代关于和歌评论、和歌规则法度、和歌历史演变等的著述。

② 和歌专用词:原文"歌詞",指和歌专用的词语。

于是一味使用华词美藻,将那些意思表达不清的歌,视为深奥不测的"幽玄体"。意思表达不清的作品怎能成为名作呢?吟咏和歌就是应该表达真情实感。所以《古今集·真名序》曾批评说:"大抵皆以艳为基,不知歌之趣也。"

我们现在咏歌应该注意使用通俗易懂的词。然而一些提倡复古的人,却偏偏不用当今的日常用语,生活在如今的太平盛世却尊崇遥远古代的语言,主张返回古代,力倡藤原、平城①时代的风俗。对于遥远古代的词语意思尚且没有搞清,却使用那些词来咏歌,大多只能像是鸟兽之语,令人不知所云。何况后世,有谁能懂呢?

一八、文　辞

自古至今,文辞只求达意而已。和歌用词也大抵没有变化。《古今集序》《土佐日记》等作品中的语句有些已经看不懂了,但也有一些则是由于古代的事情本身难以理解所造成的。随着时代的变化,今天的古语实际上是古代的俗语,当时连妇女儿童都能听懂。"宣命"与"祝词"中的文章也是如此。所以,今天的事情必须使用今天的语言来表达,舍此别

---

①　藤原、平城时代:指古代大和国在藤原地方建立都城的持统、文武两代天皇时期及此后的奈良时代。

无他途。其中有些地方自然而然与古代文体相似，那是因为古今思想感情相通，不应刻意求似。如果刻意追求相似，那就太浅薄幼稚了。

那些专门写拟古文章的人，试图用古文来表达今意，结果大多是词不达意、错误百出。听起来像是外国话，有谁能明白？所以还是不要写那些拟古文章为好。以前也没有写此类文章的先例，并且也没有这样做的道理。

和歌与一般文章有所不同，它没有一些现实的顾虑，因事因时而自然吟咏而出，所以不必学习古体。如果要学，那只能学得其意。这一点，可以参照本文的"总论"一节。

亡国之音
——痛斥现代无大丈夫气的和歌①

与谢野宽②

古人云："文章若非关乎世道,虽工,又何用之有?"对于和歌而言,我也深信此话的正确。

文章中,有衰世之文,有乱世之文,有盛世之文。盛世之文雄大华丽,衰世之文萎靡纤弱,乱世之文豪宕悲壮,分

---

① 原载《二六新报》,明治二七年(1894)五月十日至十八日。
② 与谢野宽(1873—1935):号铁干。诗人、歌人。出生于京都的僧人家庭,从小受父亲影响喜爱文学特别是和歌,早年去东京从师于歌人落合直文,开始文学活动,先后参与创立浅香社、创立东京新诗社,创办《明星》杂志,在理论与创作方面,反抗当时歌坛的陈腐气息,推动短歌(和歌)的革新,与其妻与谢野晶子一起,成为和歌领域浪漫主义革新运动的核心人物。著有诗歌集《东西南北》(1896)、《天地玄黄》(1897)、歌集《相闻》(1910)等,其和歌风格激昂、雄壮、粗犷有力,喜欢用"虎"、"剑"之类的词,被称为"虎剑派"。《亡国之音——痛斥现代无大丈夫气的和歌》一文是与谢野宽的和歌理论代表作,批判"宫内省派"和歌的文弱纤细,抨击格局狭小的、女人气的和歌传统,主张格局宏大的有"大丈夫"气的和歌,从近代浪漫主义精神的高度,对传统和歌的审美趣味提出了挑战。标志着日本传统歌道的终结。

别传达出那个世道的气质特点。如果一个朝代的文学喜爱绮靡，在精神气魄上毫无伟丈夫之气，那必是衰世之文学。从镰仓时代、南北朝时代的作品一气读过来，在不知不觉之中会扼腕挥泪，那正是乱世文学所致。奈良朝、江户时代的文学中充满华丽之辞，宛如台阁之臣盛装上朝，这正是盛世的文学。古人又曰："委靡纤弱之文孕育乱世，豪宕悲壮之文孕育盛世。"国家或盛或衰，文章有如此大的影响力，在和歌方面我也深信此理。

世间有人恬不知耻地发表愚蠢之论，说什么"道德和文学是完全不相干的事物"云云，亡国者必定会从此类愚论者中产生出来。

当我对当今和歌作出批评之前，首先想一言以蔽之，把现在大多数的和歌称之为"亡国之音"，虽说盛世之中胆敢发此不祥之语是胆大妄为，但实乃不得已而为之。

不知为何，有人提出废除娼妓，有人主张禁酒，却没有一个人对现代和歌提出批判。这话听起来极端，实则公正。

酒色毁伤人的肉体，其害处明显可见，风流绮靡却能腐蚀人的精神，这种毒害往往不知不觉。酒色至多毁灭个人的肉体，但风流绮靡却会产生危及国家存亡的精神腐蚀作用，足利、大内两氏的灭亡就是很好的例子。

人谁不爱酒色呢？可是有人会愿意为了酒色而毁灭自己的身体吗？我最喜爱和歌，实在不忍因和歌而导致国家沦亡。

酒色之害并不在于酒色的本身，而在于人会为此而失去节操；和歌的害处也不在于和歌本身，而在于它紊乱了社会风气。在这方面，再也没有比败坏歌风、使和歌流毒社会的那些现代歌人更罪孽深重的了。我作为一位和歌读者要毫无忌惮地暴露他们的毒害。

　　大丈夫一呼一吸都是直接吞吐宇宙，拥有这种大度量来歌颂宇宙，宇宙即是我的歌。和歌须有师传，但师传只是在学习和歌的形式时是需要的，在和歌创作中的精神层面上则需要直接和宇宙自然融为一体。想依赖老师的怎样的谆谆教导呢？一呼一吸、吞纳宇宙这样的胸怀，是老师无法传授的。拥有这样的胸怀才能完成大丈夫的和歌创作。而现在的和歌诗人却没有这种见识，他们万事模仿古人，争论模仿的高超与笨拙，想依靠模仿而终其一生。

　　如果就和歌向他们提问，从他们马上就搬出《古今集序》以及其他古人的和歌理论，鹦鹉学舌般地重复"和歌以人心为种"，他们也肯定可以脱口吟诵出《古今集》《千载集》以及《桂园一枝》[①]等前人创作的和歌，并把它们作为和歌创作的圭臬。他们只知道古人，现实宇宙自然中的音律已经许久不能震动他们的耳膜了。

　　小丈夫就是小丈夫，不可能在短时间里培养出大丈夫的

[①] 《桂园一枝》：香川景树（号桂园）著的和歌集。

度量。虽然模仿眼低手拙的古人也可以创作和歌，但正像狗只能弄懂狗的事情，青蛙只能弄懂青蛙的事，小丈夫最终也不能欣赏大丈夫气概的和歌。他们只能追求与自己心胸相匹配的东西，一直在学习古人的短处和缺点。自《万叶集》以后，天下再也没有伟大的歌人了，偶尔有人被冠以"歌圣"之名，但实际上其缺点是其优点的七倍。他们只崇拜这类人，如果不能模仿这些人的话，他们就感到羞愧。以至于他们崇拜那位小歌人香川景树，以"歌圣"之名称颂他，这种盲目崇拜真令人嗤之以鼻。

向最优秀的上等水平的古人学习，自己最终只能达到中等水平；向中等水平的古人学习的话，自己只能达到下层水平，向最下层古人学习的人则不值一提。现代歌人的作品中没有超过古人的杰作，这倒情有可原，但倘若连景树一类人的作品都不如，那大概是因为他所学习的古人本身就是等而下之的，所以没有学到像样的东西，如此，所作和歌只能归于妇女儿童和歌之列。

这些人的作品已经是妇女儿童水平了，总是为一些微不足道的小事，或发怒、或欢笑、或哭泣、或生发感慨、或产生怀疑、或发出祈愿。确实是女人味十足、纤弱感强烈。阵头大喝，威慑三军、双股战栗的勇猛哪里去了？军帐中一滴血，使千载后人为之流泪的悲壮哪里去了？呜呼！明治时代的歌人就该是这等模样吗？

以下，对于这些人最为得意之作，我想试着加以批评。

〇咏松岛（高崎正风①氏作）

> 沿岛泛舟前行，
> 满是松树，
> 犹如在自家庭院中。②

此歌语调流畅，或许足可以惊诧世间的俗耳。但该首和歌格调粗鄙，构思鄙俗，现代和歌界首屈一指的歌人，其作品就是这样子的吗？

松岛是天下山水中的灵境之地，大丈夫前往此地厌倦其壮观的景色。倘若学习芭蕉翁的沉默③，一句和歌都不作那倒也无妨，但假如要创作，那就必定创作雄伟壮丽的诗句，要和自然的风光相一致，而这首和歌的三、四句却与此完全相反。

松岛的有趣之处在于自然，想把那里的自然景色变成自

---

① 高崎正风（1836—1912）：歌人，跟随八田知纪学习和歌，歌风温雅流丽。历任御歌所长、宫中顾问官。
② 原文："松島にてよめる島づたひ舟こぎくればわが宿の庭にと思ふ松ばかりして。"
③ 据说松尾芭蕉当年看到松岛之美被强烈震撼，竟然写不出作品来。

家人工的微缩景观，这是何等居心！也许作者是以欣赏节日里盆景店盆景的眼光来观赏松岛的吧。如果只是眼睛观看还可以，大概还用一种把玩盆景的心境来吟咏松岛吧。松岛的山水精灵对此肯定不满，毕竟这种歌句是身穿双子花纹①上衣、腰中插箭这样一种打扮的世井俗人所喜爱的，又岂能是表现坦荡开阔的大丈夫胸怀的作品呢？

试与《观枝》《在田野》这些古人的作品比较一下，可以看出其风格是一高一低，构思一雅一俗。产生如此明显差别的原因在于是喜爱大自然还是人工制作。难道不知道和歌作者不仅仅要关注和歌句法语法等独特的外部因素，更需要思考如何在精神上与自然保持一致吗？

○水上夏月②（作者同上）

香鱼苗畅游小溪中，
皎洁月光下，
虽有桥，还欲涉水。

---

① 用反方向的两根棉线合到一起做成的线叫做双子线，用双子线作为经线或经纬线织成的布匹，布匹上条纹称为双子条纹。

② 原文："水上夏月あゆ児とぶさざれ石川月きよしかちわたりせむ橋はあれども。"

这首和歌同样是风格粗鄙，构思鄙俗。最后两句写明明有桥还要徒步涉水过河，这又是为什么呢？水清月朗，香鱼苗儿在快乐地玩耍，这都是自然的景色。看了这些谁会不为之心动呢？喜爱连桥在内的整幅景色这是人之常情，尤其应该是热爱大自然的人。而撩起衣角，脱掉鞋子露出小腿过河，把清水趟浑浊了，搅碎了月影，妨碍了香鱼苗的玩耍，这是多么煞风景的行径！

○冬风（小出粲氏作）

> 疾驰的车上的，
> 迎面风，刀割般地刺骨，
> 冬日如此寒冷啊。①

冬日里乘坐人力车时的样子确实和作品中描绘的一样。可是丝毫不以这种事为鄙俗，还吟咏到和歌中，这种人的心灵究竟是怎样的？大概不知道和歌是不能缺少风韵的吧？把风韵丢在一边而吟诵和歌，捡破烂的、路过的邮递员等人的唏嘘声也好，载客马车的嘎嘎声也罢，以这等题材大概是不能写

---

① 原文："冬風とくはしる車の上のむかひ風身をきるばかりなれる冬かな。"

出好歌的吧。"おさむ出てかへゆきすがぬまに"这样的句子，体现和歌的形式较为容易，却没有和歌的精神，实是继承了香川景树的糟粕。

○柳春月（同上）

可曾看见，摇动的，
绿柳的枝条，
静寂的朦胧月夜。①

在题咏方面此首和歌拾前人之糟粕。无论创作构思上如何山穷水尽，拿这种卑俗的题材，究竟能够吟咏出什么好歌来呢？和歌比其他韵文优秀之处，在于其高尚雅致的情趣和优美的风韵。如果要吟咏粗鄙俚俗的事情的话，不是有狂歌②、俳句以及各种各样的低等文学样式吗？和歌吟咏中最该注意这一点。但是这一首和歌又如何呢？朦胧月夜的静寂原是最可爱的，但"朦胧月夜可曾看见摇动的柳枝"之类，是最煞

---

① 原文："柳春月青柳のえだうごかして見つるかなあまりしづけきおほろ月夜に。"

② 狂歌：吟咏诙谐、滑稽的低俗短歌。继承《万叶集》中的戏笑歌、古今和歌集中的诽谐歌系统，成形于镰仓、室町时代，流行于江户初、中期。

风景的了。雅致何在，风韵何在？这首和歌的构想与风格都粗鄙俚俗，与狂歌没有任何区别，可叹可叹！

〇苍海云低（植松有经氏作）

和田原野上，
形似玉带的，远山，
完全隐藏在，云脚下。①

把和服腰带（玉带）这个词放在第二句，云之衣摆（云脚下）这个词放在第四句。一幅得意的表情，简直就是一副"纤弱女人"的面目。

去海边的人会经常看到和歌中描写的景色。这种景色原本是值得吟咏的，但是作者并不知道叙述这种景色时应该采用的描写方法，却创作了这样一首滑稽的模仿之作，岂不可悲吗？

〇庭梅（小出粲氏作）

为来客所欢喜的梅花，

---

① 原文："蒼海雲低和田の原おびにも似たる遠山は雲のすそにぞ隠れはてたる。"

那让人怜惜的枝条，

也被折断了吗？①

第二句中的"所欢喜"这个表达首先就粗鄙，而第四句中"让人怜惜的枝条也被折断了吗"，表明作者是一位多么吝啬的人啊！"けるかな"这个词语包含了非常的惊愕和感叹。如"种树的人老了，松树长这么高了啊"，在这样的情况下使用"けるかな"这样的词最为恰当，而吝啬鬼的"けるかな"的感叹，虽然也有宗匠那种发自内心的惊愕，但其品位岂不是太低下了呢？呜呼！这实在太污染大丈夫的双眼了！

　　○池塘鸳鸯（黑川真赖氏作）

一对不相分离的，

池塘中的鸳鸯，

混入鸭群中也仍然在一起啊。②

最后一句"啊"（けり）本来是大丈夫的感叹。鸳鸯混入鸭群

---

　　① 原文："庭梅くる人にめではやされて梅の花惜しき枝をも折りてける哉。"

　　② 原文："池鴛鴦ひとつがひはなれぬ池の鴛鴦は鴨のむれにも紛れざりけり。"

中没有被冲散仍然在一起，当今世上的六尺男儿，甚至对这种微不足道的小事都禁不住地发出这种感叹，甚至写进和歌之中，这完全是三岁小孩的幼稚思想、哄孩子的把戏。

○新年作（福羽美静氏作）

> 早起看到窗上的今年第一轮日影，
> 连早盛开的梅花，
> 也非常高兴。①

"早起看到"这完全是口语，作者可能不知道，缺乏韵致的词语是很难作为和歌用语来使用的。"早盛开的梅花"作为和歌用语同样不成熟。在提前盛开的梅花上面看到新年的朝日，说有趣是确实有趣，但作者能力不足，无法用雅致的句法描述上述情景，因此最终写成了任由无意味词汇罗列出来的三十一字歌。尤其像看朝日时，限定于"窗"的表达，其格局是多么的狭小！我曾经说过，"房檐、墙根、庭院、窗户等，有人因为吟咏这些才成为歌人"，这句话丝毫不为过。

第一句"早起看到"语带双关，足可以取悦于妇女儿童。

---

① 原文："明けて見ることしの窓の初日影かかるもうれし早咲きの梅。"

○农家傍晚的暴雨（黑川真赖氏作）

庭院中晾晒麦子的草席，
还没折叠完，
傍晚时节的骤雨便哗哗下起来。①

"晾晒麦子的草席"是一个意义不明确的俗语。晾晒麦子的草席可以咏为和歌，但听上去不美。"还没折叠完"是完全照搬俗语、表达俗意。作者大概想表达"担心天要下雨所以慌里慌张地折叠晾晒麦子的草席，在折叠的短短时间里傍晚的大雨骤然而至"。"还没折叠完"这个词的准确含义是不限时间长短地做某事，折叠花费的时间既可能长，也可能短。只使用这一个词来表达短时间这一含义，这完全是这个词的俗语用法、俗语意义。如果和歌是可以把词语的雅俗混杂在一起来吟咏的话，那再也没有比和歌更便捷、更容易创作的文学作品了。

○小楠公（本居丰颖氏作）

---

① 原文："田家夕立庭にほす麦のさむしろたたむまに打こぼれ来ぬ夕立の雨。"

> 寒风凛冽，
> 连楠木的细枝，
> 都归为死者之列。①

"连楠木的细枝，都归为死者之列"这样写如何？从正常的语法角度会有人理解其意吗？反正我是不能理解。

反过来排除其语法因素思考的话，可以马上窥探出其表达的含义，知道这是在写小楠公的死。但是我们之所以能够理解其意义，不是凭借正常的语法，而是依据习惯的感情才推测出来的。大概作者不知道和歌中的譬喻手法吧？如果要以譬喻开篇则全篇都要使用譬喻，其中不可以混杂一点事实。虽然此首和歌在"寒风凛冽，连楠木的细枝"与"死后的寒冷"之间有明显存在譬喻关系，但是因为混杂了"都归为死者之列"这一事实，最终变成了一篇意义模糊、词不达意的作品。

○小楠公（黑田清纲氏作）

> 因为你，

---

① 原文："風さえしそのくすの木の小枝さへなきかずに入るあとの寒けさ。"

> 凋落的小树的花香，
> 无法落到它的母树根上。①

这首歌也像是用譬喻手法写成的，但由于和歌中有"因为你"这一句，按照正常语法，"花为你而凋落"这一层意思很难表达出来。不考虑语法关系，任由自己的思绪来作歌，结果就是创造出这种半成品的作品，对此作者应该幡然猛醒。

○夜落叶（小出粲氏作）

> 拨开堆积的树叶，
> 夜间行走时，我的脚步声音，
> 还是很大啊。②

这是写狐狸走路时发出的沙沙声吧。如果吟咏的是人，作者也应该不是严肃认真的。为这些不值一提的事而担惊受怕、神经兮兮，作者对此竟会发出"啊"的感叹，这就是明治时代的大歌人之为大歌人的原因。

---

　　① 原文："君がため散りし若木の花の香はその親木にもおくれざりけり。"

　　② 原文："夜落葉散積る木の葉を分けてよる行けばわが足音もものすこきかな。"

○千年岭松（福羽美静氏作）

　　弹奏千年《君之代》，①
　　山岭上的松树影，
　　柔弱而高挺。②

"弹奏千年"是什么意思呢？作者可能要表达的主题是"松鸣之音弹奏千年"，但并没有"松鸣之音"这个词，是一首极其残缺不全的歌。

另外"山岭"这个词难以理解，应该改为宽阔的广场、平地或者海滨或者岸边，或者整句改为层叠的松林、宽阔广场上的松林。希望作者不要随性胡乱地写歌，要稍微注意一下句法。

○月（林瓮臣氏作）

　　月光啊，深深照射进来，
　　家中的灯火，

---

① 《君之代》：古代和歌，现作为日本的准国歌使用。
② 原文："嶺松年久君が代の千代をしらべてその影もよはひも高し嶺の松が枝。"

为此而黯淡了。①

这是普通的景色。作者连这种景色都发出感叹"啊"。"啊"的滥用是不是太严重了啊？不，是使用"啊"这个阶层太鄙俗了。

以上和歌，若论及格局，只能用狭小形容；若论及精神，只能用纤弱形容。这些和歌品质卑俗，不合格律。对这类和歌，我痛骂一百天也不会骂完。所谓"庙郭皆妇女"，使国家陷入危亡境地的这些人，身上的大丈夫气丧失殆尽，连妇女都能战胜他们。现在举国上下都崇拜这类女性化的和歌，流毒何其甚也！

不仅如此，更有甚者，他们这些歌人大多数都不排斥"恋歌"。不排斥尚能容忍，但若是鼓励恋歌创作的话，那就太过份了。说什么"恋歌"是和歌中的真髓啦、最难创作啦、能轻松吟咏恋歌才说明你精通了和歌啦，等等。而教授和歌时，则主要以《百人一首》②、《伊势物语》③等典籍中的情歌为

---

① 原文："家の中にふかくさし入りて燈火もかげくらきまですめる月哉。"

② 《百人一首》：古代和歌选集，从一百位歌人的和歌作品中分别选择一首编撰而成，其中藤原定家编撰的《小仓百人一首》最为人们所熟悉，其他的仿作也较多。

③ 《伊势物语》：平安时代的以繁衍和歌为中心的"歌物语"。作者不详。

教材，长时间地让人模仿。题材有初恋、书信恋、幽会、由情而生恨的恋情，更有甚者还有同时爱恋两人、尼姑恋、与伯母产生恋情等。传授者和学习者、老人与青年人坐在一起咏歌，乐此不疲，可是丑闻也往往是在这些妙龄的歌人中间发生。如果要列举出败坏社会风气的事物，我就会毫不犹豫地把"恋歌"列进去。

读至此处，即使是对于和歌不甚了解的人，也不得不拿衣袖擦拭眼泪吧？啊啊，"亡国之音"！我这样骂他们，绝非随意而为。

诸如高崎正风先生、小出粲先生等，都是我的前辈。我向来尊敬前辈，但那些都属于"私情"，不能以"情"来埋没"理"。在讨论关乎和歌这门学问的是非曲直时，我眼中没有前辈与后辈的辈分之分，双方只应该旗鼓相当地上阵对视。先生们如果真正珍爱歌道，就不应该以"无礼"来责怪我。像先生那样的人，在和歌界的地位可以称得上是明治时代的纪贯之和藤原定家了，其学派可称作是继承景树知纪的衣钵了；世人模仿先生，诚如先生模仿景树知纪。模仿之毒害已经发作于先生身上，先生之毒会进一步使整个社会都患病。看看城市乡村到处都有很多人模仿所谓的"宫内省派"、却没有掌握和歌真谛，就可以说先生正在毒害着现世。"革新是进步的阶梯"，期待像先生那样的现代歌人的代表，能够审视自己、幡然猛醒。为此目的，我写出了这篇《亡国之音》。

图书在版编目(CIP)数据

日本歌道/(日)纪贯之等著;王向远选译. —上海:复旦大学出版社,2020.6
ISBN 978-7-309-14873-2

Ⅰ.①日… Ⅱ.①纪…②王… Ⅲ.①和歌-诗歌研究-日本 Ⅳ.①I313.072

中国版本图书馆CIP数据核字(2020)第026907号

日本歌道
(日)纪贯之 等 著
王向远 选译
责任编辑/王汝娟
封面设计/周伟伟

复旦大学出版社有限公司出版发行
上海市国权路579号 邮编:200433
网址:fupnet@fudanpress.com http://www.fudanpress.com
门市零售:86-21-65642857   团体订购:86-21-65118853
外埠邮购:86-21-65109143
浙江新华数码印务有限公司

开本 890×1240 1/32 印张 12.125 字数 211千
2020年6月第1版第1次印刷

ISBN 978-7-309-14873-2/I·1211
定价:58.00元

如有印装质量问题,请向复旦大学出版社有限公司发行部调换。
版权所有 侵权必究